Ich widme
dieses Buch
allen Waschbären
dieser Welt.

Der Mond

luna

måne

lua

луна

mjesec

měsíc

luno

moon

máni

kuu

maan

księżyc

mesiac

Seit Anbeginn der Zeit
waren Erde und Mond Freunde.
Bis der Mond sich nach mehr sehnte,
bis er sich Kinder schuf und formte – aus seinem Staub,
aus seinem Herzen und aus den Sternen.
Die Erde tat es ihm gleich,
aber sie erschuf nur einfache Wesen,
keine Sternenkinder.
Aus Eifersucht ließ sie die Erdenkinder in dem Glauben,
es gäbe nur sie.
Sie wandte sich vom Mond ab,
aber er folgte ihr in stiller Trauer,
umkreiste sie als bester Freund.
Bis heute, Tag um Tag.

Kapitel 1

Hoffnung …
und den Glauben, dass alles gut werden wird.
Diese zwei Dinge sollten wir nie verlieren,
denn sie tragen uns
durch den Tag und durch die Nacht.
Sie sind unser Schwert und unser Schild.

Juri

»Sie ist tot!«

»Wie kannst du es wagen?«, fährt König Artas Malik an.

»Wie ich es wagen kann?«, wiederholt Malik ungläubig und schreit dabei durch den ganzen Raum, sodass ich mich seufzend vom Konferenztisch erhebe und auf ihn zugehe, bevor die Situation vollkommen aus dem Ruder läuft.

Die anderen Hauptmänner sitzen weiterhin betreten da, während Malik mit geballten Fäusten vor dem König steht, der nun von seinem Stuhl aufspringt. Er hat eine stolze Statur, auch wenn der Verlust seiner Tochter ihn krank werden ließ, blass und ausgelaugt, so büßt er nichts von seiner Autorität ein. Seine Wangen röten sich vor Wut, seine blonden Haare liegen schon lange nicht mehr ordentlich und seine Blicke drohen Malik zu erdolchen. Dieser hält jedoch dagegen. Er ist so unendlich stur.

»Lunamea ist fort! Wahrscheinlich sogar tot. Jemand muss dir endlich klarmachen, dass das möglich ist. Vielleicht musst du loslassen, alter Freund.« Nach seinem vorherigen Gefühlsausbruch spricht Malik den letzten Satz beinahe sanft, während er seine Hand auf die Schulter des Königs legt und abwartet. Stille breitet sich aus und ich verharre in der Bewegung, beobachte die beiden.

Seit Jahren vollführt König Artas eine Gratwanderung zwischen seinem Amt und seiner Persönlichkeit als Vater. Nie war seine Zerrissenheit so spürbar wie heute.

»Vielleicht hat er recht, Vater«, sagt Faras neben ihm beinahe schüchtern, aber dieser zeigt darauf keine Reaktion, hält seinen Blick fest auf Malik gerichtet. Im Gegensatz zum König besitzt sein Adoptivsohn Faras pechschwarzes Haar und leicht gebräunte Haut. Er wirkt drahtig, manchmal unscheinbar, aber nie unaufmerksam. Er ist mir ein Rätsel.

»Mein Freund, solange die Krieger keinen brauchbaren Beweis erbringen, will ich dies nicht glauben. Noch ist Zeit. Noch suchen wir weiter!« Der König bleibt hartnäckig.

»Wie oft sollen wir noch suchen?«, schreit Malik.

»So oft, bis ich sage, es ist genug! So oft, bis ihr sie gefunden habt«, herrscht er ihn an.

Als Malik nichts mehr sagt, nur die Lippen zusammenkneift, wahrscheinlich darum bemüht, sich nicht die Haare zu raufen und den König nochmals anzuschreien, trete ich vor.

»Ich werde nach ihr suchen. Lass mich auf die Erde, Malik. Dort werde ich beginnen.«

»Harús Krieger haben die Erde schon Dutzende Male durchkämmt. Was nutzt es, dich alleine hinunterzuschicken?« Mit aufgerissenen Augen zeigt er auf Harú am Tisch und auf alle anderen Hauptmänner, die stumm dem Schauspiel folgen, das sich ihnen hier bietet. Sie sind müde und ausgelaugt, haben die Hoffnung verloren, sie suchen nur weiter, weil es befohlen wurde, nicht weil sie denken, dass es noch etwas bringt. Die Spuren der schlaflosen Nächte haben sich in ihre Gesichter gegraben, sie haben längst aufgegeben. Fast siebzehn Jahre sind sie schon auf der Suche. Vergeblich.

Der König richtet seine Aufmerksamkeit vollends auf mich. Sein weiß-blauer Umhang, der perfekt zu seiner Rüstung passt, raschelt leicht, als er an Malik vorbeischreitet und sich vor mir aufbaut.

»Ich dachte, ihr habt alle aufgegeben?«

Misstrauisch funkeln mich die hellgrauen Augen an, mustern mich, versuchen herauszufinden, ob ich nicht auch so denke wie Malik. Ob ich mich nur anbiedern will oder es wirklich ernst meine. »Wieso wollt Ihr weitermachen?«

»Ihr habt gesagt, wir suchen weiter. Genau das habe ich vor – nicht mehr und nicht weniger.«

»Ihr glaubt auch, sie sei tot, nicht wahr?« Seine Stimme bekommt einen warnenden Unterton, der mich unwillkürlich dazu bringt, das Kinn zu recken und mich noch größer zu machen. König Artas muss den Kopf leicht in den Nacken legen.

»Majestät, ich will Euch nicht anlügen. Ich denke, jeder hat schon einmal daran gedacht. Aber im Moment gehe ich davon aus, dass sie noch lebt und uns rennt die Zeit davon. Die Erde ist ein perfekter Ort, um sie zu verstecken. Wir haben dort keine Truppen und keine Verbündeten wie auf den anderen Planeten. Die Menschen sind unwissend und wir könnten etwas übersehen haben.« Ich werfe einen Seitenblick zu Harú, dem ich hier mehr oder weniger unterstelle, nicht gründlich genug gewesen zu sein.

»Das ist Juri.« Malik tritt vor, während er mir mit Blicken zu verstehen gibt, ich soll die Klappe halten, da ich das erste Mal dabei bin, wenn der König den Sitzungen beiwohnt. »Er wird bald meine Nachfolge antreten, deshalb ist er hier. Er ist definitiv einer der besten Krieger unserer Zeit, aber noch würde ich nicht ...« Der König unterbricht ihn mit einer Handbewegung und fordert ihn auf, schneller zum Punkt zu kommen, was mich, trotz unserer Lage, grinsen lässt.

Malik holt tief Luft, fixiert mich. »Juri ist schwierig.«

»Sprich nicht in Rätseln!«

»Er ist ...«

»Genauso ein Hitzkopf wie du?«, helfe ich Malik aus und sehe, dass ein Muskel in seiner Wange zu zucken beginnt.

»Mehr oder weniger.« Er muss die Worte beinahe mit Gewalt zwischen den Zähnen hervorwürgen.

»Wenn er so ist wie du, Malik, mache ich mir keine Sorgen. Was sind deine weiteren Bedenken?«

»Er reagiert immer noch viel zu intuitiv.« Malik seufzt. »Bisher ging es gut, aber ...«

Er macht sich zu viele Sorgen, das war schon immer sein Problem.

»Ist er so gut, dass er deine Nachfolge verdient?«

»Ja. Er und sein Schutzgeist ebenso«, erwidert Malik ohne zu zögern. »Aber er ist auch wie ein kleiner Junge, der das Spielzeug, mit dem er gerade gespielt hat, nicht wegräumt, bevor er ein neues holt. Es endet im Chaos.«

Sein Jammern ist wirklich süß. »Und doch finde ich alles immer wieder.«

In Maliks Auge droht eine Ader zu bersten, weil er so einfach zu reizen ist.

»Vertraust du ihm, Malik?« Der König blickt ihn von der Seite aus fragend an und ignoriert unser Wortgefecht.

»Ja«, gibt er widerwillig zu. Er würde mich da am liebsten raushalten.

»Dann gibt es für mich keinen Grund, ihn nicht gewähren zu lassen. Ich werde ihm jeden Krieger zur Seite stellen, den er wünscht.«

»Ich reise allein.«

»Das habe ich befürchtet«, nuschelt Malik und stöhnt.

Faras kommt auf uns zu, versucht nochmals das Wort an den König zu richten. »Das macht keinen Sinn, Vater! Die Hauptmänner haben lange genug versucht, sie zu finden, die Erde wurde oft genug durchkämmt. Sie ist nicht da«, sagt er beinahe energisch.

König Artas lässt sich nichts anmerken, er reagiert nicht, wohingegen Faras grimmig dasteht, die Zähne zusammenbeißt.

»Vielleicht ist sie nicht da, aber ich werde trotzdem nach ihr suchen«, kontere ich Faras. »Allein werde ich kaum Aufmerksamkeit erregen und kann mit der Prinzessin schneller verschwinden.«

»Wenn sie nicht gefunden wird, dann …« Die Stimme des Königs versagt.

Ich nicke. Ich weiß, was er sagen will. Wenn wir sie nicht finden, ehe ihre Magie erwacht, ist sie jede Sekunde auf der Flucht. Wenn sie nicht jetzt schon tot ist, spätestens dann wird sie es sein. Die Zwietracht zwischen den Familien und Planeten wächst stetig, besonders nach der Entführung der Prinzessin.

»Ich werde sie finden.« Ich sage es, und ich glaube daran.

Nach weiteren Diskussionen über weitaus unwichtigere Dinge zieht Malik mich aus dem Zimmer, immer noch schäumend vor Wut.

»Was zum Teufel hast du dir nur dabei gedacht?«, zischt er, während wir den Tunnel durchqueren, der den Konferenzsaal mit dem Rest des Schlosses verbindet und den schnellsten Weg zum Hauptgebäude darstellt. Hier ist es stets, als würde man zwischen den Welten schweben. Mitten im All. Im Nichts. Die Sterne sind überall um uns herum. Der Tunnel verbindet einen Turm mit dem nächsten, wie ein gläserner Schlauch.

»Ich bin keine sechzehn mehr.«

»Nein, aber denkst du wirklich, die vier Jahre mehr machen dich zum Mann?«

»Wir wissen beide, dass es nicht die Jahre sind, die mich dazu gemacht haben.«

»Verzeih mir.« Malik fährt sich seufzend durch die Haare und verzieht das Gesicht. »Ich mache mir einfach Sorgen. Du solltest dich nicht so leichtfertig Gefahren aussetzen. Das sage ich dir nicht, weil ich denke, du seist weder Mann noch Krieger. Das sage ich dir, weil du Gefahren und Schwierigkeiten anziehst wie ein beschissener Magnet! Du solltest hierbleiben. Du wirst sie nicht finden.«

Ich bleibe ruckartig stehen, mitten im Gang, und blicke hinaus. Es ist Nacht. Mein Blick wandert über die Landschaft Menuas und all ihre Lichter, zur Erde, zu all den leuchtenden Farben, dem Blau der Meere, dem Grün und Braun der Kontinente und den wundervollen Mustern der Wolken. Ich sehe all das und irgendetwas sagt mir, dass die Prinzessin dort unten ist. Es ist nichts weiter als ein dumpfes Gefühl. Aber es ist da.

Malik ist wie ein Vater für mich und ich verstehe, dass er sich sorgt, aber ich muss das tun. Die Zeit wird knapp. Sie rinnt uns allen durch die Finger. Seit dem Verschwinden der Prinzessin hatte es unzählige Krisensitzungen gegeben, von denen eine erfolgloser war als die andere. Sie alle hatten zu nichts geführt, außer zu mehr Sorgen, Problemen und noch mehr Fragen anstatt Antworten.

Wir müssen sie finden. Vor allem, weil mit jedem Tag ihrer Abwesenheit des Königs Trauer wächst. Und seine Hoffnungslosigkeit, auch wenn er das nicht zugibt. Er ist krank. Seine Zeit verrinnt schneller als wir dachten und die Trauer hat sich um ihn geschlungen wie eine Schlange, sie greift seinen Körper an, vergiftet seinen Geist und bohrt ihre scharfen Zähne mitten in sein Herz. Seine Kräfte lassen nach.

Bis heute versuche ich zu verstehen, wie sehr man jemanden lieben muss, damit man daran zerbrechen kann.

Kapitel 2

Wenn wir nicht an uns selbst glauben, wer soll es dann tun?
Mut im Herzen, Liebe in der Seele –
wir müssen sie uns bewahren und uns stets daran erinnern,
dass es egal ist, ob wir scheitern.
Es kommt darauf an,
ob wir es überhaupt versuchen.

Lynn

»Scheiße, Lynn! Du sollst doch die Arme hochnehmen, verflucht noch mal!«

Jim muss wirklich lernen, weniger zu fluchen. Allerdings komme ich gerade selbst kaum drum herum, als ich mir die Nase halte und sehe, wie das Blut aus ihr heraus über meine Hand auf den Mattenboden fließt.

»Zeig mal her.« Jim hebt meinen Kopf an, stützt mich und ich nehme nur widerwillig die Hand weg. Meine Nase pocht, das Blut fühlt sich warm an. Ich lasse den Stock fallen und halte mich an Jim fest, um nicht vor Schwindel umzukippen.

»Du hast nicht gesagt, dass es schon losgeht«, nuschele ich.

»Mach jetzt keine Witze! Deine Nase sieht zum Glück nicht gebrochen aus.« Er drückt kräftig aufs Nasenbein und ich zucke leicht zusammen. »Nicht gebrochen. Sonst wärst du jetzt schreiend zu Boden gegangen.«

»Soll mich das jetzt trösten?« Blut fließt mir in den Mund und ich verziehe vor Ekel das Gesicht. Hinzu kommt die unerträgliche Hitze dieses Sommers, die mir den Schweiß über die Stirn laufen lässt, auch ohne dass ich trainiere.

Jim lacht schon wieder. Wenigstens einer von uns.

»Komm mit. Wir machen dich erst mal sauber. Wo warst du nur mit deinen Gedanken?«

Ich antworte nicht. Auch nicht, als er mich zur Toilette schleppt. Oder als er mich durch den Spiegel grimmig ansieht, während ich versuche, so viel wie möglich von dem roten Zeug wegzuwischen, das mir im Gesicht hängt, und die Blutung zu stillen.

»Muss ich noch mal fragen? Scheiße, Lynn! Du übst seit Monaten mit dem Stock und wirst immer besser. Was zur Hölle war los?«

»Bo Jutsu ist nicht mein Ding, befürchte ich.«

»Schwachsinn! Nichts liegt dir besser als der Stock. Erzähl keinen Mist.«

Während ich mir einen Waschlappen unter die Nase halte, verschränkt Jim die Arme vor der Brust und erdolcht mich mit Blicken. Großartig. Jim ist ein Riese. Ihm gehört der kleine Sportclub, den ich durch Zufall entdeckt habe. Er ist der einzige Freund, den ich habe, und er weiß das nicht einmal. »Ich hatte einen schlechten Tag?«

»War das eine Frage?«

»Wenn du so weitermachst, fange ich wie du an zu fluchen. Ich war einfach woanders mit meinen Gedanken, okay?« Der Waschlappen wandert nochmals unter kaltes Wasser. Die Nase hört zum Glück langsam auf zu bluten, aber es tut höllisch weh.

»Und wo warst du mit deinen Gedanken?«

Ich stöhne auf. Vor Schmerz und wegen Jim. Er wird nicht lockerlassen.

»Ich … bei meinem Geburtstag. Ich habe morgen Geburtstag.« Meine Lider senken sich beinahe von selbst.

Andere freuen sich auf diesen Tag. Sie tun es, weil ein weiteres wundervolles Jahr auf sie wartet, weil sie es mit Menschen verbringen können, die sie lieben. Ich wünsche mir Jahr um Jahr, dass der abgepackte Kuchen nicht noch widerlicher schmeckt als zuvor.

»Endlich siebzehn, stimmt's?« Als ich Jim lachen höre, öffne ich abrupt die Augen und drehe mich samt Waschlappen und pochender Nase zu ihm um.

»Woher weißt du das?«

»Du hast einen Anmeldebogen für den Club ausgefüllt, weißt du nicht mehr?« Er zwinkert mir zu und sein diebisches Grinsen verwirrt mich zutiefst.

»Das habe ich vergessen«, stottere ich.

»Der Gedanke an deinen Geburtstag hat dir eine dicke, blutige Nase beschert. Meinen Glückwunsch! Wenn du hier fertig bist, komm kurz ins Büro.« Ohne ein weiteres Wort verlässt er den Waschraum.

Ich habe Angst. Jedes Jahr. Nur vor diesem Tag. Denn ich hasse ihn so sehr. Vielleicht, weil ich selbst mich an diesem Tag nicht ausstehen kann. Weil ich mich immer wieder frage, wer ich eigentlich bin und warum niemand da ist, der wirklich gerne bei mir sein will. Natürlich ist das bescheuert, denn es ist, wie es ist. An jedem Tag im Jahr komme ich damit klar, nur dieser eine zwingt mich immer wieder aufs Neue in die Knie.

Seufzend schüttele ich den Kopf, nur um kurz darauf zischend die Luft einzuziehen vor Schmerz. Ein letztes Mal kühle ich meine Nase, dann wische ich das restliche Blut weg. Mein Shirt kann ich wohl nicht mehr retten.

Ganz vorsichtig beuge ich mich näher zum Spiegel, bewege den Kopf zur Seite und begutachte die Nase aus jedem Winkel. Sie ist leicht geschwollen, besonders am Rücken, der den Holzstock mit voller Wucht abbekommen hat. Eine gebrochene Nase wäre das i-Tüpfelchen des morgigen Tages gewesen.

Meine Sportsachen nehme ich mit, Jim wartet bereits auf mich. Ich erspähe seinen rotblonden Lockenkopf durch die Glasscheibe der Bürotür, bevor ich eintrete. Mit seinem Vollbart sieht er aus wie ein Wikinger. Grinsend stellt er sich vor mich und drückt mir plötzlich etwas an die Brust, sodass ich aus Reflex danach greife. Irritiert registriere ich seinen freudigen Ausdruck, dann sehe ich nach unten auf meine Hände.

Ein Langstock aus Holz. Filigrane Schnitzereien sind an einem Ende zu erkennen, von dem sich helle Linien durch das ansonsten dunkle Holz ziehen. Er ist wunderschön. Ich drehe ihn, betrachte ihn von jeder Seite, bis ich eine Gravur unterhalb der kleinen Schnitzereien entdecke.

Mut im Herzen, Liebe in der Seele.

Völlig betreten stehe ich da, mit offenem Mund, und merke, wie sich ein Schleier über meine Augen legt, als ich meinen Kopf hebe, um Jim anzusehen.

»Ich weiß, du hast erst morgen Geburtstag, aber ich dachte, weil ich deine Nase beinahe zertrümmert habe …« Er wedelt komisch mit seiner Hand herum, dann räuspert er sich. »Ich habe ihn extra für dich anfertigen lassen. Er ist perfekt für deine Größe, robust, nicht zu schwer. Ich dachte, er würde dir gefallen.«

Samt Stock falle ich Jim um den Hals. So gerne würde ich mich bedanken, aber ich kann nicht reden. Ein riesiger Kloß sitzt in meinem

Hals und schnürt mir die Luft ab. Hoffentlich versteht Jim auch so, wie sehr ich ihm danke, wie glücklich und gerührt ich bin.

Er schiebt mich sachte von sich, klopft mir ein-, zweimal auf den Rücken, bevor er seine Hände auf meine Schultern legt.

»Du bist so oft hier, du gehörst beinahe zum Inventar.« Er lacht kurz auf, bevor er ernst wird. »Mut im Herzen und Liebe in der Seele. Das wünsche ich dir, Lynn. Vergiss das nie! Du brauchst beides, um für das Richtige kämpfen zu können – und es vom Falschen zu unterscheiden.«

Durch den Mund atmend, mit pochender Nase, laut klopfendem Herzen und einer unbändigen Freude in mir, umarme ich Jim zum Abschied, schnappe mir meine Sachen und den Stock. Ich lächle – und ich kann mich nicht daran erinnern, wann es das letzte Mal so unglaublich guttat.

Draußen scheint mir die Sonne ins Gesicht und ich stelle fest, dass die Hitze nicht besonders hilfreich dabei ist, den Schmerz zu vergessen. Immer wieder muss ich mich selbst ermahnen, mir nicht an die Nase zu fassen. Trotzdem ist es halb so schlimm, denn ich habe jetzt meinen eigenen Langstock, den ich fest umklammere, und ich sage mir, dass das kein Traum ist, dass er wirklich mir gehört und dieser Geburtstag vielleicht anders wird. Dass ich diesen Tag mögen könnte. Deshalb kann meine pochende Nase mich nicht davon abhalten, mich zu freuen und auf dem Weg zurück ins Heim unaufhörlich zu lächeln.

Nach zehn Minuten trennen mich nur noch wenige Meter und eine breite, viel befahrene Straße von dem alten Gebäude, in dem ich *leben darf*, wie Ellie, unsere Hausmutter, es stets betont. Jeden Tag erzählt sie uns, dass wir es schlechter hätten treffen können. Dass es besser ist, sich ein kleines Zimmer mit fünf anderen Mädchen zu teilen, als keines zu haben.

Ich seufze tief, bevor ich das Haus betrete und mir die warme, stickige und abgestandene Luft entgegenschlägt. Es gibt einen kleinen Empfang, an dem immer eine Hausdame sitzt, die darauf achtet, wer ein und aus geht und natürlich, dass die Besuchs- und Ausgehzeiten eingehalten werden. Gerade senkt sie die Zeitung und schaut grimmig über ihren Brillenrand, weil ich summend die kleine Halle betrete. Ihre buschige Augenbraue schnellt nach oben, ihre Augen verengen sich zu Schlitzen und wie immer kräuselt sie angewidert die Lippen. Sie hasst Kinder. Einen Flur weiter befinden sich außerdem Räume, die für Termine mit dem Jugendamt oder ähnlichen Institutionen genutzt werden. Außerdem sind hier die Privaträume unserer Betreuer.

Die knarzende, beengte Holztreppe führt nach oben und jeder meiner Schritte entlockt ihr einen anderen Ton. Das Holzgeländer ist nicht zu gebrauchen, es fällt beinahe auseinander und es splittert. Einmal habe ich es vergessen und mir einen Holzsplitter in den Finger gerammt. Die letzte Stufe knarzt am lautesten, der modrige Geruch unseres Heims dringt in meine Nase, aber ich lächle immer weiter, denn ich fühle mich noch beschwingt und zuversichtlich. Zu meiner Rechten ist der Waschraum, bis zur Mitte des Ganges befinden sich Schlafräume, hinten der Aufenthaltsraum und die Küche. Hier links ist mein Zimmer. Ich biege ab und noch bevor ich jemanden sehe, höre ich bereits die durchdringende, schrille Stimme von Anna. Meine allerbeste Freundin – weder in diesem noch im nächsten Leben.

»Unglaublich, nicht wahr? Da kommt sie einfach nicht …«

Als ich unser Zimmer betrete, verstummt sie. Sie dreht sich zu mir um, wickelt sich schelmisch grinsend eine Strähne ihres blond gefärbten Haares um den Finger, legt den Kopf schräg und mustert mich abschätzig. Nichts Neues.

Ich hasse diese Momente, denn es gibt zu viele davon. Zu viele, in denen ich stark sein muss und irgendwie jemand anderes. Diese Momente zwingen mich dazu, eine Maske aufzusetzen und einen Schalter umzulegen, der jegliche Emotionen in mir dämpft. Die mich zwingen, einen Schutzschild anzulegen. Aber ich spüre bereits, wie sich Risse bilden.

»Gott, wie siehst du denn aus?«

»Wieso fragst du? Ist mir ein zweiter Kopf gewachsen?« Ich schmeiße den Rucksack vors Bett, lege den Stock darauf und sehe Anna an. Die Hände lege ich an die Hüfte. Es soll keck wirken und selbstbewusst. Nur ich weiß, dass ich versuche, die einzelnen Stücke meiner Fassade davor zu bewahren, einzustürzen. Ich versuche mich zusammenzuhalten.

»Nein, aber eine zweite Nase. Und irgendein ekelhaftes Zeug klebt an deinem Shirt. Sieht aus wie Ketchup von vor vier Wochen. Nicht, dass du sonst besser aussiehst.« Sie kaut auf einem Kaugummi herum und kommt auf mich zu. »Übrigens, du hast die Putzstunde verpasst.«

»Es ist doch erst …«

»Sechs, genau. Heute war Putztag. Aber keine Sorge, wir haben dir etwas übrig gelassen.«

Verdammt! Gerade als ich Luft hole zum antworten, stürmt Ellie herein. Ihr dicker Bauch bebt im Takt mit ihrem fast genauso dicken Hintern. Ihr Blick ist mörderisch.

Sie hat stets ein gutes Timing.

»Lynn! Wo. Warst. Du?« Wenn sie böse ist, gleicht jedes Wort einem ganzen Satz.

»Es tut mir leid, ich habe die Zeit nicht im Blick gehabt …«

»Ja, das haben wir gemerkt. Die Mädchen mussten deine Arbeit miterledigen. Du wirst verstehen, dass ich das nicht zur Gänze dulden konnte. Das Bad gehört also dir. Du hast eine Stunde Zeit, dann gibt es Abendessen.« Keuchend, voller Wut steht sie im Türrahmen.

»Aber ich …«

»Aber was, Lynn?« Sie spuckt die Worte förmlich aus und zieht die Augenbrauen nach oben.

Ich hole Luft. *Aber ich habe um Mitternacht Geburtstag!* Ich schlage mir schnell die Hand vor den Mund. Beinahe hätte ich mich verplappert. »Nichts. Es ist nichts.«

»Das will ich hoffen. Und jetzt beeil dich.« So schnell wie sie kam, verschwindet sie. Annas Unschuldsmiene verschwindet mit Ellie, macht ihrem ekelhaften Grinsen Platz und als sie sich zu mir beugt, wird mir schlecht von dem widerlichen Melonengeruch ihres Kaugummis.

»Keine Sorge, das Bad ist halb so schlimm.«

Kichernd verschwinden die zwei aus dem Zimmer. Für einen Moment sinke ich aufs Bett und hole tief Luft. Mein Kopf hämmert so heftig wie meine Nase. Ich bin wütend, dass ich nicht ich sein darf, dass es hier mehr Regeln als Rechte gibt – zumindest für mich. Ich bin wütend, dass ich noch ein Jahr durchhalten muss, weil meine Eltern nicht den Mut hatten, mich bei sich zu behalten.

Sorgfältig verstaue ich die Tasche im Schrank und den Stock unter meinem Bett. Ich glaube nicht, dass Anna ihn gesehen hat. Trotzdem bringe ich ihn morgen zurück zu Jim und lasse ihn dort, denn hier ist er nicht sicher. Es ist besser so, denn bei meinem Glück würde er konfisziert werden, weil ich ihn als Waffe gegen die anderen Mädchen einsetzen könnte. Schnaufend stehe ich auf. Wenn Anna mich weiter so behandelt, wäre das nicht einmal besonders abwegig.

Ich versuche mich auf etwas Positives zu konzentrieren, auf nachher. Dann habe ich Zeit für mich und schon bald beginnt ein neuer Tag. Einer, der mich weiter an das Ende in diesem Gefängnis bringen wird.

Als ich das Zimmer verlasse, habe ich mich wieder gefasst. Zumindest bis ich das Bad betrete, den ersten Blick hineinwerfe und mir Annas Worte in den Sinn kommen. Verdammt, sie haben alles mit Absicht verdreckt. Klorollen stecken in den Toiletten, das Papier klebt durchnässt an den Wänden, bedeckt den Boden. Ein Hahn ist leicht geöffnet, der Abfluss verstopft und das Wasser läuft in einem gleichmäßigen Rhythmus über den Beckenrand und flutet den Boden.

Wenn mich jetzt jemand fragen würde, ob das Glas meines Lebens für mich halb voll oder halb leer wäre, dann würde ich lachen. Mein Leben gleicht eher einem leeren Glas Nutella …

Kapitel 3

Die Einsamkeit
kann unser größter Freund
oder unser größter Feind sein.
Sie kann uns erdrücken oder befreien.

Lynn

»Happy Birthday!«

Ich puste die kleine, mickrige Kerze auf meinem Supermarkt-Törtchen aus und starre es an. In genau dreihundertfünfundsechzig Tagen bin ich achtzehn. In dreihundertfünfundsechzig Tagen bin ich frei. Der Gedanke daran, bald hier rauszukommen, treibt mir die Tränen in die Augen. Das und vielleicht auch die Tatsache, dass ich hier allein mit einem Billigkuchen meinen Geburtstag feiere, der im Übrigen trotz meiner Gebete ekelhafter ist als der vom letzten Jahr. Er schmeckt schlicht widerlich, vor allem, weil Wachs drauf getropft ist. Aber ich würge ihn herunter, denn es wird der einzige sein, den ich heute zu Gesicht bekomme.

Dass mir das noch etwas ausmacht, macht mich wütend, denn eigentlich kenne ich es nicht anders. Ich bin sauer auf mich selbst, weil ich an diesem Tag stets hoffe, dass sich etwas ändert. Dabei wird mir eine Sache jedes Jahr wieder klar: Es gibt nur zwei Arten der Einsamkeit. Die eine, die wir uns selbst aussuchen, und die andere, die wir nicht ändern können. Egal, welche uns umgibt, das wirklich Schlimme daran ist, dass wir uns viel zu schnell an sie gewöhnen.

Ich lege meine Hand auf den Langstock, der neben mir liegt wie ein alter Freund und den ich zuvor heimlich und leise unter dem Bett hervorgekramt habe, während ich weiter auf dem Kuchen herumkaue. Egal, wie ekelerregend er ist, mein Magen dankt es mir, denn ich habe das Abendessen verpasst. Dass ich mit dem Bad überhaupt fertig geworden bin und danach selbst noch duschen konnte, gleicht einem Wunder.

Nachdem kein Kuchen mehr da ist, streiche ich ein paar Krümel von meinen Klamotten und lege die Kerzen neben mich. Ich hebe den Blick und starre in den Himmel. Der Mond gehört zu den Dingen, die mich beruhigen. Die Nacht ist etwas, das mich anzieht. Das war schon immer so, deshalb komme ich fast jeden Abend hierher, aufs Dach des

Waisenhauses, und sehe mir den Himmel an, die Sterne und den Mond. Immer dann, wenn alle schon schlafen. Es ist kaum zu glauben, aber man sieht sogar in der Großstadt den Sternenhimmel recht häufig. Vor der Kulisse der Skyline all dieser großen Häuser sieht er noch beeindruckender aus. Natürlich leuchten die Sterne nur halb so hell, aber sie tun es. An Abenden, an denen es bewölkt ist, legt sich auch auf mich etwas, eine Schwere, die ich kaum beschreiben kann. Aber nicht heute. Heute schimmert der flache Boden des Daches leicht, der Mond erleuchtet den rauen Belag vollkommen. Es ist, als würde ich die Sterne nicht nur ansehen, sondern zwischen ihnen sitzen, einer von ihnen sein.

Am Tag ist die Welt hektisch und unruhig, in der Nacht steht sie still und erholt sich – sie kommt zur Ruhe – und ich mit ihr. Dann kann ich vergessen, wer ich bin und wo ich wohne. Dann sehe ich meine zerrissenen Jeans, meine ausgelatschten Turnschuhe und das verblichene Shirt und vergesse, warum sie so aussehen … warum ich sie trage. Zumindest bilde ich mir das ein. Denn sind wir ehrlich: Niemand kann vergessen, wo er wohnt oder herkommt. Man kann es verdrängen und vielleicht auch irgendwann akzeptieren, aber vergessen tut man es nicht.

Vielleicht bin ich die Ausnahme. Schließlich kann ich nichts vergessen, das ich nie wusste. Ich weiß, wo ich bin, aber nicht, wo ich herkomme. Warum meine Eltern mich nicht mehr wollten und ich hier gelandet bin. Darüber nachzudenken bringt nichts, aber nur in den seltensten Fällen kann ich meine Gedanken davon abhalten, sich damit zu beschäftigen.

Bald. Bald hat alles hier ein Ende und ich kann neu beginnen. Dann ist die Schule vorbei, die Zeit im Heim und mein Leben als Fußabtreter von Anna. Natürlich habe ich mich früher oft gewehrt und genauso oft wurde ich bestraft. Ich, nicht Anna. Niemand traut ihr zu, gehässig zu sein oder etwas anderes als eine Prinzessin, die nur durch einen tragischen Fehler ins Heim musste. Wer könnte so ein Kind nicht lieben? Dass mir auf Anhieb die ganze Menschheit einfällt, interessiert niemanden. Jeden Streich, den man sich vorstellen kann, hat sie mit mir gespielt und jedes Mal habe ich dafür zusätzlich eine Strafe kassiert, weil mir niemand geglaubt hat. Weil sie brav aussieht, mit ihren Wimpern klimpert und versichert, dass sie nichts tut, außer mir vielleicht zu helfen. Wohingegen ich stets aufmüpfig und temperamentvoll bin. Immerzu habe ich widersprochen, bis ich begriff, dass ich niemals gewinnen konnte. Und so gab ich auf, legte meine Rüstung an, meinen Schutzschild. Ich zog mir diese andere Lynn über, die sich versprach, sich auf niemanden mehr zu verlassen und sich von niemandem mehr verletzen zu lassen. An den besseren Tagen funktioniert es, aber meist scheitere ich daran.

Ich wünsche Anna nichts Schlechtes. Ich wünsche mir nur, dass sie mich in Ruhe lässt.

Mein Blick wandert von den Lichtern am Himmel über die der Stadt bis zu den Reflexionen des Daches, auf dem ich sitze. Gedankenversunken streiche ich über den Langstock zu meiner Linken.

Es wird heller. Zumindest kommt es mir so vor. Irritiert sehe ich mich um, bis mein Blick an meinem rechten Unterarm hängen bleibt. Langsam hebe ich ihn an und drehe ihn so, dass ich die Innenseite im Schein des Mondes erkennen kann. Ich blinzle, einmal, zweimal, reibe mir sogar über die Augen, weil ich sicher bin, dass es die Müdigkeit ist, die mir einen Streich spielt. Aber selbst danach bleibt der Anblick der gleiche: Teile meiner Haut, nahe der Hand, leuchten ganz sanft. Es reicht, um mich nervös werden zu lassen.

Wenn der Arm nicht an mir hinge, würde ich wegrennen. Aber das wäre wohl genauso effektiv, wie vor einer Spinne davonzulaufen, die auf der eigenen Schulter sitzt. Zögerlich strecke ich den Arm, hebe ihn noch höher. Jim würde jetzt kräftig fluchen, ich hingegen verschlucke mich bei dem Versuch nur an meinen Worten und starre wie eine Irre auf das Licht, das von mir ausgeht, das ich nicht verstehe und mir eine höllische Angst macht.

Plötzlich leuchtet es heller, breitet sich aus und es fühlt sich an, als brenne es sich in meinen Arm. Nur mit Mühe unterdrücke ich einen Schrei. Mein Atem beschleunigt sich, Schweißperlen bilden sich auf meiner Stirn. Hastig stehe ich auf, stolpere zur Luke und stürze hektisch die Treppe nach unten. Ich achte nicht darauf, leise zu sein, ich drücke meinen Arm an mich, der brennt und leuchtet, und beiße die Zähne zusammen. Im Bad halte ich ihn unter fließendes kaltes Wasser, aber es ändert nichts. Es passiert nichts. Frustriert und gleichzeitig ängstlich stöhne ich auf und sogleich halte ich schnell meine Hand vor den Mund. Anna und die anderen zu wecken, wäre mein Untergang.

Ich bin ein Freak.

Panisch umwickle ich den Arm mit einem kleinen Handtuch, aber selbst das dämpft nur schwach das Licht. Und schon gar nicht den Schmerz. Mit aller Macht versuche ich dagegen anzukämpfen, beiße mir die Lippe blutig. Eine Träne läuft über meine Wange und ich bin kurz davor, zusammenzubrechen. Weil ich niemanden habe, der mir helfen kann. Weil ich selbst nicht verstehe, was hier gerade passiert.

»Scheiße!«

Egal, was Anna je getan hat, ich habe sie nie fluchen gehört. Aber jetzt steht sie vor mir in ihrem pinken Nachthemd und starrt mich an, als wäre ich eine Außerirdische. Die trügerische Stille, die darauf folgt, der Moment, in dem wir uns in die Augen sehen und ich ihr stumm sage, dass ich ihre Hilfe brauche, dass ich keine Ahnung habe, was passiert, vergeht, als sie kreischend aus dem Bad rennt und alle aufweckt.

Ich stürme in unser Zimmer, schmeiße mich auf mein Bett und drücke den Arm fest an mich. Auf der Seite liegend umwickle ich ihn mit der Bettdecke, ziehe die Beine an und schließe die Augen. Ich kneife sie zusammen und kann mein Schluchzen nicht mehr unterdrücken. Ich gebe auf.

Nur noch gedämpft dringt Annas Geschrei zu mir durch, wie ein sanftes Hintergrundrauschen. Die Decke schmiegt sich schützend um mich und einige Sekunden lang ist alles vergessen.

Bis Ellies Geschrei sich mit Annas mischt, das Licht im Zimmer angeht und mich blendet. Bis Ellie an mir rüttelt und mich anmeckert, was ich wieder angestellt habe. Als wäre ich ein ungezogenes Balg von zehn Jahren und nicht eine junge Frau, die heute siebzehn wurde.

Ich öffne die Augen und sehe in die ihren. Sie und die anderen Mädchen blicken mich an, neugierig, verwundert, aber vor allem genervt, weil man sie geweckt hat. Ich schlucke schwer, der Kloß in meinem Hals dehnt sich aus. Selbst bei dem Versuch, etwas zu sagen, versagt meine Stimme. Ich schmecke das Salz meiner Tränen auf den Lippen.

»Lynn! Hörst du mich? Lynn!« Ellie rüttelt weiter an mir, während ich verzweifelt versuche, das Zittern zu unterdrücken und meinen Arm unter der Decke zu halten. Ich weiß nicht, warum sie so weiterschreit, ich sehe sie schon längst an, ich kann nur einfach nichts sagen.

»Was ist hier los? Warum schläfst du nicht? Wo warst du? Warum lagst du nicht im Bett?«

So viele Fragen, die ich ihr nicht beantworten kann. Aber das muss ich auch gar nicht, denn Anna fasst sich sofort theatralisch ans Herz und reißt ihre hellblauen Augen auf.

»Ellie, es war schrecklich! Sie ist nicht normal. Sie leuchtet! Ellie, ihr Arm leuchtet!« Sie zeigt nun auf mich und ihr Schock mischt sich mit dem ekelhaften Grinsen, das regelmäßig ihr Gesicht ziert.

»Das ist doch … Ich meine … Das kann nicht sein! Zeig mal her, Lynn.« Voller Tatendrang beugt sich Ellie vor und zieht an meiner Bettdecke, will meinen Arm entblößen. Das kann ich nicht zulassen. Ich kämpfe gegen sie an, halte die Decke fest und strample wild um mich, egal, wie kindisch oder bescheuert es aussieht.

»Was soll denn das? Hör auf damit!« Sie zieht mit einem kräftigen Ruck und ich kann die Decke nicht mehr halten. Ich liege da, in Jeans und Shirt, und fühle mich nackter als je zuvor. Den Arm, um den noch das kleine Handtuch gewickelt ist, drücke ich an meine Brust. Ich setze mich hin, rutsche auf dem Bett ganz nach hinten, weg von allen. Still flehe ich sie an, mich in Ruhe zu lassen. Ohne Erfolg.

»Jetzt hör auf mit diesem Unsinn, du bekommst schon genug Ärger.«

Das weiß ich. Es war schließlich nie anders. Trotzdem klammere ich mich an meinen Arm und an das Bett, als würde mein Leben davon abhängen. Ellie steigt zu mir auf die Matratze, redet auf mich ein und schnappt nach meinem Arm. Sie reißt das Handtuch ab.

»Nein!«, schreie ich und will nach dem Handtuch greifen. In meiner Verzweiflung stoße ich Ellie beinahe auf den Boden.

»Mein Gott, Lynn! Was soll das Theater? Und das Gleiche könnte ich dich fragen, Anna! Da ist nichts.« Ellie starrt zuerst mich, dann Anna böse an, während sie meinen Arm wie einen nassen Lappen in die Luft hochhält und damit herumwedelt. Das Pochen in meinen Ohren ist kaum auszuhalten und genauso laut wie mein Atem, der Druck in meiner Brust droht mich zu ersticken. Da ist nichts. Drei Wörter, die ich immer wieder leise sage. Mein Arm, er tut nicht mehr weh, er leuchtet nicht mehr.

»Aber … aber … da war … Sie ist ein Monster!« Anna dreht durch. Sie schreit und rauft sich die Haare, ihre Lippen beben, ihre Augen sind weit aufgerissen und sie beginnt zu zittern, während die anderen Mädchen versuchen, sie zu beruhigen.

»Mel, bring Anna bitte runter in mein Büro, leg sie auf die Liege und deck sie zu. Bleib bei ihr. Und ihr anderen ab ins Bett! Macht die Lichter aus und beruhigt euch. Es ist alles okay, nichts ist passiert.« Ellie instruiert uns, bleibt ruhig, aber herrisch. Als alle anfangen, ihren Befehlen zu folgen, dreht sie sich zu mir. Ich sitze da, erwarte das Schlimmste.

»Ich weiß nicht, was das eben war, aber du siehst nicht gut aus. Willst du darüber reden?« Ungewohnt sanft fällt ein Wort nach dem anderen aus ihrem Mund und verwundert mich zutiefst. »So oder so, morgen früh erwarte ich dich direkt nach dem Frühstück in meinem Büro.« Schon ist sie wieder die Alte. Sie steht auf, lässt mich in Ruhe und ich sacke zusammen, fahre mir durch die Haare.

Alles wird langsam ruhiger, alle gehen zu Bett, Anna wird aus dem Raum gezogen, Ellie folgt ihr. Das Licht erlischt. Im Dunkeln höre ich nur meinen Atem und das unruhige Klackern der Klimaanlage. Ich versuche still zu weinen und aufzuhören mit diesem beschissenen Zittern, aber es gelingt mir nicht ganz. Trotzdem sagt niemand etwas, falls sie mich hören.

Was ist da passiert? War das real? So viele Fragen rasen durch meinen Kopf. Irgendwann gleite ich von der Wand weg, bette meinen Kopf auf dem Kissen und halte den Blick auf meinen Arm gerichtet, dessen Umrisse ich gerade noch erkennen kann.

Es ist weg. Was auch immer es war, es ist weg.

Kapitel 4

Verdammt, das war nicht geplant! Es sollte vorbei sein. Das hätte es bereits vor siebzehn Jahren sein sollen. Doch statt mich weiter an des Königs Trauer zu laben und zu beobachten, wie er langsam vor Schmerz zerbricht, muss ich den Fehler ausbügeln, den jemand anderes begangen hat. Fluchend ziehe ich das Schwert aus dem Körper meines Gegenübers, stecke es weg und beobachte, wie er zu Sternenstaub zerfällt. Nachdem meine Kontakte berichteten, es sei eine ungewöhnliche Sternenaktivität aufgetaucht, rief ich ihn zu mir, den Kopfgeldjäger von damals. Beinahe verzweifelt hat er gestanden, dass er die Prinzessin nicht wie befohlen getötet hat. Nein, er hat sie nur entführt und auf der Erde ausgesetzt. Das heißt, sie lebt noch immer und kann gefunden werden – Juri wird sie finden. Er ist auf dem Weg. Auf keinen Fall lasse ich das zu! Mit ernstem Gesicht drehe ich mich zu Leas und Yatu um, zwei Kopfgeldjägern.

»Ihre Magie ist erwacht. Findet sie, bevor Juri es tut – und dann tötet sie.«

Oh ja, ich kann es vor mir sehen, wie sie um Gnade winselt, wie sie schreit und jammert, nur um dann zu Sternenstaub zu zerfallen. Ich hingegen werde jede weitere Minute genießen, in der Juri und all die anderen Hauptmänner versuchen sie zu finden, in dem Wissen, dass das nie passieren wird. Ich nehme ihnen das, was sie am meisten lieben. So wie sie es bei mir taten …

Kapitel 5

Wenn wir glauben, unwichtig oder gewöhnlich zu sein,
dann sind wir es – egal, ob es stimmt oder nicht.
Letztendlich liegt es an uns und nicht an der Welt.

Lynn

Nach einem unruhigen Schlaf voller Träume wache ich auf. Keine Ahnung, wann ich eingeschlafen bin und wie lange ich geschlafen habe, aber mein Kopf tut weh. Mein Kopf, mein Nacken, meine Nase … Stöhnend drehe ich mich auf den Rücken. Die Jeans und das Shirt, der Schweiß von gestern, die Angst – alles klebt noch an mir.

Das Zimmer ist bereits verwaist, niemand hat mich geweckt. Wahrscheinlich hat sich niemand getraut oder überhaupt daran gedacht. So oder so verpasse ich gerade das Frühstück. Das Bedauern hält sich in Grenzen, allein der Gedanke an Essen dreht mir den Magen um.

Ächzend stehe ich auf und schleppe mich ins Bad. Die Klamotten werfe ich achtlos auf den Boden und steige sofort in die Duschkabine, stelle mich unter das eiskalte Wasser, das einen Schauer durch mich jagt und alle Überreste von gestern mit sich im Abfluss versenkt. Es fließt über mich, meine Haare saugen es auf, es springt von meinen Wimpern wie von einer Klippe, rinnt über meine Nase und mein Kinn, meinen Hals hinunter, immer weiter, immer schneller.

Ich spüre, dass meine Muskeln der Kälte nicht mehr standhalten können, wie sie beginnen zu zittern, um Wärme zu erzeugen. Meine Haut wandelt sich von blass zu blau, sie wird schrumpelig. Alles wird irgendwie taub und es fühlt sich zu gut an, um es aufzugeben. Mit geschlossenen Augen wasche ich meine Haare und meinen Körper, beinahe wie in Trance, und bleibe danach eine weitere kleine Ewigkeit unter dem kalten Wasser stehen. So lange, bis ich die ersten höre, als sie vom Frühstück zurückkommen.

Ich mache den Hahn zu, schnappe mir eines der Handtücher aus dem Schrank, wickele es um mich und greife mir meine verdreckten Sachen. Ich bringe sie ins Zimmer, in meinen kleinen Wäschekorb, greife nach frischen Sachen und ignoriere so gut wie möglich die Blicke der anderen, ihr Getuschel, ihre Anwesenheit.

Wieder im Bad, versuche ich der Knoten in meinem langen Haar Herr zu werden. Der Spiegel zeigt mir ein blasses Gesicht und meine Gedanken wandern zu gestern Nacht. Ellie wartet unten auf mich, in ihrem Büro. Sie will mit mir über das sprechen, was geschah – oder nicht geschah. Wer weiß das schon. Seufzend ziehe ich die Bürste durch den nächsten Knoten, reiße mir ein Dutzend Haare aus. Sie wird mich mit irgendetwas bestrafen, selbst wenn sie nicht genau weiß wofür. Selbst wenn es nur dafür ist, dass ich wach war, die anderen Mädchen geweckt und Unruhe gestiftet habe. Ihr wird etwas einfallen, wie immer. Hoffentlich hat sie nicht herausgefunden, dass ich auf dem Dach war, sonst …

Das Dach!

Ich schmeiße die Bürste in die Ecke, stürme aus dem Bad und binde mir im Laufen einen Zopf. Es ist egal, wie meine Haare aussehen, es ist egal, dass ich zu spät zu Ellie komme. Ich habe meinen Stock oben liegen gelassen! Verflucht!

Keuchend renne ich ans Ende des Flurs, dränge mich in den Putzraum und öffne die kleine Seitentür, die die Rundtreppe zum Dach freigibt. Ich hetze nach oben und bete, dass er noch da ist.

Schwer atmend erklimme ich die letzte Stufe, stelle erschrocken fest, dass ich die Luke offen gelassen habe. Die Sonne brennt und scheint voll auf die dunkle Fläche des Daches. Da liegt er. Einen Seufzer der Erleichterung abgebend eile ich zu ihm, bücke mich und nehme ihn in die Hand. Er fühlt sich gut an. Ich sollte mir einen Namen für ihn überlegen. Schließlich hat jeder Kampfbegleiter einen guten Namen verdient. Vielleicht nenne ich ihn …

»Autsch!« Ich lasse den Stock fallen, zucke zusammen. Der Schmerz ist nur kurz da, aber er kommt mir bekannt vor.

»Nein, nein, nein! Einfach nein!«, flüstere ich und hebe den Arm. Den rechten. Der Schmerz ist weg, aber das Licht ist keinesfalls eine Reflexion der Sonne. Es ist wieder da und ich weiß nicht, ob ich mich freuen soll, nicht verrückt zu sein, oder doch lieber fluchen, weil ich nicht normal bin.

Ich schüttele den Arm und versuche, das Licht irgendwie *auszumachen*. Das klingt bescheuert, aber so ist es. Es soll aufhören! Für einen kurzen Moment lache ich hysterisch auf bei dem Gedanken, dass mein Arm womöglich gleich in Flammen steht. Wenigstens sind die Schmerzen weg, einfach so.

In dem Licht, das aus meinem Arm kommt, erkenne ich ein Muster, aber nur, wenn ich genau hinschaue. Ich halte den Arm still, um es erkennen zu können. Es leuchten einzelne Punkte. Wenn ich es nicht besser wüsste, würde ich sagen, ein Sternbild hat sich gerade von selbst in meine Haut gebrannt.

Ich schiebe meine Haare aus dem Gesicht, hole tief Luft und schließe kurz die Augen.

Okay, Lynn, deine Geburtstage sind immer schräg, aber das hier kann einfach nicht passieren. Das Highlight war immer ekliger Kuchen.

Mit wild klopfendem Herzen öffne ich die Augen, ganz langsam und – es ist noch da. Vorsichtig nähere ich mich den Leuchtpunkten mit einem Finger, tippe darauf, als wäre das Licht auf meinem Arm ein Parasit, was es ja auch irgendwie ganz gut trifft. Es tut nicht mehr weh. Es leuchtet nur noch. Moment, das Sternbild sieht beinahe aus wie ein Tier, wie ein …

Von jetzt auf gleich werde ich so heftig geblendet, dass ich die Augen zukneifen muss. Aber nicht mein Arm ist schuld daran und ich kann mir kaum vorstellen, dass die Sonne auf einmal verrücktspielt. Vorsichtig blinzele ich, schaue auf. Ich bin nicht mehr allein auf dem Dach.

Das ist verrückt! Die letzten Stunden, ja dieser ganze Tag ist nur verrückt. Eben noch war ich allein und nur kurz abgelenkt. So schnell kann niemand unbemerkt hier raufgekommen sein. Das ist unmöglich.

Zwei Männer stehen wenige Meter entfernt, sehen mich erwartungsvoll und zugleich grimmig an. Sie sind größer als ich, vielleicht eins achtzig, tragen eine mir unbekannte Uniform in einem dunklen Graublau. Ihr blondes Haar, das mich an Anna erinnert, schimmert im Sonnenlicht, ihre Haut ist beinahe so blass wie meine. Aus eisblauen

Augen starren sie mich an, die Lippen fest zusammengepresst, die breiten Schultern angespannt. Bisher bewegen sie sich nicht, aber das mindert nicht ihre bedrohliche Wirkung.

»Wer seid ihr? Wie seid ihr aufs Dach gekommen? Was …?« Die letzte Frage will mir nicht einfallen, mein Kopf dröhnt. Ich lasse die beiden dennoch nicht aus den Augen. Mein Training meldet sich, ich stelle mich automatisch anders hin, habe nun einen breiteren, besseren Stand und hebe, ohne den Blick zu senken, den Stock auf. Egal, was das mit meinem Arm ist oder wer diese Typen sind: Tief in mir drin läuten sämtliche Alarmglocken und mein Instinkt schreit laut, dass ich achtsam sein muss. Konzentriert stehe ich da, das Kinn gehoben und bemüht, sie nicht sehen zu lassen, wie nahe ich einem Nervenzusammenbruch bin.

»Wer verflucht noch mal seid ihr?«, wiederhole ich, als keiner der beiden es für nötig hält, sich zu bewegen oder mir auf meine Fragen zu antworten. Sie blinzeln nicht einmal. Doch dann verziehen sich die Lippen des Linken zu einem widerlichen Grinsen, das Gesicht fast zu einer Grimasse. Die Ähnlichkeit zu Anna ist verblüffend. Er könnte ihr großer Bruder sein. Kurz gleitet sein Blick zu dem anderen Typen, bevor er zu mir zurückkehrt. Eine Verbeugung wird angedeutet, in der mehr Spott liegt, als Anna mir in all den Jahren entgegengebracht hat.

»Schön, dass es Euch gut geht.« Jedes seiner Wort trieft vor Sarkasmus und Hohn.

»Schön, dass du keine Fragen beantworten kannst.«

»Wir sind hier, um Euch mitzunehmen, Prinzessin«, sagt einer von ihnen, der mit der schiefen Nase und der vernarbten Haut am Hals.

Beide kommen plötzlich auf mich zu. Sie wirken wie zwei Raubkatzen auf der Pirsch, sodass sich jeder Muskel meines Körpers wie von selbst anspannt und ich förmlich spüre, wie Adrenalin durch meinen Körper jagt.

»Ich bin keine Prinzessin und ich werde nicht mit euch mitkommen.« Ich hätte gelacht, wenn die beiden nicht so furchterregend aussehen würden. Niemand ist weiter davon entfernt, eine Prinzessin zu sein, als ich. Von einem *mir geht es gut* bin ich ebenfalls meilenweit entfernt.

Statt einer Erwiderung vergrößert sich das Grinsen auf ihren Gesichtern und sie schreiten weiter auf mich zu, während ich zurückweiche und versuche, in die Nähe der Luke zu kommen, um zu fliehen.

»Wir können es Euch leicht machen …«

»… oder schwer«, sagen sie, sich perfekt ergänzend.

»Ich war noch nie ein Freund von zu viel Einfachheit.« Außerdem habe ich keine Wahl, denn ein Blick zur Luke zeigt mir, dass die Wahrscheinlichkeit, sie zu erreichen, bevor die zwei Typen mich schnappen können, mehr als gering ist. Sie sind zu schnell, zu aufmerksam. Jetzt habe ich noch die Möglichkeit, mich mit dem Stock zu verteidigen, hier habe ich genug Platz. Ich nehme meine Kampfposition ein, umklammere den Stock und versuche die Lynn zu sein, die ich gerne wäre: mutig, zuversichtlich und stark.

Als sie begreifen, was ich vorhabe, bleiben sie stehen und während der rechte Typ, der mit den Narben, kurz nickt, bricht der linke in schallendes Gelächter aus. Eines hat Jim mich gelehrt: Es ist stets von Vorteil, wenn dein Gegner dich unterschätzt.

Das Adrenalin fließt im Überfluss durch meine Adern und einzelne Schweißtropfen rinnen bereits meine Schläfe hinab. Meine Gegner strecken eine Hand locker aus und wie durch Zauberhand leuchtet ein mittlerweile bekanntes Licht auf. Von einem Moment auf den anderen hält jeder von ihnen ein Schwert in den Händen, das nur aus Licht und Glas zu bestehen scheint. Es sieht aus wie ein stinknormales Schwert, aber es leuchtet, als gehöre es Luke Skywalker!

Auch wenn das, was sich hier gerade abspielt, mich gleichermaßen fasziniert wie an den Rand des Wahnsinns treibt, beiße ich die Zähne zusammen und bleibe konzentriert.

Lass den Gegner den ersten Schritt tun. Deine erste Aufgabe besteht darin, ihn kennenzulernen, seine Technik herauszufinden. Die Schritte vorherzusehen. Finde seine Schwäche. Jims Stimme hallt in meinem Kopf wider, dann ist der erste bei mir und sein Schwert saust auf mich nieder. Mit Jim habe ich immer nur Langstock gegen Langstock gekämpft und nicht gegen ein verfluchtes Leuchtschwert, und das wird gerade zum Problem. Ich weiß nicht, was mit meinem Stock passiert, wenn er getroffen wird, ob er dem Schlag standhält oder zerbricht. Und wenn ich ehrlich bin, will ich es nicht herausfinden. Deshalb bewege ich mich viel mehr und schneller als sonst, weiche seinem Angriff aus und kontere mit einem Schlag vor seine Brust, der ihn leicht zurückwirft. Jim wäre stolz auf mich! Der zweite kommt von rechts, doch ich ducke mich samt Stock weg, hole aus der Drehung Schwung und greife wieder an. Mein Stock trifft ihn an den Rippen und wirft auch ihn aus der Bahn. Abwechselnd greifen sie mich an, versuchen einen Treffer zu landen, aber mein Stock hält sie auf Abstand. Es ist anstrengend, so in Bewegung zu bleiben, ohne richtig parieren zu können und gleichzeitig zwei Gegner im Blick zu behalten. Hochkonzentriert weiche ich ihnen aus, schwinge und wirbele den Stock im Einklang mit mir selbst. In diesem Moment will ich das hier nur überstehen, ganz gleich, wie surreal das alles ist.

Schwer atmend und schwitzend versuche ich sie auf Abstand zu halten und während mein Gesicht von der Hitze und Anstrengung brennt, meine Lippe bereits aufgeplatzt ist, weil sie so trocken ist und ich ständig auf ihr kaue, wirken die beiden vor mir lediglich konzentriert, nicht erschöpft oder sonst etwas. Sie sehen kein bisschen so aus, als wäre das hier ein hartes Stück Arbeit für sie. Vielleicht auch, weil sie diejenigen sind, die einfach bei mir auftauchten, ihre Schwerter zogen und mich jetzt umbringen wollen. Ich muss unbedingt näher an die Dachluke, denn ewig werde ich das Tempo bei zwei Angreifern nicht durchhalten können. Kurz überzieht mich eine Gänsehaut, ich spüre, dass Angst in mir hochkriecht, aber ich dränge sie zurück, ich darf mich nicht ablenken lassen.

Besonders der Umstand, dass ich nicht dagegenhalten kann, sondern nur ausweiche und dann kontere, raubt mir Energie. Ich bin ständig darauf bedacht, die Schwerter auf Abstand zu halten. Plötzlich ist einer ganz nah bei mir, keine Ahnung, wie das passieren konnte! Statt seinem Schwert saust seine Faust auf mich zu und verfehlt mich nur um Haaresbreite! Verflucht! Keuchend taumle ich zurück, kann mich gerade rechtzeitig wieder fassen. Aber dann, ein Angriff von oben –

und meine Chance. Die Abwehr ist verschwunden, ich ducke mich, strecke den Stock und ziehe ihn seitlich zu mir, an die Kniekehlen von dem linken Typ, sodass er einknickt, bevor ich mit dem Stock herumwirble und ihn Typ Nummer zwei gegen das Schienbein schlage. Dann renne ich los. Ich schaue nicht zurück, hoffe, dass sie zu lange brauchen, und kratze meine letzten Reserven zusammen. Den Stock längs an mich gepresst, springe ich in die Luke, taumle die Treppe hinunter, schlage kräftig auf einer Eisenkante der Dachtreppenstufen auf und lasse einen Schmerzensschrei los. Auf halbem Weg bleibe ich schließlich stecken, weil sich der Stock verhakt. Ich rapple mich auf, befreie den Stock, während mein Blick immer wieder hektisch nach oben zur Luke fliegt. Geschafft! Ich haste die Stufen hinunter, poltere so laut, dass es nicht zu überhören ist. Aus den Zimmern blickt hier und da jemand raus.

Keuchend lasse ich den Flur hinter mir, renne nach unten, raus aus dem Heim. Meine linke Seite tut höllisch weh, meine Lunge brennt. Im Laufen versuche ich mit einer Hand, meine erneut verknoteten Haare aus dem Gesicht zu schieben, damit sie mir nicht die Sicht rauben.

Ich muss weg. Sie sind dicht hinter mir. Im Laufen drehe ich mich um, erblicke sie sofort vor dem Heim, das ich immer weiter hinter mir lasse. Ich renne um mein Leben und ich glaube, erst jetzt wird mir das richtig bewusst. Einzelne Personen schubse ich zur Seite, um schneller voranzukommen, sie schnauzen mich an, ich höre sie fluchen. Es tut mir leid! Aber ich kann jetzt nichts tun, nur rennen und mich immer wieder umdrehen. Eine Gasse nach der anderen laufe ich entlang, biege ab, links, rechts, links. Nur einen Moment lehne ich mich an eine Mauer, versuche meine Atmung zu kontrollieren, mir eine Pause zu gönnen. Mein Herz pocht so kräftig wie nie und ich habe Angst, dass es mir gleich aus der Brust springt, weil es ihm zu viel wird.

Sie sind nicht mehr da, zumindest nicht in meinem Blickfeld. Dennoch weiß ich, dass ich weiter muss, ich kann noch nicht stehen bleiben.

Stundenlang irre ich durch die Stadt. Wie ein völlig verdreckter, verrückter Geist. Ständig sehe ich mich um, fühle mich verfolgt. Bei jedem Ton zucke ich zusammen. Bei jedem Schritt umklammere ich den Stock fester. Wieder und wieder huscht mein Blick durch die Straßen, über die Gesichter der Menschen.

Der Tag zieht an mir vorbei, aber nicht besonders schnell oder erholsam. Meine Muskeln tun weh.

Ich weiß nicht wohin. Zurück ins Heim kann ich nicht. Denn entweder warten dort die zwei fremden Männer auf mich oder eine wütende Ellie, die mir kein Wort von alledem glauben wird.

Meinem Arm geht es gut. Keine Schmerzen, keine komischen Lichter. Das ist allerdings die einzige gute Sache, die ich verbuchen kann. Als ich den Blick hebe, nach einem Tag der Flucht durch die halbe Stadt, sehe ich, wohin mich meine Füße getragen haben.

Wieder zurück. Zu Jim.

Zuerst ist der Drang, reinzugehen und Schutz bei ihm zu suchen, kaum zu bändigen, aber ich kann es nicht. Ich darf und will Jim da nicht mit hineinziehen. Nicht ihn. Also stolpere ich um das Haus und verstecke mich in der kleinen Sackgasse dahinter. Zusammengekauert auf dem dreckigen Kopfsteinpflaster, neben einem Müllcontainer. Es stinkt bestialisch. Durch die Sonne, die gleich untergeht, hat sich all der Abfall über den Tag ordentlich aufgeheizt und ich rieche, dass die Lebensmittel darin schon verrotten und verschimmeln. Die Hitze lässt nach, ein leichter Windhauch streift mich. Trotzdem rutsche ich angestrengt noch ein Stück vom Container weg, damit der Würgereiz verschwindet.

Das erste Mal seit dem Angriff versuche ich, den Stock wegzulegen. Meine Hand schmerzt höllisch, ich kann sie kaum von ihm lösen, so verkrampft ist sie. Ich stöhne auf, als ich es endlich schaffe, sie zu öffnen. Es kostet mich große Kraft, die Beine anzuziehen und zu entspannen. Ich merke, wie ich langsam zur Ruhe komme und dass meine Kraft endgültig aufgebraucht ist. Mein Herzschlag beruhigt sich, mein Atem ebenso und mit dieser Ruhe kommt auch der Schock. Meine Hände zittern unkontrolliert, als ich sie vor mich halte, um einen Blick darauf zu werfen, meine Lippen schließen sich an. Ich umfasse meine Beine, wiege mich vor und zurück. *Es geht mir gut.* Ich wiederhole es wie ein Mantra, immer wieder, in der Hoffnung, dass es vielleicht wahr wird. Müdigkeit legt sich über mich und Hoffnungslosigkeit ebenso, denn ich habe nichts mehr, wo ich hinkann. Das Heim ist kein Zuhause, aber es ist ein Heim, egal, was ich darüber denke. Eines, das ich verloren habe.

Die Sonne geht unter. Die letzten Strahlen stehlen sich durch die Gassen, malen Schatten auf die Wände und den Asphalt, spiegeln sich an den Fenstern der Häuser und färben die Wolken rosarot, dann grau. Die Schatten verschwinden, werden zu einer einzigen dunklen Masse. Die Laternen springen an.

Jetzt kommt die Nacht.

Fluchend wische ich die Tränen weg und meine Hände an der Jeans ab und wage das erste Mal einen richtigen Blick auf meine Sachen. Das Loch der Jeans ist größer als zuvor, mein rechtes Knie blutet. Alles ist voller Dreck, meine Schuhe, meine Hose, meine Hände. Meine linke Hand hat eine riesige Schnittwunde auf dem Rücken, die nur noch leicht blutet und zu brennen beginnt. Wahrscheinlich ist mir eines der Schwerter näher gekommen als gedacht oder ich habe mich während der Flucht verletzt.

Seufzend fasse ich mir an den Kopf. Ich brauche keinen Spiegel, um zu erahnen, dass mein Haar einem verknoteten Vogelnest gleicht. Wahrscheinlich auch noch einem dreckigen.

Aber es ist mir egal.

Mein Kopf gleitet nach hinten an die Steinwand des Hauses, während meine Arme auf den Knien ruhen. Meine Gedanken sind wie kleine Wattebauschen – süß, aber zu nichts zu gebrauchen.

Plötzlich wird mir warm, nein, mir wird heiß. Wie bei einem Fieberschub. Das Licht ist zurück. Zuerst nur auf dem Arm, dort wo es begann, ehe es sich ausbreitet. Die Hand beginnt zu leuchten, dann mein ganzer Arm. Es zieht sich über meinen Oberkörper, den anderen Arm hinunter, über meinen Bauch und zu meinen Beinen. Ich kriege kaum Luft, ich habe Angst und die ist sogar stärker als die Schmerzen.

Es wird immer heller, es durchflutet und blendet mich. Das Licht fühlt sich wie ein Fremdkörper an, der sich durch mich hindurchwindet und jede Ecke meines Körpers erkundet. Der ihn einnimmt, wärmt, erleuchtet. Es ist pure Energie.

Dann explodiert es, bricht aus mir heraus und ich kann nicht mehr tun als schreien.

Kapitel 6

Wir wollen stark sein, immerzu.
Aber wir können es nicht immer sein.
Irgendwann kommt der Punkt,
an dem wir uns eingestehen müssen,
dass wir jemanden brauchen,
der uns beim Starksein hilft.

Lynn

Kein Wort dieser Welt kann annähernd beschreiben, wie ich mich fühle. Meine Wimpern sind leicht bis total verklebt, während mein Mund sich wie Pappe anfühlt und meine linke Hand brennt. Meine Klamotten sind eigentlich keine mehr und meine Nase pocht in Erinnerung an Jims Schlag. Langsam öffne ich die Augen. Ich weiß nicht, wie spät es ist. An der Ecke links von mir flackert das Licht einer Laterne, ansonsten ist es dunkel. Ich bin allein.

Bei dem Versuch aufzustehen fluche ich laut, die Bewegung ist zu schnell. Ich sacke zurück auf den Boden. Wenn ich mir einrede, dass alles nur Einbildung war, dann könnte ich jetzt heimkehren. Ich könnte zu Ellie zurück, mich anschreien lassen, eine Strafe kassieren und alles wäre wieder beim Alten. Und in dreihundertfünfundsechzig Tagen wäre ich frei.

Aber das geht nicht. So sehr ich mir wünsche, es wäre nicht passiert und so sehr ich mir wünsche, ich wäre verrückt – es ist real. Ich war eine lebende Fackel, verflucht! Stöhnend schließe ich die Augen.

Außerdem sind da diese Männer und etwas in mir weiß, dass sie wiederkommen werden. Und wenn sie es nicht tun, werden es andere sein.

Aber wieso?

Oh nein! Nein, nein, nein! Das Licht, das mir mittlerweile bekannt ist, zeichnet sich erneut auf dem Arm ab und ich bin kurz davor, es anzuschreien, weil ich dieses Hin und Her nicht mehr aushalte. Keuchend sitze ich auf dem Boden. Ein Blick auf meinen Arm zeigt mir, dass das Licht nur noch an verschiedenen Punkten leuchtet. Dieses Mal ist es anders. Kontrollierter. Ich erkenne wieder ein Muster. Ein Sternbild. Ein …

»Bitte, erschreck dich jetzt nicht.« Die Stimme, die von einem Platz rechts neben mir kommt, lässt mich heftig zusammenzucken und mich ruckartig zu ihr umdrehen. Meine Hand lege ich sofort auf den Stock.

»Entschuldige! Ich habe ja gesagt, du sollst dich nicht erschrecken.«

»Bitte, sag mir, dass ich träume«, flüstere ich. Das ist zu viel. Bisher habe ich wirklich versucht zu glauben, dass alles real ist, ungeachtet dessen, dass ich mir nichts davon erklären kann. Aber das? Das ist …

»Tut mir leid, aber ich kann dich nicht belügen«, sagt er bedauernd und setzt sich direkt neben mich.

»Normalerweise solltest du nicht mal sprechen können! Oder leuchten! Oder … oder …« Mit großen Augen betrachte ich meinen nächtlichen Besucher. Ein Waschbär. Ein lächelnder, leuchtender Waschbär.

»Nein, eure Tiere können das nicht. Aber ich bin kein normales Tier.« Er legt seinen Kopf schief. Er wirkt wie ein lebendig gewordenes Sternbild. Er sieht aus wie das auf meinem Arm. Sein Fell schimmert silbern, seine kleine schwarze, silberne Nase ist niedlich, sein Fell wirkt flauschig. Er ist wunderschön, auf eine fremde und abgedrehte Art.

»Du bist ein Waschbär.« Ich muss es aussprechen, damit es sich in meinen Kopf brennt und ich es verstehen kann.

»Das stimmt.«

Ich rede mit einem Waschbären.

»Mein Name ist Tia.«

»Du bist eine Sie? Du … du …« Seit ich sieben war, habe ich nicht mehr gestottert.

»Du solltest dich beruhigen.«

»Ich kenne keinen Menschen, der sich je beruhigt hat, nachdem man ihm das gesagt hat. Wo kommst du her? Ich meine … wieso ist ein Sternbild in meine Haut gebrannt und leuchtet auch noch? Was geht hier vor?« Völlig außer Atem hole ich Luft. »Wer bist du?«

»Man nennt uns auch Begleiter. Und ich wäre nicht hier, wenn es nicht an der Zeit wäre. Aber was machen wir auf der Erde?« Tia wackelt mit ihrer Nase und schnuppert in der Luft. Ich sitze nur da und starre sie mit offenem Mund an. Sie ignoriert weiterhin meine Fragen. Jede einzelne von ihnen.

»Wo sollten wir denn sonst sein?«

»Na, Zuhause!«, sagt sie beinahe tadelnd. Als ob damit jetzt alles klar wäre.

»Das ist nicht besonders …«

»Still!« Geduckt klettert sie über mich und schnuppert in der Luft. Sie leuchtet nicht mehr so hell, es wirkt, als dimme sie ihr Licht. Es sieht unbeschreiblich aus.

»Steh auf. Sofort!« Ich will ihr widersprechen, will ihr sagen, dass mein Körper mir nicht mehr gehorcht, aber ihre Augen bringen mich zum Schweigen. Ihr eindringlicher Blick sorgt dafür, dass es einen neuen Schub Adrenalin gibt und ich nun völlig angespannt in Richtung Straße starre.

Langsam stehe ich auf, beiße mir vor Schmerz auf die Lippe und stütze mich auf dem Stock ab. Vorsichtig dehne und strecke ich mich, in der Hoffnung, meine Muskeln würden sich dadurch zumindest ein wenig lockern. Tia hangelt sich an meinem rechten Bein nach oben, klettert auf meine Schulter und legt ihre kleinen Hände an meinen Kopf, um sich festzuhalten. Sie strahlt eine wohltuende Wärme aus und ist wesentlich leichter als sie aussieht.

»Wir müssen gehen. Hier ist es nicht sicher«, höre ich ihre leise Stimme direkt neben meinem Ohr. Sie jagt eine Gänsehaut meinen Rücken hinunter.

»Tia, heute waren zwei Männer da, die hatten Schwerter aus Licht und …« Kurz halte ich inne. Dann denke ich mir: Wenn ich nicht dem leuchtenden Waschbären auf meiner Schulter davon erzählen kann, wem dann?

»Sie haben dich angegriffen?« Ehrliche Überraschung schwingt in ihrer Stimme mit.

»Ja«, hauche ich. Das flackernde Licht der Lampe lässt mich nicht los. Etwas ist anders. Ein dumpfes Gefühl. Wir sind nicht mehr alleine. Es ist diese Art von Gefühl, die einem kalt im Genick sitzt und die man nicht beschreiben kann.

»Ihr hattet recht! Ihr habt es nicht so mit Einfachheit. Aber Ihr hättet es probieren sollen.« Der erste Schatten tritt in den Schein der

Lampe, ein bekanntes Gesicht. Ich hebe mein Kinn und greife den Stock wie eine Waffe, nicht mehr wie eine Gehstütze.

»Wir haben den ganzen Tag nach Euch gesucht. Das war am Anfang noch amüsant, jetzt allerdings wird es lästig. Also, kommt her. Ihr habt keine Chance.«

Der zweite gesellt sich dazu. Sie wirken wie Dideldei und Dideldum.

Ihre Schwerter blitzen auf und ich spüre, wie sich Tias dichter Schwanz um meinen Hals schmiegt, ich höre ihr leises Knurren und bin froh, dass sie hier ist.

»Wer seid ihr?«, schnauze ich die beiden an. Ich habe es satt! Ich bin müde, ich habe Schmerzen, ich habe mein Zuhause verloren, ich leuchte und trage einen Waschbären auf der Schulter. Oh ja, ich bin stinkwütend und frustriert.

»Wir sind Freunde. Wir wollen Euch nach Hause bringen.«

»So ein Blödsinn! Freunde bringen Kuchen mit und keine Schwerter.«

Tia stupst mich an. »Sie dürfen dich nicht mitnehmen. Irgendetwas stimmt nicht. Sie sehen aus wie Mondkrieger, aber …«

»Was sind Mondkrieger?« Ich hoffe inständig, dass jetzt nicht das kommt, was ich denke.

»Krieger des Mondes, was sonst?«, zischt Tia.

Na klar, was sonst? Ein hysterisches Kichern entweicht mir, als ich mir vorstelle, wie ich meinen Mondstein werfe, weil die bösen Buben mich verfolgen und bedrohen. Wie ich schreie *Mondstein flieg und sieg* und wie Tuxedo Mask gleich auf der Laterne landet, eine Rose wirft und mir erklärt, dass er gekommen ist, um mich zu retten.

»Gibt es einen Fluchtweg?« Tia reißt mich aus dem irren Szenario heraus. Vorsichtig blicke ich mich um, aber ich muss sie enttäuschen. »Wir sitzen fest. Der einzige Ausgang befindet sich vor uns. Es sei denn, du bist ein Flug-Waschbär.«

Leise knurrend sitzt sie auf meiner Schulter.

»Kannst du noch kämpfen?«

»Ich weiß es nicht«, muss ich ehrlich zugeben. Einen könnte ich wahrscheinlich in Schach halten, beide zusammen nicht. Sie werden keine zwei Minuten brauchen, bevor ich kampfunfähig am Boden liege. Tia sieht mich fragend an und scheint zu verstehen. Sie kuschelt sich an meinen Hals, reibt ihr Gesicht an meiner Wange und es fühlt sich nach Trost an. Ich kann mich nicht erinnern, wann mich das letzte Mal jemand getröstet hat.

»Tia, bitte geh runter, ich kann nicht kämpfen, wenn du da sitzt.«

Vorsichtig klettert sie nach unten und stellt sich kampfbereit neben mich.

»Es tut mir leid, ich bin nur so stark, wie du es bist. Ich werde versuchen, einen von ihnen abzulenken. Vielleicht beiße ich ihm eine Hand ab.« Sie lächelt diabolisch, entblößt dabei ihre kleinen, aber scharfen Zähne und bringt mich damit kurz zum Lachen. Keine Ahnung, was sie meint, aber ich kann mich jetzt nicht damit beschäftigen – oder mit all den anderen verrückten Dingen.

Die zwei kommen auf uns zu, langsam, aber bestimmt.

»Lassen wir es krachen.« Es klingt nicht besonders überzeugend, weil ich dabei die Zähne zusammenbeißen muss.

Ihre Schwerter leuchten auf, sie drängen uns zurück, so weit, bis ich keine andere Wahl mehr habe, als mich ihnen zu stellen. Noch ein Stück und ich hätte keinen Platz mehr zum Kämpfen. Ich halte den Stock mit beiden Händen, das längere Ende nach vorne gerichtet, und stehe breitbeinig da. Abwartend. Bis der Angriff erfolgt.

Mit dem ersten Schlag stürmt Tia knurrend los, sie ist flink und sie ist schnell. Währenddessen saust das Schwert des Typen nur knapp an mir vorbei. So knapp, dass ich für einen Moment aus dem Takt komme und taumle. Der nächste Angriff folgt sofort und wenn ich mich nicht zusammenreiße, zerteilt mich der dritte. Mein Stock wirbelt durch die Luft, Seite an Seite mit mir, und ich versuche meinen Angreifer irgendwie abzuwehren, ohne dass Jim dabei kaputt geht. Ein Stoß mit dem Schwert nach vorn, ich weiche aus, drehe mich am Schwert vorbei und lasse den Stock ein Stück durch meine Hände gleiten, damit ich das jetzt kürzere Ende in den Bauch meines Angreifers rammen kann. Krampfartig atmet er aus. Ich drehe mich wieder, hole erneut aus, will ihm das Schwert aus der Hand schlagen, aber ich unterschätze ihn und kann mich gerade noch rechtzeitig außer Reichweite bringen, bevor mich sein Ellenbogen mit voller Wucht im Gesicht treffen kann.

Tia tänzelt um den anderen herum und ich sehe, dass sie humpelt. Verdammt! Ich fluche innerlich, während ich meine Aufmerksamkeit wieder auf meinen Gegner richte.

Angriff, Abwehr, Angriff, ein Treffer in die Rippen, Angriff, Ausweichen, ein Gegentreffer bei ihm in den Magen.

Und dann passiert es: Ich werde entwaffnet, verliere das Gleichgewicht und lande auf allen vieren auf dem Boden. Tia umrundet ihren Gegner, rennt auf mich zu und kommt schlitternd neben mir zum Stehen. Wir atmen beide schwer. Ich bemerke, dass sie ihre rechte Vorderpfote nicht belasten will. Der Schmerz in meiner Seite droht zu explodieren, ich glaube, ich habe mir die Rippe geprellt oder gebrochen. Hustend richte ich mich auf, sitze nun auf dem Boden wie ein Häufchen Elend.

»All das hätten wir uns sparen können. Ihr hättet einfach gleich mit uns kommen sollen.«

Das widerliche Grinsen des einen Typen bereitet mir Übelkeit. Und sie wird stärker, je näher er kommt. Sein Kumpel verzieht das Gesicht, bleibt aber im Hintergrund. Nur mein Gegner, das Ekelpaket, ragt jetzt über mir auf und zielt mit seinem leuchtenden Schwert auf mich. Ich habe Angst, aber niemals werde ich ihm die Genugtuung bereiten, sie ihm zu zeigen.

»Ihr habt den Job spannender und dreckiger werden lassen, als er sein sollte.«

Was auch immer er meint, ich kann nichts daran ändern. Mein Stock ist zu weit weggeschleudert worden, ich bin am Ende meiner Kräfte und Tia ebenso. Ich schiebe sie leicht hinter mich.

»Nun mach schon, du Feigling!«

Eine meiner Stärken? Eine schlimme Situation auf jeden Fall noch schlimmer zu machen!

Wut und Hass ziehen über sein Gesicht, sein Schwert zittert leicht. Er holt aus und obwohl ich es nicht möchte, kann ich dem Drang, die Augen zu schließen, nicht widerstehen.

Statt des erwarteten Schmerzes, erfüllen Schreie und das Klirren aufeinandertreffender Klingen die Luft, gefolgt von einem lauten Fauchen.

Was ich sehe, als ich die Lider wieder hebe, reiht sich ein in die Liste all der Kuriositäten, die in den letzten Stunden passiert sind.

Tia krabbelt auf meinen Schoß und ich kralle mich an ihrem Fell fest. Es ist momentan das Einzige, das mir hilft, nicht vollkommen den Verstand zu verlieren.

Mit dem Rücken zu mir kämpft jemand gegen die Typen, die mich den ganzen Tag gejagt und bekämpft haben. Er hält in jeder Hand ein leuchtendes Schwert, etwas kürzer als die seiner Gegner. Es ist ein kälteres Blau, das Licht leuchtet etwas heller. Die Uniformen ähneln sich, aber sie sind nicht identisch, auch wenn ich momentan nicht genau sagen kann, worin die Unterschiede bestehen. Aber das wirklich *Unfassbare* an diesem Bild ist die leuchtende Großkatze, die sich mitten in den Kampf stürzt. Es schockiert mich mehr, als es sollte, schließlich sitzt ein leuchtender Waschbär auf mir, der mir gerade gut zuredet und alles dafür tut, dass ich nicht ohnmächtig werde.

Trotzdem sacke ich ganz auf den Boden, kann nicht länger gegen die Schwere und Müdigkeit ankämpfen. Ich spüre, wie Tia von meinem Schoß rutscht.

Die Kampfgeräusche werden zu einem wohlklingenden Lied, bekommen einen Takt und lullen mich ein. Verschwommen beobachte ich die Bewegungen all der Fremden um mich herum.

Kapitel 7

Nichts kann uns
auf den Moment vorbereiten,
in dem wir etwas finden,
das auf ewig verloren geglaubt war.

Juri

Ich habe sie gefunden! Auch wenn ich es kaum glauben kann, gibt es keine andere Erklärung dafür. Ihr Schutzgeist ist bereits erschienen. Nachdem ich von Menua zur Erde aufbrach, habe ich ihre Energie gespürt und kurz darauf den Ausbruch des Sternenlichts gesehen. So schnell ich konnte, folgte ich der Spur, aber das Signal ist irgendwann so schwach geworden, dass ich es kaum noch orten konnte.

Jetzt stehe ich hier, zwischen der Prinzessin und ihren Angreifern, und werde mir darüber bewusst, wie viel Glück ich hatte. Wie viel sie hat! Eine Minute später und … Ich kann den Gedanken nicht zu Ende führen, ich will mir nicht ausmalen, was dann passiert wäre.

»Kira, jetzt!« Sie weiß, was zu tun ist. Der Kampf dauert bereits lange genug, es wird Zeit, ihn zu beenden und die Prinzessin nach Hause zu bringen. Später werde ich mich damit befassen, dass vor mir zwei Männer stehen, die eine Mondkriegeruniform tragen. Der Lärm des Kampfes ist ohrenbetäubend, zusammen mit den aufeinandertreffenden Lichtern der Schwerter hallt er durch die Nacht wie Blitz und Donner.

Während ich meine Kurzschwerter dazu benutze, mir einen der beiden vom Hals zu halten und gleichzeitig versuche, ihm sein dreckiges Grinsen aus dem Gesicht zu wischen, setzt Kira zum Sprung an. Sie beißt sich in der Hand des anderen fest und jeder Versuch, Kira loszuwerden, scheitert. Er schreit laut auf, sein Schwert fällt klirrend zu Boden. Kira drückt ihn mit ihren großen Pranken zu Boden und hält ihn dort fest.

Das ist die Chance! Nur eine Sekunde blickt mein Gegenüber zu seinem Kumpel, ist abgelenkt und ich setze zum letzten Angriff an. Ich will ihn festsetzen und dann will ich verflucht noch mal Antworten. Und er sollte besser jede Menge davon parat haben. Plötzlich erscheint sein Begleiter, eine Schlange. Er schmeißt sie mir entgegen, der große Körper und das weit aufgerissene Maul kommen auf mich zu. Scheiße! Ich fange sie mit einer Hand, muss eines meiner Schwerter dafür fallen lassen und halte sie auf Abstand. Ich ziehe sie zur Seite. Dann ein Schritt nach vorne, auf meinen Gegner zu, die Waffe zu seiner Brust. Aber ich taumle nur nach vorne, treffe nichts weiter als Luft. Er hat sich teleportiert. Mein Blick fällt auf Kira, die auf dem anderen Typen sitzt und ihn knurrend festhält. Er wimmert vor Schmerz. Gut so!

Den Schweiß mit dem Handrücken von der Stirn wischend, mit der keifenden und sich windenden Schlange in der Hand, gehe ich auf sie zu. Die Luft verändert sich, flackert neben Kira leicht auf.

»Kira! Weg da!«

Er hat sich zu ihr und dem anderen teleportiert. Kira gibt den Typen unter sich frei, springt dem anderen entgegen und wird sofort von ihm weggeschleudert. Mit einem Satz bin ich da – aber dennoch zu spät. Er rammt seinem Freund das Schwert in die Brust und verschwindet in dem Moment, als ich nach ihm greife. Jetzt kann ich meine Fragen und auch all die Antworten vergessen. Der Körper des zweiten Angreifers wird bereits zu Sternenstaub und verflüchtigt sich. Fluchend schleudere ich die Schlange von mir und schreie ihr nach, dass sie stirbt, wenn sie nicht verschwindet. Ich höre sie fluchen, aber sie greift nicht an, sondern kriecht davon. Wir töten keine Begleiter, wenn es nicht zwingend nötig ist.

Nachdem ich das eine Schwert vom Boden aufgehoben und sie beide in die dafür vorgesehenen Lederscheiden auf meinem Rücken gesteckt habe, knie ich neben Kira. Wie von selbst streichen meine Hände über ihr Fell, um zu sehen, ob sie verletzt ist.

»Es geht mir gut«, sagt sie und steht knurrend auf. »Tut mir leid, ich habe nicht aufgepasst.«

»Mach dir keine Gedanken. Es hätte mir klar sein müssen, dass er so etwas vorhat.«

»Mondkrieger.« Sie schmiegt ihren Kopf schnurrend an mich.

»Ich weiß.« Auch wenn ich es kaum glauben kann.

Die Nacht ist seltsam still.

Meine Füße tragen mich zur Prinzessin. Die Dunkelheit der Nacht lässt mich kaum etwas erkennen, nur ihr Gesicht wird matt vom Licht ihres Begleiters beleuchtet. Ich neige meinen Kopf respektvoll und warte ab. Die Prinzessin ist bewusstlos, sie bewegt sich kein Stück, ihre Augen sind geschlossen, ihr Atem geht gleichmäßig. Ihr Schutzgeist hat sich halb vor, halb neben ihr aufgebaut, das Fell gesträubt und die Zähne gefletscht. Er ist verletzt, aber er würde für sie weiterkämpfen.

»Ich will euch helfen. Mein Name ist Juri, das ist meine Begleiterin Kira. Wir sind Krieger des Mondkönigs und wollen die Prinzessin nach Hause bringen.«

»Das haben die zwei von eben auch gesagt! Und seht, was sie mit Lynn gemacht haben.«

Ich lasse meinen Blick über ihr Gesicht gleiten. Es ist dreckig, die Haare sind verklebt, hier und da ist Blut zu sehen. Aber selbst das kann nicht verbergen, dass sie hübsch ist. Sie hat hohe Wangenknochen und volle Lippen, ihr Haar ist so hellblond, das es beinahe silbern schimmert. Ansonsten lässt ihr Zustand nichts von einer Prinzessin erahnen, sie sieht schwer mitgenommen aus. Ein leises Stöhnen entschlüpft ihren Lippen und lässt mich die Hände zu Fäusten ballen.

»Wir haben keine Zeit für diese Spielchen! Sie braucht einen Heiler und du, wie es aussieht, auch. König Artas schickt mich. Lass mich die Prinzessin nach Hause bringen.«

Die Sekunden verrinnen, es kommt keine Antwort. Geduld war nie meine Stärke und ich bin kurz davor, jegliches Benehmen zu vergessen. Da tritt Kira vor.

»Bitte! Juri sagt die Wahrheit. Lass uns helfen.«

»Mein Name ist Tia«, bringt der weibliche Begleiter heraus, bevor er auf dem Boden zusammensackt, sich an die Prinzessin drückt und selbst die Augen schließt.

Kapitel 8

Wenn etwas endet, beginnt etwas Neues.
Ein Wimpernschlag und alles kann anders sein.
Ein Atemzug und plötzlich
ist nichts mehr, wie es war.

Lynn

»Jim!«

Schreiend und schnell atmend reiße ich die Augen auf. Die Bilder kamen flutartig, haben mich unter sich begraben und in Gedanken bete ich weiter, dass ich nur geträumt habe.

»Ich heiße Tia!« Der Waschbär auf meinem Bauch belehrt mich eines Besseren. Ich erinnere mich wieder. Es ist also wahr. Die Bilder sind keine Träume, es sind Erinnerungen. Aber verstehen kann ich sie nicht.

»Wer ist Jim?« Eine weitere Stimme erklingt und ich drehe meinen Kopf viel zu schnell nach links. Ich stöhne auf, kneife die Augen zusammen und verzerre das Gesicht, krümme mich leicht. Mein ganzer Körper schmerzt, ich fahre mit meiner Hand sofort an meine Seite, auf Höhe der Rippen, denn jeder Atemzug tut weh.

»Sie war gebrochen«, sagt Tia bedauernd und legt sich hin, ohne mich aus den Augen zu lassen.

Mit ihr auf dem Bauch rutsche ich angestrengt ein Stück nach oben, setze mich aufrecht hin. Ich trage saubere Sachen, sehe gewaschen aus und fühle mich auch so. Meine Hände ertasten meine Haare. Selbst die sind ordentlich geflochten und ich kann keine Knoten mehr ertasten.

Erst jetzt nehme ich meine Umgebung wahr, nahezu alles ist Hellblau oder Weiß. Der Raum wird von unzähligen Kerzen beleuchtet. Das hier ist nicht das Zimmer des Heims und es sieht auch nicht wie ein Krankenhaus aus. Es ist …

»Ich wiederhole mich nur ungern. Wer ist Jim?« Die Stimme klingt verärgert, ungeduldig, hat dennoch einen weichen Klang, dunkel und tief. Mein Blick findet einen Mann, direkt neben mir auf einem gläsernen Stuhl. Diese Klamotten, sie kommen mir bekannt vor. Ich versuche mich zu konzentrieren, die Erinnerung zu greifen und – der Kampf! Ich versuche von ihm wegzurutschen, was auf diesem Bett mit meinen Verletzungen und Tia auf dem Bauch kaum funktioniert. Beide erkennen meine Panik und beruhigen mich sofort. Tia klettert auf meine Brust, legt sich an meinen Hals. »Alles ist gut! Er hat uns gerettet. Wir sind in Sicherheit, Lynn!«

Mein Blick findet seinen. Stumm und mit laut klopfendem Herzen stelle ich ihm die Frage, ob es stimmt. Ob die zwei Typen tatsächlich weg sind.

Seine Hände sind immer noch beschwichtigend erhoben, er lässt sie nur langsam sinken und hält dabei meinem Blick stand. Sein Kiefermuskel zuckt einmal, ansonsten finde ich keine einzige Regung in seinem Gesicht. Nichts. Seine Haut ist hell, aber bei Weitem nicht so blass wie meine. Er hat hellbraunes, kurzes Haar, ein markantes, beinahe strenges Gesicht. Seine Augen – es kann nicht sein, dass sie golden sind.

»Wirklich, es ist alles gut«, wiederholt Tia, während sich der Fremde über seinen kurzen Dreitagebart fährt. Dann beugt er sich nach vorne, stützt sich auf den Knien ab.

Ich beruhige mich. Tia schmiegt sich weiterhin entspannt an mich und ich denke, sie trägt den größten Teil dazu bei. Sie und der Mann, der neben mir sitzt und vollkommene Ruhe ausstrahlt.

»Wer bist du? Wo bin ich?« Meine Stimme klingt grauenvoll. Ich räuspere mich und er hält mir ein Glas Wasser hin.

»Danke.« Ich trinke so gierig, dass ich sofort einen Hustenanfall bekomme, aber es ist mir gleich, denn ich habe Durst und meine Kehle ist vollkommen ausgedörrt.

»Wie wäre es, wenn du zuerst meine Frage beantwortest?«

»Wo ist Jim?«

»Schon wieder eine Gegenfrage! Ich denke, wenn du so weitermachst, wirst du deinen Freund vergessen müssen.«

»Was?«

»Deinen Freund. Jim. Du wirst ihn vergessen müssen.«

Vollkommen verwirrt starre ich ihn an. Wovon redet er da? »Ich will meinen Stock! Wo ist er?« Während des Kampfes kam mir der Gedanke, dass dies der einzig richtige Name für ihn sein kann. Jim hat an mich geglaubt.

Das Grinsen meines Gegenübers zieht sich nur über eine Seite und in seiner Wange bildet sich ein Grübchen. So braucht er gar nicht erst anfangen!

»Also?«, frage ich gereizt und versuche mich von seinem durchaus faszinierenden Gesicht loszureißen. »Wo ist mein Stock, wo bin ich hier, wer bist du, wer waren die zwei komischen Typen mit ihren Jedi-Schwertern, und – nichts für ungut, Tia – warum habe ich einen leuchtenden Waschbären als Freund und ein Tattoo aus Sternen?« Gott, wie ich es hasse, keine Antworten auf meine Fragen zu haben!

»Was sind Jedi?«

»Das ist das Einzige, was davon hängen geblieben ist?«, frage ich ungläubig.

»Dein Stock oder auch Jim ist in deinem Zimmer. Es geht ihm gut, falls das deine nächste Frage sein sollte. Sofern es einem Stock gut gehen kann.« Er verkneift sich ein Lachen. »Mein Name ist Juri. Ich bin ein Mondkrieger. Ich weiß nicht, wer deine zwei Angreifer waren, aber leider muss ich zugeben, dass es aussah, als wären auch sie Mondkrieger. Das hier ist eines unserer Erholungszimmer. Der Heiler war bereits bei dir, deine Rippe ist wieder ganz, deine Wunden verschwunden. Trotzdem wirst du noch Schmerzen haben.« Er macht eine kurze Pause. »Sagst du mir jetzt, was Jedi sein sollen? Solche Schwerter gibt es nicht.« Vollkommen ernst sieht er mich an.

Ich kann nicht anders, ich muss lachen.

»Viel zu lernen du noch hast!« Ich werde albern. Vielleicht stehe ich auch kurz vor einem hysterischen Anfall. Das ist doch echt verrückt. Juri, Mondkrieger, Heiler, Erholungszimmer, leuchtende Tiere. Ich fasse mir an die Stirn. Vielleicht habe ich Fieber?!

Das Blut rauscht in meinen Ohren, ich versuche den verständnislosen und gleichzeitig genervten Blick von Juri zu ignorieren.

»Wo. Bin. Ich?«

»Auf dem Mond.«

Meine Atmung, sie ist zu schnell, aber ich kann sie nicht verlangsamen. Ich kriege keine Luft.

Das ist ein Witz. Aber ein ganz schlechter. Wieso lacht Tia nicht? Wieso lacht der komische Mann in der graublauen Uniform neben mir nicht? Wieso umrundet er mein Bett und zieht den Vorhang zur Seite? Ich meine … Es ist Nacht und doch ist es irgendwie hell. Abertausende Sterne funkeln hinter der großen Glasfront und ich sehe etwas, das ich nicht sehen sollte. Zumindest nicht aus dieser Perspektive. Es ist falsch, so unsagbar falsch.

Ich sehe die Erde, sehe ihre Wolken, die Kontinente und das unendliche Blau der Meere. Ich sehe meine Heimat. Eine Gänsehaut zieht sich über meine Arme. Es sollte unmöglich sein, ich weiß das. So unmöglich. Aber ich sehe es.

Vorsichtig nehme ich Tia von meinem Bauch hoch und setze sie neben mich aufs Bett, den Blick fest auf das Fenster und den Anblick, den es mir bietet, gerichtet. Trotz der Schmerzen stehe ich auf. Das dunkelblaue, dünne Nachthemd schmiegt sich an meinen Oberkörper, weht um meine Beine. Barfuß gehe ich langsam auf den hellen, kühlen Fliesen auf das Fenster zu. Meine Schritte sind unsicher und bei jedem von ihnen spüre ich Juris Blick auf mir. Aufrecht steht er da, mit breiten Schultern und größer, als er im Sitzen wirkte. Aber lange kann er meine Aufmerksamkeit nicht halten, zu groß ist die Anziehung des Anblickes außerhalb dieses Zimmers.

An der Fensterfront angekommen, hebe ich eine Hand und lege sie vorsichtig auf das Glas. Es ist wärmer als gedacht.

Ich habe das Gefühl, als fehlt ein Teil von mir. Als wäre er dort unten. Als wäre er verloren gegangen zwischen dem Silber der Sterne und dem Schwarz des Alls. Es ist ein Phantomschmerz. Denn ich wusste nie, wo mein Zuhause ist.

Ich habe keins.

Bis eben versuchte ich mir zu sagen, dass es eine logische Erklärung geben wird. Dann kommt dieser Moment, in dem das nicht mehr geht. Er reißt dir den Boden unter den Füßen weg, er nimmt dir alles, woran du geglaubt hast und lässt dich zurück. Fallend ins große Nichts.

Meine Hand rutscht vom Glas ab, die Träne, die über meine Wange rollt, brennt sich in meine Haut, ich höre jemanden reden, alles dringt wie durch Watte zu mir. Dann geben meine Beine nach.

»Prinzessin!« Juri fängt mich auf, drückt mich an sich. Die Hitze seiner Hände und Arme dringt durch das dünne Kleid, sie verbrennt mich, so wie die Tränen auf meinen Wangen, wie das Loch in mir drin. Ich war immer allein – aber nichts konnte mich auf den Moment vorbereiten, in dem ich das wirklich begreife.

Ich klammere mich an das Oberteil seiner Uniform, meine Beine zittern unkontrolliert und bald folgt der Rest meines Körpers. Schluchzer schütteln mich und ich atme tief ein, als Juri mich fester in den Arm nimmt, mich stützt. Ich lege den Kopf leicht in den Nacken. Ich bin nicht klein, umso erstaunlicher, dass ich das überhaupt tun muss.

»Ich bin keine Prinzessin«, flüstere ich erstickt. »Ich bin nur ein Mädchen, nicht mehr.« Ich bin so wenig, dass es wehtut.

»Jetzt nicht mehr.« Er hebt mich hoch, trägt mich zum Bett und ich lasse es zu. Wie paralysiert liege ich in seinen Armen, mir ist schlecht und jedes Mal, wenn ich den Anblick der Erde sehe, dreht sich mein Magen erneut um.

Auf dem Bett liegend ziehe ich die Knie an und die Decke schützend über mich, dann stelle ich meine Fragen erneut.

»Ich bin auf dem Mond? Wie kann das sein? Du hast mir immer noch nicht gesagt, wer diese Männer waren, warum du da warst und warum es Tia gibt.«

Tia sitzt still neben mir, ihre großen Augen schauen traurig zu mir auf. Juri bleibt neben dem Bett stehen, verschränkt die Arme. Er lässt sich Zeit.

»Ich weiß nicht, ob das jetzt so gut ist, dir all das zu erklären. Vielleicht solltest du dich erst etwas erholen. Vielleicht sollte jemand anderes dich aufklären. Dein … König Artas möchte dich nachher sehen. Du wirst bald in deine eigenen Gemächer gebracht. Dort wartet auch Jim auf dich.« Ein Lächeln zupft an seinem Mund. Nach einem kurzen Moment der Stille höre ich ihn flüstern: »Lunamea. Das ist dein Name.«

»Ich heiße Lynn.«

»Nein. Das ist ein Menschenname. Du bist aber kein Mensch. Du bist …«

Die Tür fliegt auf und lässt uns beide zusammenzucken.

»Sie ist wach! Beim Mond, sie ist wach!« Eine ältere, aber quicklebendige Frau mit weißen Locken und stark geröteten Wangen eilt ins Zimmer und auf mich zu. Ich sehe, wie Juri die Augen verdreht, dann ist die Dame bereits bei mir und nimmt meine Hände in die ihren. »Ich habe Stimmen gehört und musste nachsehen! Ihr seid wach! Es ist so schön, dass Ihr wach seid und wohlauf. Ich werde gleich den König informieren und …« Ohne Unterlass plappert sie weiter, während ich sehe, dass Juri den Raum verlässt.

»… nicht glauben, dass Ihr wieder daheim seid. Ich kann es wirklich nicht glauben.« Sie fasst sich an die Wangen, tippelt aufgeregt umher. Dann reißt sie die Augen auf.

»Du meine Güte! Es tut mir so leid. Ich habe mich ja noch gar nicht vorgestellt! Man nennt mich Iza. Ich wollte Euch nicht so überfallen, Ihr seid bestimmt noch müde und beim Mond, Ihr seht noch blass aus und erschöpft! Ich werde nachher wiederkommen und Euch Euer Zimmer zeigen. Ihr solltet ein wenig schlafen.« Liebevoll tätschelt sie meinen Arm, bevor sie sich wie Juri aus dem Staub machen will.

»Nein! Bitte! Ich möchte nicht hierbleiben.«

Zögerlich blickt sie zur Tür und dann wieder zu mir. »Ihr solltet Euch wirklich noch …«

»Nein! Ich will hier raus.« Mein Kinn hebend sehe ich sie an und hoffe, dass sie nachgibt.

»Fein. Dann folgt mir.«

Zum zweiten Mal steige ich aus dem Bett, aber dieses Mal würde mich niemand zurücktragen. Tia springt auf meine Schulter, hält sich an meinem Zopf fest.

»Das ist alles furchtbar verwirrend für dich, nicht wahr?« Tia sagt es gerade so laut, dass Iza sie nicht hören kann.

»Du meinst, außer mit dir reden zu können? Ja, das ist es. Ich bin auf dem Mond. Das ist einfach … Ich meine, es gibt Leben auf dem

Mond! Ich weiß gar nicht …« Es ist mir nicht möglich, die Sätze zu Ende zu bringen, egal, wie oft ich es versuche.

»Du wirst bald alles verstehen. Ich verspreche es dir.«

Ich verspreche nie etwas. Bei uns bedeuten Versprechen fast nichts mehr. Sie werden ausgesprochen und gebrochen. Immer und immer wieder, als wären sie wertlos. Als hätten wir sie im Überfluss und als hätte sie jeder verdient. Ich kann nur hoffen, dass es hier anders ist. Dass man seine Versprechen halten würde.

Kapitel 9

Du trägst ein Kleid, schicke Schuhe, legst Make-up auf
und steckst deine Haare hoch.
Du siehst in den Spiegel und erkennst dich nicht wieder.
Aber hast du dich wirklich verändert?

Lynn

»Wie gefällt es Euch?« Iza sieht mich erwartungsvoll an, während sie mit Tia im Türrahmen stehen bleibt und ich mit offenem Mund das Zimmer betrete.

Mein Zimmer, wie sie es schon mindestens zehn Mal so schön betonte. Drei Meter hohe Wände, eine Fensterfront, doppelt so groß wie die in dem Raum, in dem ich aufwachte. Heller Boden, der beinahe durchsichtig scheint, und das Dach … Ich schnappe nach Luft, als ich den Kopf in den Nacken lege. Vollständig aus Glas. Wir sind anscheinend im obersten Stock – und es raubt mir den Atem. Vor Aufregung und vor Staunen muss ich lachen. Das Zimmer ist wahrscheinlich so groß wie das ganze Heim, in dem ich mein Leben lang steckte. Das Himmelbett ist riesig, aus dunkelrotem und weißem Stoff und ebensolcher Bettwäsche. Ich lasse mich darauf fallen und rolle mich mindestens fünf Mal zur Seite, bis das Bett endet. Der Kleiderschrank – er könnte ein zweites Zimmer sein. Bücher füllen einige Regale, überall stehen Kerzen in Dutzenden Formen, Farben, Größen. Dann sehe ich Jim! Er lehnt an dem kleinen Schreibtisch auf der anderen Seite des Zimmers. Das Ziehen in meiner Seite ignorierend, springe ich aus dem Bett und schnappe ihn mir. Er sieht heil aus und er fühlt sich vertraut an. Ich muss schwer schlucken, die Beklemmung und die Unwissenheit, alles, was passiert ist, legt sich wieder auf meine Brust. Meine Finger verkrampfen um das Holz meines Langstocks. Ich verspüre den Drang, etwas zu tun, zu kämpfen und nicht mehr so viel nachzudenken.

Seufzend lehne ich Jim zurück an die Wand.

»Es ist wundervoll, Iza. Danke.«

»Kind, lügt mich nicht an!« Mit erhobenem Finger kommt sie auf mich zu. Tia überholt sie und krabbelt auf meine Schulter.

»Mach dich auf was gefasst!«, flüstert sie mir kichernd ins Ohr.

Izas weiße Locken tanzen um ihr rundes Gesicht, ihre Stirn ist in Falten gelegt und ihr kleiner Körper bebt.

»Sagt mir, was Euch bedrückt.«

So gerne würde ich das tun. Aber ich kann es selbst kaum fassen. Es ist wie Wasser, das ich versuche mit Händen zu fangen. Es entgleitet mir. Deshalb versuche ich mich an einem Lächeln.

»Es ist wundervoll. Es liegt nicht an diesem Zimmer.«

Izas Gesichtszüge entspannen sich. »In dem Schrank dort findet Ihr passende Kleidung für Euch. In einer halben Stunde werdet Ihr abgeholt, um mit dem König und der Königin zu speisen.« Pure Freude strahlt aus ihrer Miene, während mich nur Panik ergreift.

»Es gibt wirklich einen König, der über den Mond herrscht?«

»Natürlich! Meine Güte, was hat man Euch auf der Erde denn nur beigebracht?«

»Dass der Mond unbewohnt ist?«, sage ich vorsichtig.

»Die Erde ist so furchtbar nachtragend. Dabei wollte der Mond immer nur ihr Freund sein. Jetzt straft sie ihre Kinder mit Unwissenheit und lässt sie ignorant werden.« Iza schimpft wild vor sich hin, ich hingegen verstehe nichts.

»Ich, äh, ziehe mich dann mal um.«

»Fein! Hinter Eurem Bett, ganz in der Ecke, findet Ihr eine Tür zu Eurem Waschraum.« Winkend rauscht sie aus dem Zimmer, die Tür fällt hinter ihr zu.

Mein Kopf platzt gleich von all den neuen Eindrücken. In ruhigen, kreisenden Bewegungen massiere ich mir die Schläfen.

»Was hat sie denn damit gemeint?«

Tia krabbelt von mir runter und rennt zum Bett. Mit einem Satz landet sie zwischen den weichen Laken. »Sie meint natürlich den Anfang. Den Grund, warum der Mond immer bei der Erde bleibt und warum die Erde sich von ihm abgewandt hat.«

»Eine Geschichte? Etwas, an das ihr glaubt?«

»Genau! Die Erde und der Mond hatten schon immer eine besondere Beziehung. Irgendwann jedoch wollte der Mond mehr. Mehr Freunde, mehr Leben. So erschuf er sich seine Bewohner aus seinem Staub, seinem Herzen und aus den Sternen. Die Erde war eifersüchtig, nicht nur, weil der Mond etwas so Schönes vollbracht hatte, sondern weil sie das Gefühl bekam, sie wäre nicht gut genug für ihn. In ihrer Wut versuchte sie es ihm gleichzutun, aber sie erschuf nur normale Menschen. Darüber war sie so traurig und verletzt, dass sie sich abwandte. Aber der Mond folgte ihr weiterhin, bis heute.«

»Wow. Das klingt nach einem Märchen – und viel schöner als unsere Erklärung dafür, wieso der Mond sich um die Erde dreht.« Ich schnaube kurz. »Was ist so anders an den Menschen des Mondes?«

»Genau genommen sind es keine Menschen, denn sie sind nicht nur aus Erde und Staub geformt. Es sind Sternenkinder. Jedes von ihnen ist ein lebendig gewordener Stern.« Tia lächelt mich an, während ihre Worte leise verklingen. Das ist unglaublich. Ich reibe mir über die Arme, um die Gänsehaut zu vertreiben, und sehe aus dem Fenster. Auch von hier sehe ich die Erde. Der Anblick ist unbeschreiblich.

»Tia, warum muss ich mit dem König und der Königin essen? Wieso bin ich hier? Wieso gibt es dich?«

»Oh, Lynn«, sie seufzt so süß, dass ich grinsen muss. »Ich darf dir nicht alle Fragen beantworten, ich habe es versprochen. Aber ich würde es so gerne, das musst du mir glauben. Ich kann dir im Moment nicht einmal sagen, wieso ich hier bei dir bin, weil ich zu viele andere Dinge mit erklären müsste. Es tut mir so leid.«

Es ist unfair, dass sie ein Waschbär ist. Wie kann man einem Waschbären böse sein?

»Es ist schon gut. Ich habe nur so viele Fragen, dass es wehtut, und ich bin kein geduldiger Mensch.«

»Du bist kein …«, setzt Tia an, stoppt aber sofort.

»Kein was?«

»Nichts, vergiss es! Los, lass uns etwas zum Anziehen aussuchen. Du wirst gleich abgeholt.« Sie springt vom Bett und tapst auf den riesigen Kleiderschrank zu. Ein großer Spiegel steht daneben.

Als ich die erste Doppeltür des Schranks öffne, traue ich meinen Augen kaum. Kleider. Kurze Kleider, lange Kleider, in allen Farben, Formen und aus den verschiedensten Stoffen, von denen ich wahrscheinlich nicht mal die Hälfte benennen kann.

»Oh. Mein. Gott.«

»Findest du sie nicht hübsch? Sie haben alle deine Größe und werden dir hervorragend stehen.«

»Woher haben die meine Größe?«

»Du hast im Heilschlaf gelegen, da haben sie die ganzen Sachen hier besorgt. Deine alte Kleidung haben sie als Maßstab genommen.« Tia rümpft die Nase und ich weiß nicht, ob es wegen meiner alten Sachen ist oder einfach, weil das Ganze einen gruseligen Beigeschmack hat.

»Ich mag Kleider nicht besonders.« Ich öffne die nächste Doppeltür. Noch mehr Kleider.

»Dann haben wir ein Problem.«

»Gibt es hier keine Hosen?«

»Doch, aber hier im Haus ist das für Frauen nicht üblich. Die meisten würden auch keine tragen wollen.«

»Ich bin nicht wie die meisten Frauen«, sage ich schnaufend.

»Das stimmt.«

»Wieso lächelst du so komisch? Das ist nicht witzig! Ich kann kein Kleid tragen. Was ist da hinten drin?« Nach einem kurzen Stoßgebet reiße ich die letzten zwei Türen auf.

»Nein, Tia! Niemals! Das kann nicht ernst gemeint sein.«

Schuhe! Wahrscheinlich zu jedem Kleid ein passendes Paar. Die haben alle einen Absatz! »Man will mich umbringen.« Mit offenem Mund starre ich auf die endlosen Reihen. Keine zehn Pferde kriegen mich in ein Paar dieser Schuhe.

»Ich bin ein Meter fünfundsiebzig groß, es gibt keinen Grund, auch noch hohe Schuhe zu tragen! Ich bin kein Seiltänzer oder so, ich kann darauf nicht laufen.« Verzweifelt und atemlos sehe ich Tia an, die sich nur immer wieder entschuldigt und begreift, dass ich keine Witze mache. Stöhnend schlage ich die Hände vor das Gesicht, dann reiße ich mich zusammen. Verdammt, ich war schon in schlimmeren Situationen als in der, mir ein schickes Kleid und tödliche Schuhe auszusuchen.

Also wühle ich mich durch die Kleider, durch Tüll und Seide, puste mir eine Strähne aus der Stirn und helfe Tia, die mir helfen wollte, jetzt aber in einer Schleppe hängt und nicht mehr rauskommt. Ich ziehe kräftig. Fluchend falle ich auf den Hintern, mit Tia und mindestens vier Kleidern auf den Fersen. Wir sind begraben unter Stoff.

»Okay, du hast recht. Es ist ein furchtbarer Einfall gewesen, dir nur Kleider in den Schrank zu hängen. Es war nicht meiner!«, beteuert sie laut, während sie sich eine Feder aus dem Fell zieht und mit einer Grimasse wegschmeißt.

»Wir haben nicht mehr viel Zeit. So wird das nichts. Wir brauchen einen Plan.« Mit zusammengekniffenen Augen betrachte ich die Kleider und tippe immer wieder mit dem Zeigefinger auf mein Kinn. »Komm mit!« Ich wühle mich aus dem Stoffberg und gehe zu den Schuhen. »Lass uns zuerst ein Paar finden, in dem ich mir nicht die Knochen breche.«

Tia verschwindet zwischen den Schuhen. Es sind je zwei Reihen hintereinander. Während sie das Ganze praktisch angeht, stehe ich einfach nur davor und starre sie an. Es sind so viele! Wer braucht so viele Schuhe?

Tias Quieken reißt mich aus meinen Gedanken. Sie steckt ihren Kopf aus dem Schrank und streckt mir strahlend ein Paar entgegen. »Schau mal!«

Schnell nehme ich sie ihr ab und bin begeistert. Es sind zum Glück keinen Riemchensandalen oder so, nein, es sind süße Ballerinas. Ohne Absatz! Ich drücke sie an mich und danke still der Person, die zwischen all den Ausstellungsstücken ein richtiges Paar Schuhe deponiert hat.

Sie sind schwarz, aber sie schimmern blau, wenn man sie bewegt, und ein kleiner gelber Halbmond wurde aufgestickt.

Tia rennt sofort wieder zu den Kleidern.

»Ich habe vorhin ein dazu passendes Kleid gesehen!«, höre ich sie schreien. »Hier ist es!«

Tatsache, es passt farblich perfekt zu den Schuhen, auch wenn der Stoff des Kleides etwas blauer zu sein scheint. Sofort schnappe ich es mir und eile samt den Schuhen ins Bad. Tia trägt mir frische Unterwäsche hinterher, was wirklich komisch aussieht, weil sie die Unterhose wie einen Hut aufhat. Während des Laufens verheddert sie sich darin und ich kann nicht anders, ich muss lachen.

»Das ist nicht witzig! Los, beeil dich, wir haben keine Zeit mehr.«

Prustend nehme ich ihr die Wäsche ab und schließe die Tür. Kurz bleibe ich dagegen gelehnt stehen und komme wieder zu Atem. Das Bad ist wunderschön, einfach alles ist weiß oder besteht aus Glas. Auch hier kann ich die Sterne sehen. Beim Anblick der Badewanne werde ich kurz schwach. Ich kann mich nicht erinnern, wann ich das letzte Mal gebadet habe und bedaure es, dass die Zeit dafür nicht reicht.

Seufzend lasse ich Kleid und Schuhe fallen und ziehe mich aus. Das Nachthemd samt Unterwäsche fliegt auf den Stuhl neben dem Waschbecken. Ich spritze mir kaltes Wasser ins Gesicht, was unendlich guttut, und greife nach einem der flauschigen Handtücher. Dann stocke ich, hebe meinen rechten Arm. Langsam drehe ich ihn nach links und wieder nach rechts, mit der Innenseite nach oben. Das Sternbild ist noch da und ich kann kaum erklären, wie magisch und anziehend es wirkt – was für eine Angst es mir macht.

Die Sterne bilden ein Waschbärgesicht. Es ist schwer zu beschreiben, wie ähnlich es dem von Tia ist. Warum hat es am Anfang so wehgetan und jetzt nicht mehr? Wieso leuchtet es nur noch sanft?

Bald würde ich hoffentlich Antworten bekommen, zumindest wenn man sicherstellen will, dass ich nicht verrückt werde.

Seufzend lasse ich den Arm fallen und drehe mich zu den Sachen um, die ich mitgebracht habe. Ich ziehe die saubere Unterwäsche an und streife das Kleid über. Der Stoff fühlt sich weich an, beinahe zart. Er ist kühl, schmiegt sich perfekt an meine Haut. Der Reißverschluss an der Seite geht mühelos zu. Auf Zehenspitzen gehe ich zum großen Spiegel im hinteren Teil des Bades. Das Blau des Kleides lässt mein Haar und meine Haut noch heller und blasser wirken, aber ich mag es, auch wenn es ungewohnt ist. Die Träger sind nicht zu schmal, das V des Ausschnitts geht nicht zu tief. Das Kleid sitzt eng, aber bequem bis zur Taille und fällt dann über den Unterrock aus Tüll. Knapp oberhalb der Knie endet es. Meine Hände fahren über den Stoff, der bereits bei dieser leichten Bewegung schwingt. Ein Lächeln stiehlt sich auf mein Gesicht und ich hole Schwung. Ich drehe mich im Kreis und beobachte, wie der Rock nach oben fliegt, wie sich der Stoff erhebt. Mir ist leicht schwindelig, als ich anhalte, aber das war es wert. Fröhlich gehe ich zum Waschbecken und greife zu der Bürste, die auf dem Rand liegt. Schnell ist der Zopf gelöst und die Haare fallen in leichten Wellen über die Schultern und den Rücken, bis knapp über die Taille. Je nachdem, wie das Licht darauf fällt, glänzen sie fast weiß, so hellblond sind sie. Das waren sie schon immer. Ich bürste sie nur einmal, das reicht. Einen Moment überlege ich sie wieder zu flechten, aber ich entscheide mich dagegen. Es fühlt sich gut an, dass sie nicht zusammengebunden sind. Es passt zum Kleid.

Die Schminkutensilien sind kaum zu übersehen. Bestimmt fünf Minuten stehe ich mit verschränkten Armen einfach nur da und starre sie an. Ich kaue sogar auf der Lippe, weil ich hin- und hergerissen bin, sie zu benutzen. Ich habe mich noch nie geschminkt. Einmal etwas Mascara, weil ich neugierig war, aber das war's.

Letztendlich kann ich nicht anders und greife nach dem kleinen schwarzen Schminkding. Meine hellen Wimpern etwas dunkler zu machen, kann man eigentlich nicht schminken nennen, oder? Ich meine, wenn ich sonst wirklich gar nichts benutze?

Bevor ich es mir anders überlege, schraube ich es auf und führe die Bürste mit der schwarzen Tusche über meine Wimpern. Immer wieder muss ich lachen, weil ich mein Gesicht dabei so komisch verziehe, und immer wieder rutsche ich deshalb mit der Bürste ab. Ein Teufelskreis!

»Lynn?« Tias gedämpfte Stimme dringt durch die Tür.

»Ich komme gleich!«

»Es ist Zeit!«

Nachdem der letzte schwarze Strich über meinem Auge verschwunden ist und meine Wimpern aussehen wie kleine Fächer, lang, schwarz und vor allem sichtbar, sehe ich mich selbst im Spiegel an. Nie hätte ich gedacht, mal ein Kleid zu tragen – und es zu mögen.

Kopfschüttelnd schlüpfe ich in die Schuhe und verlasse das Bad, vor dem Tia bereits unruhig auf und ab geht. Zumindest bis sie mich sieht. Dann stellt sie sich auf ihre Hinterbeine und sieht dabei so zauberhaft und überrascht aus, als ihr kleiner Mund sich zu einem O formt.

»Du siehst schön aus!«

Ich bücke mich zu ihr und gebe ihr einen Kuss auf den Kopf. »Danke!«

Sofort rennt sie aufgeregt los in Richtung Ausgang. »Nun komm schon! Wir sind zu spät! Man wartet auf uns.«

An der Zimmertür angekommen, ziehe ich eine Augenbraue hoch und während ich sie öffne, frage ich: »Wer wartet denn bitte auf …« Uns. Auf uns. Aber das letzte Wort verschlucke ich.

Kapitel 10

Manchmal können die unerwarteten Dinge
die schönsten sein.
Manchmal sind sie es, die wir uns gewünscht
und die wir gebraucht haben,
auch wenn uns das erst danach klar wird.

Lynn

»Juri«, sage ich beinahe nur zu mir selbst, so leise ist das Wort, das aus meinem Mund purzelt.

Er trägt erneut eine Uniform, aber diese ist anders. Sie wirkt lässiger und ist nicht blau, sondern dunkelgrau. Das Jackett spannt sich über seinen Schultern, vorne sind zweireihig Knöpfe angebracht, die Hose sitzt auf der Hüfte, nicht zu hoch und nicht zu tief. Mein Blick wandert weiter nach unten und als ich seine Schuhe sehe, muss ich schmunzeln. Wir auf der Erde würden sie Bikerboots nennen und ich bin mir sicher, eigentlich gehören sie nicht zum Rest der Uniform. Fragend sehe ich ihn an, aber er grinst nur verschmitzt und hält mir seinen Arm hin.

»Wollen wir?«

»Kommt drauf an.« Aber ich hake mich bereits unter. Tia läuft hinter uns her.

»Und worauf?«

»Ob ich jetzt etwas zu essen kriege oder selbst das Essen bin.« Ich fühle mich plötzlich, als würde ich den Löwen zum Fraß vorgeworfen werden.

»Nein, keine Sorge. Wer dich essen will, muss erst an mir vorbei.« Er sagt das gerade so ernst, dass ich ihm glaube, aber sein Lächeln bleibt ihm erhalten.

»Du siehst … anders aus.«

»Ja, ich bin sauber und habe keinen Dreck mehr im Gesicht.«

»Steht dir gut.« Unsere Blicke treffen sich und für den Moment muss ich mir in Erinnerung rufen, dass ich nichts über ihn weiß. Trotzdem hindert das meinen Herzschlag nicht daran, eiliger zu klopfen und meine Wangen nicht zu erröten. Sie fühlen sich heiß an. Kochend!

Juri führt mich durch breite Gänge, die sich eigentlich alle ähneln: weiße, fast durchsichtige Fliesen, ein dunkelblauer schmaler Teppich darauf, Kerzen, verschiedene Gemälde und Sternbilder an den weißen

Wänden und mindestens ein großes Fenster, das den Blick auf die Sterne und das All freigibt. Es ist dunkel und ich frage mich, ob ich den Tag verschlafen habe.

Still führt mich Juri eine breite, lange Treppe hinunter, das Geländer wirkt, als wäre es aus Kristallen gefertigt. Mit meiner Hand fahre ich darüber, sehe, wie sich das Licht der Kerzen darin bricht. Es ist kühl, kantig und dennoch glatt.

Staunend blicke ich mich um, drehe mich.

»Das hier ist das Foyer. Dein Zimmer liegt im Ostflügel, die Treppe da hinten führt in den Westflügel.«

»Und der ist verboten«, sage ich voller Inbrunst, aber Juri sieht mich nur irritiert von der Seite an.

»Nein, wieso sollte er verboten sein?«

»Auf dem Mond gibt es keine Walt Disney Filme. Ich will nach Hause!«

»Du bist zu Hause.«

»Was?« Ruckartig bleibe ich stehen. Ein Muskel in seiner Wange zuckt, ich kann es genau sehen. Und ich kann sehen, dass er nur ungern stehen bleibt.

»Wir sind zu spät!«

»Ich habe die Zeit nicht festgelegt, ich kann nicht zu spät sein! Was meinst du damit, ich wäre schon zu Hause?« Ich stehe so dicht vor ihm, dass ich ihm mit dem Finger in die Brust piken kann. Er verengt die Augen zu Schlitzen.

»Du wohnst hier gerade, oder? Dann bist du hier zu Hause.«

»Deine Definition von zu Hause ist ziemlich schwach! Du verschweigst mir etwas. Ich gehe keinen Schritt mehr, bis du mir nicht Antworten auf meine Fragen gibst.« Wir starren wütend um die Wette, keiner ist gewillt, dem anderen nachzugeben. Es ist albern, ich weiß, aber das alles hier ist bescheuert! Ich muss allen etwas aus der Nase ziehen. Ein Wunder, dass ich bisher so geduldig war.

»Das ist natürlich schlecht, denn die Personen, die dir deine Fragen beantworten möchten, warten gerade auf dich. Du musst dich also in Bewegung setzen, um sie zu bekommen.«

Dieser arrogante Wicht! Er weckt mein inneres Kleinkind. Ich will gerade nichts mehr, als mit dem Fuß aufstampfen, ihm die Zunge rausstrecken und ihn mit Matsch bewerfen, bis er weint.

Sein Grinsen ist so provozierend wie es anziehend ist.

»Los! Ich habe nicht ewig Zeit.«

»Du denkst, weil du eine Uniform anhast, würde ich vor dir kriechen? Das haben schon andere versucht.« Ellie zum Beispiel und die war wirklich Furcht einflößend.

»Dafür, dass ich dir das Leben gerettet habe, bist du ziemlich undankbar.«

»Das hat nichts hiermit zu tun!«, gebe ich aufgebracht zurück. Aber seine Miene bleibt grimmig, sein Blick nimmt mich ungewollt gefangen, aber ich will nichts an diesem Mann auch nur ansatzweise faszinierend finden. Er geht einen kleinen Schritt zurück und flucht leise, während er sich übers Gesicht fährt.

»Malik wird mich umbringen! Und deine ... Ich meine, alle anderen auch, wenn wir jetzt nicht weitergehen.« Sein rechter Arm schnellt plötzlich vor, mit seiner breiten Hand krallt er sich an meinem linken Arm fest, während er zurücktritt und mich mit sich ziehen will. Es ist harmlos und mein Gehirn versucht das zu verarbeiten, aber meine Reflexe sind schneller. Ruckartig drehe ich meine linke Hand, sodass ich seinen Unterarm festhalten kann, gleichzeitig schnellt meine rechte Hand vor, krallt sich in das Revers seiner Uniform und ich trete einen Schritt nach vorne, setze meinen rechten Fuß vor seinen. Mein Körper dreht sich, ich ziehe ihn mit. Das Gleichgewicht verlierend fällt er, nicht darauf gefasst, dass ich mich auf diese Art wehren könnte. Aber natürlich passiert das nicht, ohne dass er sich versucht zu retten. Er greift nach meiner Hüfte und in dem Moment, in dem er mit dem Rücken auf den Boden knallt, pralle ich auf ihm auf.

Verdammt, Jim hat mir nie gesagt, was ich machen soll, wenn so etwas passiert!

Meine Haare liegen kreuz und quer über mir und irgendwie auch über Juri. Und in meinem Gesicht! Ich hebe den Kopf und versuche sie irgendwie aus dem Weg zu räumen, dann trifft mich Juris Atem und ich sehe auf. Automatisch gucke ich böse, aber seine Augen funkeln und er scheint sich köstlich zu amüsieren.

»Was war das denn?«

Plötzlich werde ich verlegen. *Ja, Lynn, was zur Hölle war das eben?* Ich würde sagen, einer dieser Momente im Leben, in denen man etwas tut, weil es sich wirklich richtig gut anfühlt, nur um danach festzustellen, dass es jetzt besser wäre, sich ein Loch zu buddeln, um vor Scham darin zu versinken.

»Reflex?«

»Reflex also. Ein ziemlich guter, würde ich sagen. Mit einer gewissen Technik.«

Selbst von einer Frau zu Boden geschmissen zu werden, kratzt nicht an seinem Selbstbewusstsein und seiner Selbstgefälligkeit – oder seinem verschmitzten Grinsen. Stöhnend lasse ich den Kopf auf seine Brust sinken und fluche innerlich. Über mich, über Juri, über … In genau dieser Sekunde halte ich die Luft an und mir wird nur zu deutlich bewusst, dass ich immer noch auf ihm liege. Fluchtartig will ich diesen Umstand ändern, aber mein Kleid samt Tüll klemmt irgendwie fest und während ich dem Wahnsinn nah bin, bebt Juris Oberkörper vor Lachen.

Ich darf nicht mitlachen! Es ist nicht komisch!

»Was ist hier los?« Eine Stimme lässt mich innehalten und zusammenzucken. Juris Oberkörper schießt sofort hoch, was mich bedrohlich zum Schwanken bringt. Mit seine Armen umschließt er mich, aber seine kurze Angespanntheit lässt sofort nach, als er zu erkennen scheint, wer da auf uns zukommt. Ich habe den Mann noch nie gesehen und selbst jetzt muss ich mir dafür ziemlich den Hals verrenken.

»Du bist es.«

Juri lacht weiter. Dann hilft er mir, damit wir beide endlich aufstehen können und ich versuchen kann, Tüll und Haare wieder zu richten. Ich sehe bestimmt aus wie ein Besen, mit dem gerade gefegt wurde.

»Dass du noch lachen kannst, ist mir unbegreiflich! Wir warten schon ziemlich lange und der König wird langsam ungehalten. Was man verstehen kann, wenn man weiß, *wie lange* er bereits wartet«, zischt der Mann in Uniform vor uns. Er hat braune Augen und hellbraunes Haar, keinen Bart wie Juri und viel kürzeres Haar.

»So lange wartet er jetzt auch nicht.« Sofort schlage ich mir die Hände vor den Mund, aber Juri prustet wieder los, bis der Blick des Mannes ihn trifft und sein Lachen zu einem Husten wird.

»Darf ich vorstellen, das ist Lynn. Lynn, das ist Malik. Ein guter Freund, sowohl von mir als auch des Königs.«

Malik deutet eine Verbeugung an und hält mir den Arm hin. »Es ist mir eine Freude, Euch kennenzulernen. Bitte, lasst mich Euch in den Speisesaal führen, damit Ihr auch dort ankommt.« Ein weiterer Blick, mit dem er versucht, Juri zu erdolchen.

Ich hake mich ein und gehe mit ihm. Aber ich kann es mir nicht verkneifen, mich nochmals umzudrehen und Juri die Zunge rauszustrecken – und zu grinsen. Er versucht grimmig zu gucken, versagt aber wirklich kläglich.

Als wir um die Ecke biegen, ragen vor uns Flügeltüren auf, die von zwei Wächtern flankiert sind.

»Ist das Glas? Ist hier alles aus Glas?«

»Nein, es ist Mondstein. Es sieht aus wie Kristall, wenn es verarbeitet wurde, aber es gleicht von der Festigkeit Eurem Diamant. Je nach Schliff ist es durchsichtig, matt, milchig oder schimmert sogar blau.«

»Es ist wunderschön.«

»Ich mag Holz lieber«, sagt Malik und verzieht das Gesicht. »Aber auf Menua gibt es keine Bäume oder ähnliches. Die einzige Pflanze, die hier wächst, ist Lunaria. Sie schimmert silbergrau. Ich denke, sie wird Euch gefallen.«

Vor uns öffnen sich die großen Türen aus Mondstein, die zwei Wächter treten zur Seite und geben den Blick auf einen Saal frei, den ich mir in meinen kühnsten Träumen nicht hätte vorstellen können. Alles ist aus Mondstein, wie ich nun weiß, alles sieht so glanzvoll und prächtig aus und doch anders. Die Wände sind matt und weiß, die Fliesen hingegen wirken, als wären sie aus vielen kleinen Kristallsplittern geschaffen. Das Licht all der unzähligen Kerzen bricht sich darin, flackert, lässt den Raum strahlen und macht ihn gemütlich. Trotz der kühlen Farben ist es warm und angenehm. Zu meiner Rechten befindet sich nichts weiter als das All. Sterne und Dunkelheit, so weit das Auge reicht. Keine Ahnung, was mich von all dem mehr beeindruckt und in seinen Bann zieht, aber ich bemerke erst, dass sich noch jemand in dem Saal befindet, als Malik mit seiner Hand sanft an mir rüttelt.

»Darf ich vorstellen? König Artas und Königin Ria.«

Nur schwerlich kann ich meinen Blick von den Sternen lösen.

Malik hat mich vor den großen runden Tisch geführt, der unter einem Tuch aus Silber und Blau nahezu verschwindet, reichlich gedeckt mit bunten Schalen voller Essen, dessen Duft mir in die Nase steigt und mir das Wasser im Mund zusammenlaufen lässt. Mein Magen knurrt lautstark und ich spüre, wie meine Wangen heiß werden. Ein Mann mit breiten Schultern, leichtem Bauchansatz und einer blauen Uniform kommt auf mich zu. Er wirkt etwas blass, aber voller Freude. Er strahlt regelrecht. Man sieht ihm an, dass er früher muskulös gewesen sein muss. Er wirkt freundlich und doch autoritär. Die Krone aus Mondstein passt perfekt zu ihm und seiner Kleidung.

Ich bin mir nicht sicher, wie ich mich verhalten, was ich sagen und tun soll, ob es eine bestimmte Etikette gibt, die mir noch niemand verraten hat. Hilfe suchend sehe ich Malik an, aber er nickt nur freundlich und schiebt mich sanft nach vorne.

Die Königin ist wunderschön, allerdings wirkt sie schwächlich und etwas dünn. Aber auch sie umhüllt ein freundliches Lächeln. Im Gegensatz zu mir trägt sie ein eisblaues Kleid mit goldenen Stickereien am Bund, die im Kerzenlicht funkeln, und ihr hellblondes Haar ist kunstvoll hochgesteckt, was ihre hohen Wangenknochen unterstreicht. Ihre Krone ist zierlicher, beinahe hauchdünn, aber ebenso aus Mondstein und leuchtet etwas bläulicher. Sie fixiert mich mit ihren graublauen Augen so stark, dass ich wegsehen muss.

Die Temperatur im Raum ist wirklich angenehm, aber gerade wird mir viel zu heiß und ich atme schwer, ohne genau sagen zu können, warum. Vielleicht bin ich nervöser und aufgeregter, als ich dachte.

Das Erste und Beste, was mir einfällt, ist, in einen tiefen, wackeligen Knicks zu sinken, weil mir irgendwann kurzzeitig einfällt, dass ich hier vor einem Königspaar stehe.

Ein dunkles, kehliges Lachen erfüllt den Raum.

»Bitte steh auf! Du musst nicht vor uns knicksen.« König Artas kommt bei mir an und umfasst meine Arme. Es wirkt, als wolle er mich in eine Umarmung ziehen, aber er tut es nicht. Irgendwie wirkt er seltsam zerrissen, sein Lächeln ist gleichsam strahlend wie wackelig, seine Augen glänzen vor Freude, aber trotzdem habe ich das Gefühl, er könnte jeden Moment in Tränen ausbrechen. Meine Verwunderung behalte ich für mich, es könnte an mir liegen. Aber ein Blick zur Königin reicht, um zu sehen, dass auch sie mit gemischten Gefühlen kämpft. Sie steht nun an seiner Seite, die Hände vor der Brust ineinander geschlungen. Beide sehen mich unentwegt an, mit einem strahlenden Lächeln im Gesicht und tausend anderen Emotionen, die darüber huschen und mich verwirren.

»Es tut mir leid, ich weiß nicht so genau, was ich tun muss. Alles ist so … anders.«

»Du hast bestimmt viele Fragen und wir werden sie dir beantworten.« Dann schaut der König an mir vorbei. »Schön, dich zu sehen, Tia.«

»Sie kennen sich?«, frage ich verwundert.

»Man hat uns von ihr erzählt. Kommt, setzt euch zu uns. Ihr müsst Hunger haben.«

Malik zieht einen Stuhl für mich zurück und schiebt ihn wieder vor, als ich mich setze. Tia springt auf den freien Stuhl rechts von mir, links nimmt der König Platz, an seiner Seite die Königin.

»Ich werde in den Sitzungssaal gehen. Ich wünsche Euch guten Appetit.« Der König nickt Malik zu, der sich verabschiedet. Als ich mich zu ihm umdrehe und ihm nachsehe, entdecke ich die Wachen an den Innenseiten der Türen zum ersten Mal.

Kaum hat Malik den Raum verlassen, eilen Bedienstete herbei, die uns die Servierten über den Schoß legen, Wasser einschenken und das Essen auftragen. Fasziniert beobachte ich sie dabei, wie sie routiniert arbeiten. Stets darum bemüht, nicht aufzufallen.

Vor mir türmen sich Fleisch und unzählige Sorten an Gemüse.

»Wächst all das hier auf dem Mond?«, frage ich erstaunt.

»Nein. Leider können wir so gut wie nichts selbst anbauen. Die meiste Nahrung erhalten wir durch den Handel mit anderen Planeten. Wir haben ein gutes Bündnis.«

Ich rutsche auf dem Stuhl hin und her. Ich würde das Kleid gerne gegen eine Jeans tauschen.

»Bitte, iss!«, sagt Königin Ria sanft. Ihr Lächeln ist immer noch freundlich, aber ihre Hand zittert merklich, als sie sie hebt und in Richtung meines Tellers weist.

Zögerlich greife ich nach einem kleinen, runden Etwas, das fast wie ein Brötchen aussieht. Der Geschmack ist kaum zu definieren, aber es ist unheimlich lecker. Ein wohliger Seufzer entfährt mir. Es ist warm, schmeckt nach Teig, ist aber beinahe herzhaft. Ich schlucke den Bissen im Ganzen hinunter.

Trotz des Essens kann ich meine Fragen nicht länger bei mir behalten, sie platzen einfach aus mir heraus.

»Wieso bin ich hier? Wer hat mich angegriffen? Wie kam ich überhaupt hierher? Wie kann es sein, dass ich mit einem Waschbären reden kann und warum habe ich ein Sternbild auf meinem Arm, das leuchtet? Ich …«

Der König hebt die Hand, freundlich, aber bestimmt. »Immer langsam. Eins nach dem anderen. Wir werden versuchen, dir alles schonend zu erklären und beizubringen, aber bitte glaub uns, wir sagen dir nur die Wahrheit.«

Mit einem lauten Geräusch schlucke ich erneut, dann lege ich das Brot oder was auch immer das sein mag, auf den Teller vor mir. Ich kriege keinen Bissen mehr herunter, bevor ich nicht weiß, was los ist. Und der eindringliche Tonfall des Königs hinterlässt ein flaues Gefühl in meinem Magen.

»Okay, ich bin bereit«, höre ich mich sagen, obwohl nichts weiter von der Wahrheit entfernt sein könnte.

Kapitel 11

Veränderungen beleben uns.
Etwas ändert sich und nicht zu wissen,
ob es am Ende gut oder schlecht sein wird,
macht es zu einem Abenteuer.

Juri

Malik kommt um die Ecke. Ich habe hier im Foyer auf ihn gewartet, wir müssen in den Sitzungssaal, um einige Dinge zu regeln, die jetzt Vorrang haben, seit die Prinzessin wieder da ist. Doch anstatt loszugehen, hält er mich fest und schnauzt mich an.

»Du bist wirklich der größte Hitzkopf und Idiot diesseits und jenseits des Mondes!«

»Es ist doch nichts passiert. Ich habe sie schließlich gefunden und gerettet, da wird man mir nicht gleich den Kopf abreißen, weil ich sie nicht pünktlich zum Essen gebracht habe. Außerdem war das ihre Schuld.« Ich verschränke die Arme vor der Brust. Malik kocht vor Wut und kneift bedrohlich die Augen zusammen, während er vor mir auf und ab geht.

»Du weißt genau, dass ich nicht das meinte! Verdammt, ihr Rock war am Saum sogar zerrissen. Was hast du mit ihr auf dem Boden zu suchen gehabt? Du bist kein Kleinkind mehr!«

»Möchtest du damit sagen, die Prinzessin sei ein Kleinkind? Das wird dem König nicht gefallen.«

»Was?« Malik erstarrt mitten in der Bewegung.

»Ich sag es ja nur ungern, aber sie hat mich auf die Matten geschickt, nicht umgekehrt.« Oh, sein Gesichtsausdruck ist unbezahlbar.

»Erzähl mir keinen Unsinn! Wie soll das denn gehen? Du hast wieder Unfug gemacht. Nichts anderes. Juri, sie ist die Prinzessin. Wir haben mehr als sechzehn Jahre nach ihr gesucht und bald soll sie einen Prinzen heiraten und sich die Krone aufsetzen. Am besten ohne blaue Flecken und gebrochene Knochen«, zischt Malik.

»Danke für die Belehrung, großer Meister. Aber unsere Prinzessin kann anscheinend etwas mehr als nur schön aussehen.« Obwohl sie Letzteres tatsächlich besonders gut kann.

»Das ist egal. Wir werden sie nicht in Gefahr bringen.«

»Wir sollten sie trainieren lassen«, schlage ich gleichzeitig vor.

»Ich nehme alles zurück. Du bist ein noch größerer Idiot, als ich es jemals mit Worten ausdrücken könnte.« Aus seinem Gesicht weicht jegliche Farbe.

»Sie kann kämpfen, Malik. Sie kann es gut. Und wenn ich ehrlich bin, will ich herausfinden, wie gut. Vielleicht sollten wir ihr die Entscheidung überlassen.«

»Der König wird uns umbringen, uns beide, verflucht! Und sie wird bestimmt keine Lust haben, sich mit den Mondkriegern zu messen. Abgesehen davon, dass keiner von ihnen gegen sie kämpfen wird. Wenn sie nur einen Kratzer abbekommt, dann … dann …«

Er steht kurz vor einem Zusammenbruch. Wenn ich ihn jetzt auslache, bin ich unten durch. »Gut, dann wird sie eben nicht mit zum Training kommen.«

Malik atmet erleichtert auf, zumindest für einen Moment.

»Ich werde außerhalb der regulären Trainingszeiten mit ihr üben.«

»Bei jedem Stern in diesem Universum, irgendwann bringe ich dich eigenhändig um!« Damit marschiert er wutentbrannt an mir vorbei in Richtung Sitzungssaal und ich folge ihm gut gelaunt, mit dem Bild vor Augen, wie mir die Prinzessin ziemlich frech die Zunge rausstreckt.

Ich schüttele den Kopf bei dem Gedanken daran, dass sie ganz anders ist, als ich sie mir all die Jahre vorgestellt habe.

Kapitel 12

Egal, wie sehr wir uns wappnen,
egal, wie dick unsere Rüstung ist
und wie groß unsere Zuversicht:
Die Wahrheit trifft uns mitten ins Herz
und erschüttert uns zutiefst,
wenn wir sie nicht wahrhaben wollen.

Lynn

»Das ist unmöglich«, flüstere ich erstickt. Ich sitze längst nicht mehr auf dem Stuhl am Tisch, sondern tigere davor auf und ab. Der König hat sich mit mir erhoben und versucht mir gut zuzureden.

»Das hier ist dein Zuhause. Du bist in diesem Palast geboren worden. Bitte glaube mir!«

»Unmöglich, unmöglich, unmöglich.« Ich sage es wie ein Mantra vor mir her, während meine Finger schon brennen, so sehr habe ich sie in den Stoff gekrallt.

»Mein Zuhause ist die Erde! Ich wurde von meinen Eltern vor dem Waisenhaus abgelegt, als ich wenige Monate alt war. Ich bin ein ganz normales Mädchen.« Immer wieder schüttele ich den Kopf. König Artas greift nach mir, wir sind beinahe gleich groß. Ich rieche den Duft seines Parfums oder Rasierwassers, frisch und nicht zu herb.

»Du bist alles andere als normal. Ich weiß, das ist schwer, aber wir sagen dir nur die Wahrheit. Wir wollen dir Antworten geben!«

Mein Blick gleitet zu Tia, die mich von ihrem Platz auf dem Stuhl traurig ansieht – und nickt. Stockend nicke ich zurück, atme tief ein und versuche ruhig zu bleiben.

»Nehmen wir für einen Moment an, das stimmt. Was genau bedeutet das?«

»Dass du kein Mensch bist, sondern ein Sternenkind. Und das ist nichts Schlimmes!«

»Erklärt das Tia und das Sternentattoo auf meinem Arm?«

»Du meinst das Sternbild? Ja, das tut es. Jeder, in dessen Adern Sternenblut fließt, hat es. Die Legende besagt, dass der Mond uns aus Sternen formte und aus Teilen seiner selbst. Die Bewohner der anderen Planeten haben andere Gaben, aber nur Sternenkinder haben … Schutzgeister.« Er sieht mir tief in die Augen, während ich jedes Wort in meinem Geist wiederhole und zu verarbeiten versuche. Als ich weder etwas erwidere noch völlig ausflippe, redet er weiter.

»Mit siebzehn Jahren ist ein jedes Sternenkind für uns erwachsen und ein vollwertiges Mitglied der Gesellschaft. Dann zeigen sich sein Schutzgeist und sein eigenes Sternbild. Der Schutzgeist oder Begleiter ist ein Teil unseres Selbst und gleichzeitig nicht. Tia gehört zu dir und steht doch für sich allein. Es ist komplizierter, als du denkst, selbst wir versuchen noch heute, die Verbindung vollständig zu verstehen. Die Begleiter wissen von Anfang an alle wesentlichen Dinge über Menua, sie haben ein Grundwissen, ohne dass man es ihnen sagt oder lehrt. Sie sind intelligent und mitfühlend. Wir denken, dass sie sich aus unserer Seele und Sternenstaub zusammensetzen, der dann zu uns findet. Wie dem auch sei, Tia ist dein Schutzgeist und wird ab jetzt immer an deiner Seite sein.«

Es klingelt in meinen Ohren, ich höre mich selbst viel zu laut atmen und mein Kopf brummt. Das Kleid ist zu eng, es ist zu warm, ich kriege keine Luft.

»Artas! Sie kippt gleich um.« Die Königin eilt zu uns, geleitet mich zu meinem Stuhl und reicht mir ein Glas Wasser. »Es ist zu viel für sie. Wir sollten später weitermachen.« Sorge klingt in ihrer Stimme mit, aber auch Trauer und Unsicherheit, Dinge, die ich nicht einordnen kann. Gierig trinke ich einen Schluck, dann muss ich meine Stirn auf die Knie legen und kräftig atmen. Es fließt zu wenig Blut in meinen Kopf. Ein Schock, ich denke, so was nennt man einen Schock. Aber ich will die Informationen jetzt haben. Jetzt und nicht irgendwann. Ich will nicht, dass sie es sich anders überlegen.

Deshalb nehme ich einen weiteren kräftigen Schluck des kühlen Wassers, bevor ich der Königin das Glas zurückgebe und mich an einem Lächeln versuche.

»Nein, es geht wieder. Ich will nicht länger warten. Ich bin also kein … ich meine, ich bin ein Sternenkind und auf dem Mond geboren, in diesem Palast. So weit, so gut!« Meine Unterlippe fängt an zu zittern. Eben war mir warm, viel zu warm, aber jetzt ist es plötzlich kalt. »Und

Tia ist mein Begleiter.« Etwas daran lässt mich stutzen. »Wenn jeder einen hat, wo … wo sind dann eure?«, frage ich den König.

»Du bist sehr aufmerksam. Wir können unsere Begleiter verstecken, wenn wir oder sie das wünschen. Sobald man es gelernt hat, erfordert es keine Konzentration mehr. Das Sternbild auf unseren Armen nimmt sie dann auf.«

»Was? Ich meine, wie geht das?«

»Das sollten wir dir zu einer anderen Zeit in Ruhe erklären.«

Ich nicke vorsichtig. Wahrscheinlich hat er recht. Wenn das so ein irrer Pokémon–Pokéball–Trick ist, ertrage ich das nicht.

»Was muss ich noch wissen?«

Das Königspaar wirft sich einen Blick zu, dann setzt sich die Königin neben mich. Der König bleibt vor uns stehen und spricht weiter.

»Dein Name ist …«

»Lynn?« Ich spreche den Satz für ihn zu Ende, weil er es irgendwie nicht schafft.

»Nein. Dein richtiger Name ist Luna …« Er räuspert sich. »Man hat dich Lunamea genannt.«

Juri hat das vorhin auch gesagt, ich erinnere mich dunkel. Ich habe ihn nicht ernst genommen, als er versuchte, es mir zu erklären.

Ich begreife plötzlich, dass ich mich selbst nicht mehr kenne, ich weiß nicht, wer ich bin. Verflucht, ich wusste bis eben nicht mal meinen eigenen Namen!

»Okay. Okay, okay, okay …«

»Bist du sicher, dass du weitermachen willst? Wir können wirklich noch etwas warten. Ruh dich aus. Wir haben Zeit!« Die Königin sagt das so voller Zuversicht und Wärme, als könne sie Letzteres selbst kaum glauben.

»Was noch?«, frage ich erstickt und greife aus Reflex nach Rias Hand. Ich weiß nicht warum, aber ich bin mir sicher, man greift nicht einfach so nach der Hand der Königin. Aber ich muss mich irgendwo festhalten. Umso überraschter bin ich, dass sie meinen Griff erwidert und ihre andere Hand noch darüberlegt. Sie sieht mich aufmunternd an. Tia springt von ihrem Stuhl zu mir und legt sich auf meinen Schoß. Mehr Beistand werde ich nicht mehr kriegen, wenn ich die Wahrheit erfahre und alles andere, was ich wissen muss.

»Es gibt Leben auf jedem Planeten in unserem Sonnensystem. Die Erde ist nicht allein. Alles Weitere dazu erfährst du früh genug, aber das solltest du jetzt schon wissen. Außerdem gibt es hier Krieger, die nicht nur den Palast zu einem sicheren Ort machen, sondern über jedes Sternenkind auf Menua wachen.«

»Mondkrieger«, flüstere ich gedankenverloren. »Zwei davon haben mich angegriffen. Wer waren sie?«

»Wir wissen es nicht. Momentan versuchen die Hauptmänner herauszufinden, ob deine Angreifer wirklich Krieger Menuas waren und falls ja, warum sie dich angegriffen und nicht beschützt haben. Leider weiß ich momentan so wenig wie du, was das angeht, aber wir werden dir Bescheid geben, sobald wir Neuigkeiten haben.«

Ich nicke immer wieder, kann kaum reden, es ist, als läge etwas auf meiner Brust, es lässt mich kaum atmen.

»Eine Sache gibt es noch.«

Ich spüre, dass der König anfängt, nervös zu werden. Die Hände seiner Frau beginnen zu zittern, ihr Lächeln verrutscht, sie wirkt traurig und verängstigt und ich frage mich, was der Grund dafür ist.

»Wie schlimm ist es?«

»Schlimm? Oh, das liegt im Auge des Betrachters. Wenn du mich fragst, ist es nichts Schlimmes.«

Trotzdem glaube ich ihm nicht. Sein Lächeln wirkt falsch.

»Deine Eltern haben dich nie abgegeben, weil sie dich nicht mehr wollten. Genau genommen haben sie dich nie weggegeben. Du wurdest ihnen geraubt. Du … wurdest uns geraubt.« Es ist so still, dass ich glaube, sogar die Wachen an der großen Tür, zwanzig Meter von mir entfernt, müssen mein laut pochendes Herz hören.

»Uns?«, wiederhole ich ungläubig und starre nacheinander in ihre Gesichter. Beide lächeln zaghaft. Ich warte darauf, dass einer ruft, das wäre ein Scherz.

»Ich bin doch keine … Ich meine, wenn ich eure … Dann bin ich …«

»Du bist unsere Tochter. Prinzessin Lunamea. Und wir haben dich mehr vermisst, als du dir vorstellen kannst. Wir haben seit dem Tag, an dem man dich entführt hat, jeden Stein auf jedem Planeten umgedreht. Seit Jahren versuchen wir herauszufinden, wer dich entführt hat und warum. Momentan sind wir aber einfach nur froh, dass du wieder da bist. Dass du lebst.« Die Königin schluchzt laut und bei dem letzten Wort kann sie ihre Tränen nicht mehr zurückhalten. Auch in meinen Augen sammeln sich welche, ich sehe nur noch verschwommen. Ich atme schnell und hektisch. Und obwohl ich das Gefühl habe, den Sauerstoff in immer schnelleren Zügen zu inhalieren, bekomme ich dennoch keine Luft.

»Nein«, flüstere ich erstickt. »Das ist nicht wahr.« Tia rutscht von meinem Schoß, als ich ruckartig aufspringe. Noch im Fallen greife ich schnell nach ihr, presse sie an mich und renne zur Tür, auch wenn ich Rias Schrei hinter mir höre. Ich höre, wie sie fleht, dass ich warten soll. Ich höre sie weinen. Die Königin. Meine Mutter.

Die Wachen öffnen die großen Türen und ich schlüpfe durch den Spalt, renne über den Flur, ins Foyer und die Treppenstufen hinauf in den Ostflügel. Ich sehe nur verschwommen und nach dem zweiten Flur verliere ich die Übersicht.

Ich weine und kann nicht damit aufhören. Tia springt aus meiner Umarmung, während ich mich an einer Wand auf den Boden gleiten lasse. Mit einem leisen Schluchzer ziehe ich meine Beine an, versenke mein Gesicht in einem Meer aus dunkelblauem Tüll.

»Alles wird wieder gut.« Tia schmiegt sich an mich. »Sie lieben dich! Sie wollten immer nur, dass du bei ihnen bist.«

»Du hast es gewusst. Du hast nichts gesagt! Mich nicht vorgewarnt«, erstickt purzeln die Worte aus mir heraus. Eigentlich will ich nicht wütend auf Tia sein, aber ich fühle mich verraten, verletzt und verwirrt.

»Du weißt, ich durfte dir nichts sagen!«

»Aber du hättest es tun müssen! Du hättest es verdammt noch mal tun müssen!«

»Manche Dinge kann man nicht tun, auch wenn man es von Herzen möchte.«

Sie leidet und es zerreißt mir das Herz. Aber ich leide auch und ich will in diesem Moment allein sein. Ich weiß nicht, wer ich bin und ich habe mich nie schlimmer gefühlt, nie verletzlicher. »Bitte geh.«

»Lynn«, sagt sie flehend.

»Geh!« Und von einem Moment auf den anderen leuchtet sie auf und verschwindet. Ich weiß nicht, wo sie hin ist. Ich weiß nichts mehr.

Wie ein Häufchen Elend sitze ich auf dem Boden und heule mir die Seele aus dem Leib. Ich kann mich nicht erinnern, wann das das letzte Mal passiert ist, aber es war an der Zeit. Es tut gut. Es ist befreiend. Niemand kann immer stark sein.

»Was tut Ihr denn da auf dem Boden? Ihr weint ja!«

Ich zucke zusammen und sehe mit verquollenen Augen Iza ins Gesicht, die mit den Händen an den Wangen und weit aufgerissenen Augen auf mich herabsieht. »Was ist passiert?«

Statt einer Antwort erhält sie nur weitere Schluchzer von mir. Sie beugt sich herab, greift mir unter die Arme und hilft mir aufzustehen.

»Kommt! Zuerst bringe ich Euch auf Euer Zimmer, dann sehen wir weiter. Ihr erkältet Euch hier auf dem Boden.«

Sie hilft mir, hört nicht auf zu reden und ich höre nicht auf zu schweigen. Meinen Blick halte ich nach unten gerichtet, aber ich bin mir sicher, wir sind nur einmal abgebogen und dann einen Gang entlang, bevor wir an meinem Zimmer ankommen. Die Tür wird aufgemacht, ich werde halb zu meinem Bett geschoben, halb gestützt, und lasse mich schließlich ohne große Einwände darauf sinken. Iza eilt von einer Kerze zur nächsten, um sie anzuzünden und für etwas Licht zu sorgen.

Das Salz auf meinen Lippen schmeckt ekelhaft, meine Wimpern sind verklebt und ich wette, der Mascara hängt überall in meinem Gesicht. Ich fühle mich grauenvoll und will aus diesem Kleid raus. So schnell wie möglich.

»Iza? Bitte, bitte, könnten Sie mir etwas Normales zum Anziehen besorgen? In meinem Schrank sind nur Kleider. Ich brauche eine Hose.

Nein, ich brauche viele Hosen! Und Shirts, Pullover, Tops. Wirklich viele. Und ich hasse Pink! Ich finde es wirklich grauenvoll. Auf jeden Fall brauche ich Hosen. Und vielleicht Turnschuhe? Könnten Sie das besorgen? Also Hosen und Schuhe?« Ich rede wirres Zeug, weiß nicht, warum ich Iza anordne, mir all das zu holen, obwohl ich nicht weiß, ob ich bleiben will. Ob ich das kann. Zwischen jedem Wort quietsche ich komisch, weil meine Nase läuft, ich alles verschwommen sehe und ein fetter Kloß in meinem Hals sitzt. Aber es ist mir egal. Es ist mir so schrecklich egal.

»Oh! Natürlich, natürlich! Ich werde das sofort für Euch besorgen. Bleibt nur hier.« Eilig verlässt sie das Zimmer und lässt mich allein.

Dem nächsten Heul- und Wutkrampf nahe, ziehe ich kräftig an dem Reißverschluss des Kleides, werfe es mit einem Ruck von mir und schmeiße die Schuhe gegen den Schrank, einen nach dem anderen. Nur in meiner Unterwäsche auf dem Bett sitzend, schlinge die Arme um mich und wünsche mir, das alles verstehen zu können. Energisch schimpfe ich mit mir selbst, sage mir, was für eine Idiotin ich bin, hier nur zu sitzen und zu heulen, wegen etwas, das ich sowieso nicht ändern kann.

Entschlossen stehe ich auf, aber mein Kreislauf macht nicht ganz mit, weshalb mir für ein, zwei Sekunden schwarz vor Augen wird. Dann greife ich nach der dünnen Tagesdecke, wickele sie um mich und gehe auf Zehenspitzen um das Bett, zur großen Fensterfront. Beim Anblick der Erde, die so wunderschön ist und hell erstrahlt, muss ich schwer schlucken. Sie wirkt weiter weg als beim letzten Mal, auch wenn ich weiß, dass das unmöglich ist.

Nie waren die Sterne so hell, die Nacht so klar und dunkel. Nie war etwas unmöglicher als das, was ich gerade erlebe.

»Es tut mir leid, Tia.« Ich sage es, während ich nach draußen schaue und all die Gedanken in meinem Kopf zu ordnen versuche. Hoffentlich ist sie mir nicht mehr böse. Bereits vorhin wusste ich, dass sie eigentlich nichts dafür kann. Aber das alles war zu viel für mich – das ist es noch!

Das Sternbild an meinem Unterarm leuchtet kurz auf und neben mir erscheint Tia, mit geduckten Ohren und ziemlich traurigem Gesicht. Sie ist die einzige Freundin, die ich habe und ich falle ihr sofort um den kleinen, flauschigen Hals, ziehe sie auf meinen Schoß und bitte sie immer wieder um Entschuldigung.

»Alles wird gut. Ich verspreche es dir«, sagt sie.

»Das wünsche ich mir. Aber wie soll das gehen? Wie soll alles gut werden, wenn ich mir selbst fremd geworden bin? Ich kann keine Prinzessin sein!«

»Aber das bist du. Du wirst das schaffen.« Sie lächelt und zeigt dabei sogar ihre kleinen Zähnchen, wackelt mit ihren Schnurrhaaren. Es sieht so ulkig aus, dass ich das erste Mal lachen kann, seit ich beim Essen war.

»Sag, wo warst du, als ich wollte, dass du gehst? Und wie konntest du so schnell wieder hier sein?«

»Das Sternbild ist unser Rückzugsort. Du bist mein Zuhause. Ich kann zu Staub werden, zu reinem Licht und darin verschwinden. Genauso kann ich auch wieder zurückkommen.«

»Das ist unglaublich.« Ehrfurchtsvoll sehe ich sie an, sehe ihre leicht schimmernden, leuchtenden Konturen und kann nicht glauben, dass sie so viel mehr ist als ein Waschbär.

Meine Hand fährt über ihr Fell, meine Stirn ruht an der Scheibe und ich komme langsam zur Ruhe.

Irgendwann stürmt Iza zurück ins Zimmer. Tia und ich sind zusammen eingeschlafen. Jetzt reibe ich mir über die Augen, spüre, dass mein Mascara krümelt und habe einen pelzigen Geschmack im Mund.

»Iza?« Verschlafen beobachte ich, wie sie Berge von Kleidung auf mein Bett legt und mit geröteten Wangen auch noch einen Sack Schuhe davor abstellt.

»Ich habe viele Hosen und andere Sachen für Euch besorgt. So wie gewünscht. Und nichts in Pink!«, fügt sie stolz hinzu.

»Danke. Darf ich Sie etwas fragen?«

»Nur, wenn Ihr nie wieder *Sie* zu mir sagt.«

»Abgemacht.« Ich versuche still zu halten, Tia schläft noch. »Wusstest du, wer ich bin?«

»Ja.« Sie kommt zu mir. Ihre Gesichtszüge werden weich. »Ja, das wusste ich. Ich kenne Euch, seit Ihr geboren wurdet. Ich war Euer

Kindermädchen, bis Ihr wenige Monate vor Eurem ersten Geburtstag aus dem Palast entführt worden seid. Direkt aus dem Kinderbett. Das habe ich mir nie verziehen.«

»Es war nicht deine Schuld.«

Dankbar lächelt sie mich an. »Wahrscheinlich nicht. Jetzt ist es geschehen und wir werden das Beste daraus machen!« Sie klatscht freudig in die Hände. Mein Blick huscht sofort zu Tia, aber ihr Ohr zuckt nur ein-, zweimal.

»Ihr seid wieder zu Hause und bald werdet Ihr die Prinzen kennenlernen, mit ihnen tanzen, Euch verlieben und heiraten. Und dann …« Sie redet weiter, tanzt mit sich selbst, dreht sich immer wieder.

»Was sagst du da?«

»Na, die Prinzen! Sie werden herkommen und Ihr müsst …« Plötzlich stoppt sie. »Ihr wusstet es nicht?«

Nein. Ich wusste von nichts. Aber jetzt weiß ich es.

Und mir ist plötzlich furchtbar übel.

Kapitel 13

Laufen wir weg oder kämpfen wir?
Diese Entscheidung müssen wir für uns treffen,
jeden Tag.

Juri

Mittlerweile dreht sich die Diskussion im Kreis. Die Hauptmänner sitzen neben Malik und mir am Konferenztisch, sie rutschen unruhig hin und her und sie tun nichts weiter, als zu beteuern, dass keiner von ihren Kriegern so etwas tun würde. Die Prinzessin kann unmöglich von Mondkriegern angegriffen worden sein!

Doch eines steht fest: Zwei haben es getan. Sie wollten die Prinzessin umbringen. Und als es keinen Ausweg mehr gab, hat einer von ihnen sogar seinen Komplizen umgebracht, damit er nichts verraten konnte. Danach ist er abgehauen, dieser Feigling.

Malik hämmert auf den Tisch und erhebt die Stimme. »Es reicht! Wir müssen herausfinden, wer diese Männer waren. Wir müssen herausfinden, wer mit drinsteckt und ob es die gleichen waren, die die Prinzessin damals entführten. Wir müssen sie finden!« Er sieht jeden so lange und eindringlich an, dass es ihnen fast unangenehm wird. »Einer von ihnen ist tot. Falls er wirklich ein Mondkrieger war, sollte auffallen, wenn er nicht zum Dienst erscheint. Überprüft eure Leute. Gründlich! Innerhalb der nächsten achtzig Stunden erwarte ich einen Bericht. Von jedem von euch.«

Malik duldet keinen Widerspruch. Es ist ihm anzumerken, wie wichtig ihm die Suche ist. Beinahe verbissen will er die Entführer der Prinzessin finden, vor allem den Angreifer, der noch frei herumläuft. Er will Antworten und jetzt, da wir die Prinzessin lebend nach Hause bringen konnten, umso dringender.

Die Frage, warum sie entführt und auf die Erde gebracht wurde, nur damit sie dort in einem Heim aufwachsen konnte, bleibt offen und sollte dringend geklärt werden. Mein Gefühl sagt mir, dass die Antwort darauf wichtiger ist, als den Schuldigen der Tat zu finden.

Ich erhebe mich mit den anderen. Die Sitzung ist offiziell beendet. Der Prinzessin wurde wahrscheinlich bereits alles erklärt, was sie gerne wissen wollte. Was sie wissen musste.

Seit der letzten Sitzung habe ich fast kein Auge zugemacht. Die Nachtphase hält meine Laune auch nicht gerade oben. Zum Glück ist in wenigen Stunden wieder Tag. So viel Dunkelheit auf einem Haufen und so viele Kerzen treiben mich in den Wahnsinn.

Ich nicke Malik zum Abschied zu, er wird noch von einigen Hauptmännern belagert, aber ich will einfach nur hier raus. Den Turm und die Sitzungsräume lasse ich hinter mir, gehe zurück in den Haupttrakt des Palastes. Die Treppe, die zu meiner Linken nach unten führt, würde mich direkt ins Foyer bringen, der Gang zu meiner Rechten zu den Schlafräumen der hier postierten Mondkrieger und somit auch zu meinem Zimmer. Aber ich gehe nach links ins Foyer, nur um dann eine andere Treppe wieder nach oben zu steigen und in einem Gang zu landen, in dem ich eigentlich ohne Befehl nichts zu suchen habe. Es ist still, niemand ist hier, nur wenige Kerzen brennen. Ich habe wirklich keine Ahnung, was ich hier möchte.

Unschlüssig bleibe ich stehen. Dann schüttele ich den Kopf und will kehrtmachen, als die Tür, auf die ich zusteuerte, leise knarrend aufgeht und die Prinzessin samt Tia aus dem Zimmer schleicht. Eine Tasche in der einen und ihren Stock in der anderen Hand.

»Na, wo wollen wir denn hin?«

Sie zuckt zusammen, schreit kurz auf und lässt beinahe alles fallen. Nur Tia bleibt ruhig.

»Heilige …! Muss das sein? Du hast mich zu Tode erschreckt!«

»Unwahrscheinlich. Du siehst doch recht lebendig aus.« Sie hat das Haar zu einem Pferdeschwanz gebunden, trägt ein schlichtes dunkelgraues Top und eine schwarze enge Hose, dazu Boots. Ich muss über die Zusammenstellung grinsen. Keine Prinzessin unseres Universums würde solche Sachen auch nur mit den Fingerspitzen anrühren.

»Du bist ein ganz Schlauer, was?«

»Schlau genug, um zu wissen, was du gerade vorhast.« Ich trete auf sie zu, während sie ihre Tasche wieder über die Schulter wirft.

»Es ist nicht das, wonach es aussieht.«

»Tia, ist das dein Ernst?« Fragend hebe ich die Augenbraue und sofort zieht der Waschbär eine Grimasse. Natürlich ist es das, wonach es aussieht. Wann ist es das mal nicht?

»Also, wo soll es hingehen, *Prinzessin?*«

»Nenn mich nicht so. Mein Name ist Lynn!«

»Dein Name ist Lunamea.«

»Für euch vielleicht. Für mich nicht. Und ich bin keine Prinzessin. Es tut mir leid, dich enttäuschen zu müssen.«

»Oh, du enttäuschst niemanden. Aber ich hätte nicht gedacht, dass du ein Feigling bist.«

Sofort sieht sie mich verwundert und zugleich wütend an, verengt ihre Augen zu Schlitzen. »Wie bitte?«

»Du willst doch gerade davonlaufen, oder nicht? Und wo wärst du hingegangen? Wolltest du zurück auf die Erde?«

»Ich bin kein Feigling!«

»Beweise es! Bring deine Tasche wieder rein und bleib. Hat dir auf der Erde niemand beigebracht, dass man vor seinen Problemen nicht davonlaufen kann?«

»Nein. Mir wurde gezeigt, dass es funktioniert, wenn man nur schnell genug rennt«, flüstert sie und lässt ihre Schultern hängen.

Ich schlucke schwer. »Diese Zeit ist vorbei. Du musst nicht mehr wegrennen.«

Sie sieht mir tief und ernst in die Augen. Ihre sind hellgrau und wunderschön. Sie sehen aus wie ein Stern, kurz bevor er sein Licht verliert.

»Ich bin keine Prinzessin.«

»Es wird nicht wahr, nur weil du es immer wieder sagst. Das ist nichts weiter als ein Name, ein Titel. Du bist eine Prinzessin, weil deine Eltern König und Königin sind. Das sagt dir nicht, wer du als Person bist. Du bleibst du – wenn du das möchtest.« Sie scheint über meine Worte nachzudenken. »Bring deine Tasche rein und dann komm mit.«

»Was hast du vor?«

»Wir werden trainieren.«

Kapitel 14

Verzweiflung ist nichts Schlimmes.
Sie zeigt nur,
dass wir den vorhandenen Ausweg
noch nicht gefunden haben.

Lynn

Als Juri mir sagte, wir gehen trainieren, dachte ich, er spinnt. Es stimmt, ich wollte abhauen, aber wie er so schön bemerkt hat, hatte ich keine Ahnung, wie ich wieder zur Erde kommen soll.

Jetzt stehe ich hier, in einem riesigen Glaskasten, auf weichem Boden, dessen Konsistenz an dünne Matten erinnert, und fixiere Juri. Seine Uniform hat er durch eine lockere Stoffhose und ein T-Shirt ersetzt, beides ist schwarz meliert. Wir stehen barfuß da und dank Iza trage ich kein Kleid mehr, sondern eine bequeme Hose, deren Stoff an Leder erinnert, und ein Shirt.

»Ich bin nicht feige. Ich hatte nur keine Lust, hierzubleiben. An einem Ort, den ich nicht kenne, bei Menschen, die ich nicht kenne. Oh, nein, verzeih! Ihr seid keine Menschen.« Mein Tonfall ist eine Mischung aus Spott und Sarkasmus, aber Juri grinst nur.

»Und du bist das auch nicht.«

»Wie könnte ich das vergessen. Schließlich hat man schon große Pläne mit mir.«

»Warum wolltest du gehen?«

»Wollen wir nicht langsam mit dem Training anfangen?«

»Was hat dich so verängstigt?«

»Bist du immer so eine Nervensäge?«

»Na, gut. Aber glaub mir, früher oder später wirst du es mir verraten.«

»Du bist ganz schön von dir überzeugt.«

»Also, du hast da einen Stock in der Hand.«

»Gut, dann wechseln wir das Thema, wenn du das möchtest.« Ich strahle ihn an und hebe Jim nach oben. »Das hier ist Jim. Ihr kennt euch schon. Und Jim ist nicht irgendein Stock, sondern ein Langstock.«

Juri hebt seine Arme über den Kopf, greift damit nach etwas hinter seinem Rücken. Kurz öffne ich vor Erstaunen meinen Mund. Zwei

Kurzschwerter liegen in seinen Händen, sie sehen wunderschön aus und das Material kommt mir bekannt vor.

»Mondstein?«

»Gut aufgepasst.«

Ich ignoriere seinen spöttischen Tonfall und stelle mich kampfbereit hin. Die Schwerter muss er beim Umziehen angelegt haben.

Er hält die Schwerter vor sich, sie verlängern seine Arme perfekt, sind genau auf ihn zugeschnitten. Dann leuchtet sein Sternbild am Arm und kurz darauf überträgt sich das Licht auf die Schwerter.

»Netter Trick. Erinnert mich an die zwei großen Typen, die mich nicht in Ruhe lassen wollten. Ich nehme an, das können nur Sternenkinder?«

Man sieht es ihm an, er gibt es nur ungern zu. »Ja«, quetscht er zwischen den Zähnen hervor. »Genug geredet, lass uns anfangen.« Er tritt auf mich zu und ich fange an, das alles nicht mehr für eine so gute Idee zu halten.

»Warte! Ich weiß nicht, ob Jim das aushält!«

»Das sehen wir ja dann.« Seine Schwerter sausen auf mich zu, er macht einen Ausholschritt nach vorne und ich muss den Drang unterdrücken, mit dem Stock dagegenzuhalten, den Angriff abzuwehren. Stattdessen drehe ich mich weg, halb um ihn rum, und versuche, mit der Spitze des Stockes einen Treffer in seine Seite zu landen. Aber auch er weicht geschickt aus.

Der Kampf mit Juri erinnert mich an das Training mit Jim auf der Erde. Mein Kopf wird frei, die Kopfschmerzen verschwinden und ich vergesse alles um mich herum – alle Sorgen, Probleme, Fragen. Es gibt nur diesen Moment und auf den konzentriere ich mich.

Immer wieder greife ich an, aber er weicht viel müheloser aus als ich, besonders, weil ich ständig mehr darauf achte, dass die Mondsteinschwerter nicht Jim erwischen und weniger, ob sie mich treffen könnten. Das Shirt klebt bereits an mir, ein Schweißtropfen rinnt mir über die Stirn, Juri scheint nicht mal außer Atem zu sein. Das ist frustrierend. Der Langstock folgt meinen Befehlen, wirbelt herum, ich weiche Juris nächstem Angriff aus und dann – dann ist er weg. Schwer atmend stehe ich da, blicke mich um. Aber nur Tia sitzt am anderen Ende des Raumes. Sie will mir etwas sagen, als …

»Verflucht!« Ich erschrecke mich fürchterlich und verliere beinahe das Gleichgewicht, als Juri direkt vor mir erscheint. Aus Reflex reiße ich Jim nach oben, versuche mich zu schützen. Juris Schwerter durchtrennen den Stock und wenn er gewollt hätte, wäre auch ich nicht mehr in einem Stück. Die Schwerter berühren meinen Hals, bei jedem Atemzug spüre ich ihre kalten Klingen.

»Du hast verloren, würde ich sagen.«

»Und du hast meine Waffe kaputt gemacht.« Ich bin so wütend und zudem traurig. Das einzige Geschenk, das ich je bekam und das einzige, das mir wirklich etwas bedeutet, liegt ordentlich zerteilt zu unseren Füßen.

»Anscheinend hat Jim es nicht ausgehalten.«

Ich halte es nicht aus, es brodelt in mir und es ist egal, ob ich mich verletze oder er, ich hole aus und schubse ihn weg. Er hat gute Reflexe, denn ich hätte mir auch selbst dabei die Pulsadern aufschneiden können. Aber er zieht die Waffen schnell genug weg und tritt einen Schritt zurück. Ich hebe Jim auf, na ja, das, was von ihm übrig ist, und übe mich darin, Juri mit Blicken in Flammen aufgehen zu lassen.

»Wir werden dir eine neue Waffe besorgen.«

»Du würdest es sowieso nicht verstehen«, flüstere ich. Ich seufze – und versuche angestrengt, weiter sauer auf ihn zu sein.

»Vielleicht überrasche ich dich.«

»Bisher haben das nicht viele geschafft.« Nein, nur Jim. Nur einmal.

»Komm, wir versuchen es noch mal. Warum wolltest du verschwinden? Was hat dich so in Panik versetzt, dass du sofort die Koffer gepackt hast?«

Ich drehe ihm den Rücken zu, antworte nicht, gehe zu Tia und drücke Jims Überreste an mich.

»Wieso warst du eben während des Kampfes verschwunden? Wie geht das?«

Ein spitzer Schrei entfährt mir, als ich plötzlich an Juris Brust klebe.

»Du meinst so?« Sein süffisantes Grinsen raubt mir den letzten Nerv. Das und die Tatsache, dass ich an ihm klebe wie eine Fliege in einem Spinnennetz. Nicht freiwillig!

»Musst du mich so erschrecken?« Ich lege den Kopf leicht zurück und funkele ihn an. Nur einen kleinen Moment zu lange sehe ich in seine goldenen Augen, die mir, wenn auch nur kurz, das Gefühl von Wärme und Sicherheit geben.

»Bitte, lass mich durch.« Ich versuche mich vorbeizuschieben, aber er hält mich an den Armen fest. Eine kleine fiese Stimme in meinem Kopf flüstert mir zu, dass ich es eigentlich nicht wirklich versuche.

»Sag es mir. Bitte.«

Ich lasse wortwörtlich den Kopf hängen und bleibe mit der Stirn an Juris Wange kleben, weil er zu dicht vor mir steht.

»Komm, wir setzen uns.« Er zieht mich mit nach unten. Jim lege ich neben mich. Wir sitzen Knie an Knie im Schneidersitz voreinander, dann kommt Tia dazu. Sie ist so schweigsam, ich glaube, sie will mir Zeit geben, Ruhe und Freiraum.

»Ich bin erst hier angekommen. Dieser ganze Planet, dieser Palast, all die Menschen, die keine sind, das ist mir fremd! Und alles, woran ich immer geglaubt habe, ist von einem Tag auf den anderen falsch. Und dann? Dann erfahre ich, dass ich eine Prinzessin bin. Ich meine, das könnte ich überleben, aber sie haben mich quasi schon verheiratet.« So schnell wie ich rede, wundert es mich, dass Juri mir folgen kann, nicht nachfragt, keine Miene verzieht. »Sie wollen eine … wie hat Iza das genannt?«

»Brautschau«, hilft mir Tia aus und verzieht das Gesicht.

»Genau! Danke! Eine Brautschau. Mit Prinzen. Die kommen vom Jupiter, vom Pluto und der Venus. Ich bitte dich, ich weiß gar nicht, was davon lächerlicher klingt. Oh doch, denn ich soll ein Kleid tragen und mich verloben. An meinem achtzehnten Geburtstag, dem Tag, der für mich der schönste meines Lebens werden sollte, wollen sie mich verheiraten. Der Tag sollte mich in die Freiheit führen, aber stattdessen bin ich auf dem Weg ins Gefängnis! LEBENSLÄNGLICH!« Ich atme heftig ein und aus, bin vollkommen aufgewühlt und kann meine Gefühle kaum in Worte fassen. Das ist doch verrückt.

»Und dann kommst du und nennst mich Feigling! Ich war nie ein Feigling. Aber wenn du mich nach alldem immer noch für einen hältst, fein! Dann bin ich gerne einer. Sollen sich Aladdin, Merlin und Gaston doch selbst heiraten!«

»Alain, Melim, Gardo«, korrigiert mich Tia kichernd und auch ein Muskel in Juris Wange zuckt verdächtig. Obwohl er keinen einzigen Disneyfilm kennt. Toll, sollen sie ruhig lachen. Es gab bisher wirklich wenige Dinge in meinem Leben, die noch unlustiger waren als mein jetziges Problem.

»Es tut mir leid.«

Überrascht sehe ich ihn an. »Die Worte müssen sich wie Säure ihren Weg aus deinem Mund gebahnt haben.«

»Du hast ja keine Ahnung.«

Wir lächeln uns an und ich hole tief Luft. Die Angespanntheit lässt nach, ich werde müde. Es tut gut, alles rauszulassen. Es wirkt befreiend.

»Ich habe keine Wahl, oder?«

»Die hat man immer. Aber warst du lange genug da, damit deine Eltern dir erklären konnten, warum du das tun sollst?«

»Ich würde gern Ja sagen, aber ich fürchte, das wäre gelogen.«

»Für dich mag das befremdlich sein, ich verstehe das. Ich bin auch kein Freund davon. Aber es ist wichtig! Mit dieser Hochzeit wird ein Bund geschaffen. Jedes erstgeborene Kind einer Königsfamilie nimmt mit achtzehn Jahren automatisch den Platz der Eltern ein. Das darf es nicht allein tun, deshalb wird es mit siebzehn verlobt, mit einem Kind eines anderen Planeten im ungefähr selben Alter. Die erste Wahl sind stets Königskinder, danach folgen die Kinder der engsten Berater. Um die Schärfe rauszunehmen, darf sich der Prinz oder die Prinzessin ihren Verlobten aus verschiedenen Bewerbern auswählen. Im Moment gibt es drei Königssöhne in deinem Alter. Prinz Alain ist selbst siebzehn und von der Venus, Prinz Melim ist neunzehn und vom Jupiter, Prinz Gardo ist sechzehn und vom Pluto. Du hast für jeden etwas Zeit, dann musst du dich entscheiden. Verweigerst du dich … drohen sämtliche Verträge zwischen den Planeten zu brechen.«

Kein Ton verlässt meinen Mund, egal, wie oft ich ihn öffne und schließe. Es ist heiß hier drin. Verdammt, es wird immer wärmer. Meine Finger haben sich längst am unteren Bund meines Shirts festgekrallt. Wenn ich Asthma hätte, wäre ich schon tot – erstickt an meinem Leben!

»Deshalb wollten wir gehen. Wenn Lynn nicht mehr da ist, vielleicht hätten sie geglaubt, sie wäre wieder entführt worden.« Tia schmiegt sich an mein Bein.

»Ihr hättet dem König und der Königin das Herz gebrochen. Ein zweites Mal.«

Tia senkt bei Juris Blick schuldbewusst die Augen. Er hat recht. Aber was soll ich tun? Mein ganzes Leben war ich die Einzige, um die ich mich kümmern musste. Die Einzige, die sich um mich gekümmert hat.

»Aber es hätte doch bestimmt jemand anderes die Krone bekommen, oder?«

»Wenn du nicht hier wärst, würde Faras, dein Stiefbruder, den Platz einnehmen. Er wurde damals adoptiert, als er völlig durchgefroren während einer Nachtphase vor dem Palast schlief. Aber du bist nicht weg, du bist wieder da.«

»Ich habe einen Bruder? Oh mein Gott … Und was jetzt? Ich kann nicht … ich meine …« Tränen sammeln sich in meinen Augen. Ich will nicht, dass Juri sie sieht. Nicht er. Sie bestehen aus Wut und Verzweiflung, aus Angst und Schwäche. Ich will nicht schwach sein. Aber noch weniger will ich einen Mann heiraten, den ich nicht kenne. Vorsichtig schiebe ich Tia zur Seite, senke den Blick, denn ich kann Juris nicht mehr standhalten – und den Tränen wahrscheinlich gleich auch nicht mehr. Ich stehe auf, gehe zur Fensterfront und starre auf die Erde. Von dieser Seite kann man sie sehen und als mir klar wird, dass ich hierbleiben werde, dass es kein *oder, aber* oder *vielleicht* mehr gibt, spüre ich, wie das salzige Wasser meine erhitzten Wangen trifft und wische es energisch weg. Juri erhebt sich, er kommt zu mir, ich kann es hören. Am liebsten würde ich ihm sagen, er solle stehen bleiben, aber ich kann es nicht. Vielleicht kann man nur Dinge tun, die man wirklich von ganzem Herzen möchte.

»Es tut mir leid, Lynn.« Sein Atem kitzelt an meinem Ohr, ich spüre seine Wärme, obwohl er mich nicht berührt.

»Mein Name …«, sage ich erstickt.

»Was ist damit?«

»Du hast ihn das erste Mal genannt. Danke.« Es geht nicht darum, dass er ihn genannt hat. Es geht darum, dass ich Lynn bin und nicht Lunamea – und zwar in mir drin.

Wieder wische ich die nächste rollende Salzwasserkugel weg und bevor ich mich versehe, liege ich in Juris Armen. Er hat mich einfach mit einem Ruck umgedreht und an sich gezogen. Mein Kinn ruht in seiner Halsbeuge, seine Wange berührt meine Schläfe, meine Hände liegen auf seiner Brust und ich lausche den Schlägen seines Herzens. Seine Arme umschließen mich, es ist wie ein Kokon aus Wärme und Geborgenheit. Ich atme tief ein, rieche seinen Duft und lausche seinem rhythmischen Atmen. Meine Finger wandern über sein Shirt, ertasten seine Muskeln und stoppen an dessen Kragen, der nur leicht verschwitzt ist vom Training. Juris Atem fegt über mich hinweg und ich drücke mich an ihn, weil es guttut und sich auch so anfühlt.

Beinahe wäre ich stehend eingeschlafen, aber Juris Stimme hält mich davon ab.

»Das solltest du dir nicht entgehen lassen.« Er dreht uns ein Stück, sodass ich wieder die Erde im Blick habe und zuerst denke ich mir, er will mich nur wieder ärgern, aber dann stockt mir der Atem.

Die Sonne geht auf. Zumindest für uns! Sie erscheint am Horizont, strahlt die Erde an und mitten in unser Gesicht. Vor mir sehe ich, wie die ersten Teile des Mondes beleuchtet werden. Wie mir die ersten winzigen Strahlen zeigen, wie wunderschön dieser Planet ist. Er ist anders als die Erde. Das, was bereits von der Sonne erreicht wird, glitzert in den schönsten Silber- und Blautönen. Die Gebäude sind aus

Mondstein gemacht, wirken wie Kristalle und Glas, in denen sich das Licht bricht. Zu den kühlen Farben gesellen sich Orange- und Rottöne.

»Das ist unbeschreiblich.« Ehrfurchtsvoll blicke ich hinaus, sehe immer noch all die Sterne und das schwarze Firmament, als wäre es Nacht, und trotzdem geht im selben Moment die Sonne auf, lässt alles erstrahlen. Ich sehe die Erde, den Mond, die Sonne, die Sterne. Eine Gänsehaut zieht sich über meine Arme.

»Die Nacht ist bald ganz vorbei. Die nächste Zeit wird es hell sein und der Sonnenaufgang wird noch eine Weile dauern.«

»Was meinst du damit?« Nur schwerlich löse ich den Blick und sehe Juri an. Unsere Nasen berühren sich fast.

»Nach eurer Zeitrechnung hat ein Tag vierundzwanzig Stunden, richtig?«

»Genau.«

»Hier hat ein Tag eher siebenhundert Stunden.«

»Du machst Witze.«

»Leider nein. Nach deiner Zeitrechnung haben wir also zwei Wochen Tag und dann wieder zwei Wochen Nacht. Aber keine Sorge, wir haben die gleichen Ess- und Schlafgewohnheiten wie die Menschen. Zum Glück! Wer will schon einen siebenhundert-Stunden-Rhythmus.« Wenn er dieses Grinsen aufsetzt, sieht er aus, als würde er mich veräppeln, aber irgendetwas an ihm wirkt so, als sagt er die Wahrheit. Prüfend betrachte ich ihn, um herauszufinden, ob das nun stimmt oder nicht. In meinem kleinen Kopf suche ich währenddessen nach Informationen über den Mond, die nicht wirklich vorhanden sind, außer dass er uns innerhalb von einem Monat umkreist.

»Warum?«

»Du meinst, warum es so lange Tag und Nacht ist? Weil der Mond nicht nur einen Monat eurer Zeit braucht, um sich um die Erde zu drehen, sondern auch um sich selbst.«

»Verrückt.«

»Wenn man es nicht gewohnt ist, vielleicht.« Er zwinkert kurz und ich ertappe mich dabei, seine Lippen anzustarren, als er anfängt zu lächeln. Juris Hände liegen auf meinem Rücken, ich spüre seine Wärme durch mein T-Shirt.

Es tut gut, jemanden zu haben, bei dem man sich wohlfühlt. Oder überhaupt jemanden.

Kapitel 15

Manchmal ist uns noch nicht klar,
wie sehr wir uns selbst und andere verletzen werden.
Vielleicht ignorieren wir auch einfach das Gefühl,
das uns vorwarnt,
weil wir es nicht wahrhaben wollen.

Juri

Malik wird mich umbringen, wenn er herausfindet, dass ich mit Lynn trainiert habe. Aber er hätte mich auch umgebracht, wenn ich sie hätte laufen lassen. Oder wenn er herausfindet, dass ich mich selbst eben dabei erwischt habe, wie ich sie nicht mehr loslassen wollte. Es hat sich gut angefühlt, sie im Arm zu halten. Dabei wollte ich sie trösten, nichts weiter. Nach diesem *nichts weiter* kam der Punkt, an dem ich mir vorgestellt habe, wie es wäre, sie zu küssen.

Ich bin in meinem Quartier angekommen und kann an nichts anderes denken. Verflucht, schon seit ich sie zu ihrem Zimmer gebracht und sie die Tür geschlossen hat, geht es mir so. Sie fasziniert mich. Das tut sie, seit ich sie gefunden habe und Tia sie, obwohl sie selbst verletzt war, sofort verteidigte, obwohl sie erst wenige Stunden bei Lynn verbracht haben konnte. Nicht jeder Schutzgeist versteht sich automatisch sofort mit seinem Sternenkind. Es braucht Vertrauen. Aber Lynn hat Tias Herz im Sturm erobert.

»Du sollst doch schlafen!« Kira stupst mich mit ihrer Schnauze an und schiebt ihren Kopf unter meinen Arm. Sie liegt neben mir und braucht mehr Platz als ich.

»Du schnurrst zu laut.« Sie weiß, das ist gelogen.

»Wieso durfte ich sie nicht kennenlernen?«

»Es war noch nicht an der Zeit. Ich denke, zum nächsten Training darfst du Hallo sagen.«

»Du willst noch mal mit ihr trainieren?« Erschrocken hebt Kira den Kopf. »Das wird Malik nicht gefallen. Und es könnte deine Stellung gefährden.« Sie macht eine Pause. »Es könnte auch die Prinzessin gefährden.«

»So ein Blödsinn. Ich würde sie nie verletzen.«

»Nein. Nicht mit dem Schwert. Die Wunden wären unsichtbar«, sagt sie leise und geheimnisvoll.

Kapitel 16

Wenn uns das Leben noch überraschen kann,
das Leben und alles um uns herum,
dann sind wir noch nicht verloren.

Lynn

Den ganzen Tag bin ich in meinem Zimmer auf und ab getigert und habe nachgedacht. Iza war so nett und hat uns das Essen nach oben gebracht. Sie hat nicht gefragt, ob ich runterkommen möchte und auch sonst war niemand da.

Immer wieder bin ich zur Tür gegangen, weil ich zu König Artas und Königin Ria wollte, um mit ihnen zu reden, immer wieder habe ich es gelassen.

Ich habe eine Familie. Und sie hat mich niemals freiwillig verlassen. Zwei Gedanken, die ich nie glaubte haben zu können und die sich jetzt unheimlich fremd anfühlen.

Momentan stehe ich im Trainingsraum von gestern. Ich brauche einen Tapetenwechsel und das ist der einzige Ort, neben meinem Zimmer, den ich kenne und in dem ich mich wohlfühle.

Jim ist leider vollkommen hinüber, deshalb mache ich nur ein paar Dehn- und Entspannungsübungen. Nebenbei löchere ich Tia mit all meinen Fragen. Sie steht auf den Matten direkt vor mir, während ich mich strecke.

»Welche Begleiter haben denn die anderen hier?«

»König Artas' Schutzgeist ist ein großer, wunderschöner Vogel. Er heißt Filii. Der von Faras heißt Tay und ist eine Hyäne. Malik hat einen ziemlich mürrischen Begleiter mit dem Namen Lor. Ein Salamander!« Tia verdreht die Augen.

»Was ist mit Iza?«

»Oh, ihr Begleiter heißt Minu und ist sehr freundlich! Ein kleines, buntes Vögelchen, das gerade so in ihre Hand passt. Du wirst ihn mögen.«

»Und Juri? Wie heißt sein Schutzgeist?«

»Sie heißt Kira.«

Erschrocken drehe ich mich um, denn nicht Tia antwortet mir, sondern Juri, der mit verschränkten Armen in der Tür steht und mich mustert. Sein Blick wandert über meine nackten Füße, meine Beine, Hüften und weiter zu dem knappen weißen Top. Langsam wandert er über meine Lippen und ich spüre, wie mein Atem sich beschleunigt, meine Brust sich hebt und senkt. Dann treffen sich unsere Blicke und ich schlucke schwer. Würde man meine Augenfarbe nicht als Grau bezeichnen, sondern als Silber, so wäre die seine Gold. Leuchtendes, flüssiges Gold. Seine Haare liegen heute eher wild und chaotisch. Im Gegensatz zu gestern sieht er aus, als wäre er gerade erst aus dem Bett gestiegen.

»Was machst du hier?« Ich höre mich an, als wäre ich völlig außer Atem und hätte anstatt einfachen Übungen gerade einen Marathon bestritten. Vergeblich versuche ich meine Augen dazu zu überreden, ihren Blick von ihm abzuwenden, aber sie hören einfach nicht zu! Sie sind ja schließlich nicht meine Ohren. Es ist zum Verrücktwerden. Also sehe ich, wie Juri mich weiter fixiert und sich seine Muskeln und breiten Schultern unter dem dünnen eisblauen Shirt abzeichnen. Kurz flimmert die Luft, dann ist er weg, nur um eine Sekunde später vor mir aufzutauchen. Dieses Mal erschrecke ich mich nicht, ich habe geahnt, was passiert, aber dennoch schwanke ich kurz. Er ist viel zu dicht vor mir gelandet, sodass er meine Arme umfasst, um mich zu stützen. Ich erwidere sein freches Grinsen, einfach weil es nicht anders geht. Das Grübchen in seiner Wange ist ziemlich anziehend und liegt so dicht an seiner Lippe, dass ich da immer wieder hinsehen muss. Ganz dumpf höre ich eine Stimme in meinem Kopf, die mir sagt, dass ich mich albern aufführe und gerade schamlos einen fremden Typen anschmachte, aber ich halte dagegen. Ich schmachte nicht! Niemals! Ich sehe mir nur gerne hübsche Dinge an. Außerdem kenne ich Juri mittlerweile. Ein wenig zumindest.

»Hab ich dich erschreckt?« Seine Stimme jagt einen kleinen Schauer über meinen Rücken.

»Das hättest du wohl gern! Aber ich habe dich sofort durchschaut«, sage ich scherzend.

»Tatsächlich?«

»Äh, also, nein, ich meine …« Kurzerhand trete ich einen Schritt zurück. Abstand, genau, das brauche ich jetzt. Kurz stehen wir schweigend und befangen voreinander.

»Also, dein Schutzgeist heißt Kira?«

»Ja. Sie ist eine Großkatze.«

»Darf ich sie kennenlernen?«

Ohne mir eine Antwort zu geben, streckt er den Arm aus. Sein Sternbild leuchtet auf und neben uns formt sich aus Licht eine Gestalt. Es ist unbeschreiblich schön und faszinierend. Ich spüre, wie sich für einen Sekundenbruchteil Energie entlädt, man sieht, wie sich die einzelnen Lichtpartikel zu etwas Großem, Festem formen.

»Ein Luchs!« Vollkommen begeistert gehe ich auf Juris Begleiter zu. So eine große Katze durfte ich noch nie aus der Nähe betrachten. Langsam strecke ich meine Hand aus, in die Kira sich sofort mit ihrem breiten, flauschigen Kopf samt den großen Ohren und den markanten Haarpinseln hineinschmiegt und zu schnurren beginnt. Es hört sich fast wie ein wohliges Brummen an. Ihr Fell ist hellbraun mit einzelnen schwarzen Punkten. Nur ein paar ihrer seitlichen Backenhaare sind weiß. Einfach wunderschön. Sie kommt näher, reibt ihren Kopf und Körper an mir, der mir bis zur Hüfte reicht, bevor sie sich vor mich setzt.

»Es ist schön, dich endlich kennenzulernen, Lynn.« Sie lächelt mich an, aber es folgt auch ein tadelnder Seitenblick zu Juri. Ich ahne, dass sie wahrscheinlich gerne früher da gewesen wäre.

»Es freut mich auch. Schade, dass du gestern nicht da warst!« Mit der Hand vor dem Mund lache ich leise, als Kira Juri böse anstarrt und dieser dann mich.

»Siehst du? Es hätte ihr nichts ausgemacht!«

»Ja, schon gut! Tut mir leid. Können wir das Thema jetzt vergessen? Danke, Lynn. Wirklich sehr nett, mir so in den Rücken zu fallen.«

»Stets zu Diensten.« Ich deute sogar einen kleinen Knicks an. »Was genau wolltest du eigentlich von mir und woher wusstest du, dass ich hier bin?« Während Kira sich wieder an mich schmiegt und Tia auf meinen Rücken krabbelt, sehe ich Juri mit leicht schräg gelegtem Kopf neugierig an.

»Du warst nicht in deinem Zimmer und dann ist mir nur dieser Raum eingefallen, in dem du dich wahrscheinlich freiwillig aufhalten würdest.« Er zuckt mit den Schultern. »Und ich hatte recht.«

»Du warst in meinem Zimmer?« Schockiert sehe ich ihn an.

»Nur kurz.«

»Ich hätte schlafen können … oder … oder nackt sein! Ich hätte nackt sein können!« Mit offenem Mund stehe ich da.

»Der Gedanke kam mir nicht. Schade, stattdessen habe ich nur ein leeres Zimmer vorgefunden.«

»Er veralbert dich, Lynn. Er war nicht in deinem Zimmer. Er wollte, dass ich hineinschaue, weil er dich nicht stören wollte, nachdem du nicht auf das Klopfen reagiert hast. Ich habe dann nur kurz den Kopf reingeschoben und dich gerufen, als ich gesehen habe, dass das Bett leer war.«

»Verräterin!«

»Hast du etwa Angst, Kira enttarnt dich als einen netten Kerl?« Ich wackele mit den Augenbrauen, während Tia lauthals kichert und Kira mit einstimmt. Selbst Juri lacht.

»Oh nein, keine Sorge.«

»Also?«, frage ich.

»Also was?«

»Wieso bist du hier?«

»Kira wollte dich kennenlernen, sie ist mir gestern beinahe an die Gurgel gesprungen.«

»Das war alles?« Skeptisch sehe ich ihn an. Ich hebe Tia von meinen Schultern und setze sie auf den Boden, dann kraule ich Kira noch einmal hinter den Ohren, bevor ich die Lücke zwischen Juri und mir schließe.

»Fast alles. Ich wollte dir etwas geben.«

Überrascht blicke ich ihn an, dann sehe ich mich um. »Aber was denn? Hier ist nichts.«

»Warte kurz«, er zwinkert mir zu – und verschwindet schon wieder. Ich erwarte, dass er im nächsten Augenblick dicht hinter oder neben mir auftaucht, um mich zu erschrecken, aber es passiert nichts. Dieses Mal ist er länger weg.

»Er ist gleich wieder da«, beruhigt mich Kira und in diesem Moment vibriert die Luft, bevor Juri direkt vor mir erscheint. Etwas in seiner Hand leuchtet.

»Hier. Für dich.«

»Das ist ... nicht möglich.« *Mut im Herzen, Liebe in der Seele.* Ich erkenne den Spruch, er gehört zu Jim. Das Stück des Stabes, auf dem er eingraviert ist, wurde in einen neuen Langstock eingebaut. Juri drückt ihn mir in die Hand, er fühlt sich anders an als der aus Holz, wärmer, glatter und doch angenehmer.

»Wie hast du das gemacht?«

»Das ist deine neue Waffe. Der neue Jim.« Juri lächelt mich an. »Ich habe einen Teil des alten Stocks mitgenommen, sie haben den Mondstein darum verarbeitet und das kam dabei heraus. Er ist genauso lang und schwer wie der alte Jim, aber er ist wesentlich robuster. Mondstein, der auf diese Art verdichtet und geschliffen wurde, ist nahezu unzerstörbar. Es bedarf großer Hitze über eine längere Zeit, um ihn porös zu machen. Ach, und er leuchtet. Er bezieht seine Energie aus dir und deinem Sternbild.«

Sprachlos starre ich auf Jim in meinen Händen, sehe sein sanftes Flimmern und bin so unsagbar froh, meinen Freund wiederzuhaben.

»Ich weiß nicht, was ich sagen soll.«

»Ich habe es gern getan.« Juri legt seine Hand auf meine. Sie ist viel wärmer als Jim, rauer und sie umfasst die meine mühelos. Als ich nach oben sehe, erkenne ich, dass er es wirklich gerne tat.

»Danke. Du hast keine Ahnung, was er mir bedeutet.«

»Nein, das stimmt. Warum er dir etwas bedeutet, weiß ich nicht, aber ich habe gesehen, dass es so ist. Deshalb habe ich ihn neu anfertigen lassen.«

Fest drücke ich Juris Hand und kann nicht aufhören, ihn dankbar anzusehen.

»Außerdem, mit was sollen wir trainieren, wenn Jim nicht da ist?«

»Du willst also weiter mit mir trainieren? Darf eine Prinzessin denn so was?«

»Du hast selbst gesagt, du bist keine.«

»Ja, aber anscheinend kann ich mich da nicht rausreden.« Die leichte Stimmung von eben weicht einer unangenehmen Ernsthaftigkeit. »Ich habe den ganzen Tag darüber nachgedacht. Ich werde mit dem König und der Königin reden. Ich möchte noch mehr erfahren, über sie, diese Welt und all ihre Bräuche. Und ich werde die Prinzen kennenlernen. Du hast mir gesagt, was passiert, wenn ich mich weigere, und das kann ich nicht mit mir vereinbaren. Dennoch …«

»Du hast Angst.«

»Angst zu haben, ist keine Schwäche«, ich fahre ihn härter an als beabsichtigt.

»Nein, das ist sie nicht. Ich wollte sagen, dass ich verstehen kann, dass du sie hast. Ich werde immer an deiner Seite sein.«

»Darfst du das denn?«

»Seit heute Morgen darf ich offiziell nichts anderes tun.« Sein Gesichtsausdruck gefällt mir nicht, er ist diebisch, beinahe frech. »Ich bin jetzt deine persönliche Leibwache, Prinzessin.«

»Sag mir, dass das nicht wahr ist!«

»Juri, Mondkrieger, stets zu Ihren Diensten.«

»War das deine Idee? Ich brauche keinen Babysitter!« Ich pike ihm ziemlich fest den Finger in die Brust. Jim ist mittlerweile zwischen uns eingeklemmt. Keine Ahnung, wann und wie das passiert ist, aber *ich* werde jetzt nicht nachgeben.

»Ich bin nicht dein Babysitter, sondern dein Beschützer, das ist ein Unterschied. Oh, und ich weiß sehr wohl, dass niemals eine Prinzessin einen weniger gebraucht hat als du, aber wir haben den einen Typen, der dich umbringen wollte, noch nicht gefunden und es gibt ziemlich viele Leute, die sich deshalb um dich sorgen und nur das Beste für dich wollen. Deine Eltern, Tia, Malik, Iza …«, seine Stimme ist erhoben, genau wie meine.

»… das ist doch wirklich nur bescheuert …«, plappere ich einfach wahllos dazwischen.

»… und ich! Verflucht noch mal, *ich* mache mir Sorgen um dich und deshalb wollte ich lieber jede verdammte Minute schauen, ob es dir gut geht, als draußen umherzuirren und diesen bekloppten Kerl zu finden, der es auf dich abgesehen hat.«

Wir haben uns angeschrien und stehen völlig außer Atem voreinander. Wenn Kira und Tia noch da sind, dann sagen sie nichts, sie geben keinen Mucks von sich. Juris Worte dringen langsam zu mir durch und ich beginne zu begreifen, was er da gerade gesagt hat. Ich bin nicht mehr allein. Es gibt da jemanden, der sich um mich sorgt. Meine Augen brennen ganz komisch und mein Finger pikt weiterhin Juris Brust.

Juri macht sich Sorgen. Und aus irgendeinem Grund überrascht mich das mehr als der neue Jim. Der Gedanke daran, dass Juri nun auf mich achtgibt, wärmt mich von innen.

Kapitel 17

Von Zeit zu Zeit müssen wir Entscheidungen treffen,
die uns nicht gefallen.
Und manchmal bedeutet eine Wahl zu haben,
keine zu haben.

Lynn

»Wirklich, es macht dir niemand auf, wenn du nicht klopfst.« Juri steht neben mir und amüsiert sich köstlich. An seiner Stelle würde ich das auch tun, denn ich stehe seit geschlagenen zwanzig Minuten vor der Tür des Salons, in dem gerade das Königspaar seine Mittagszeit verbringt. Dank Juri weiß ich, dass sie hier sind und gerade keine dringenden Verpflichtungen haben. Ich wollte hierherkommen. Aber jetzt schaffe ich es einfach nicht zu klopfen. Mein Arm tut entweder weh oder ist eingeschlafen, immer im Wechsel, weil ich ihn so lange still nach oben halte und dann ruckartig wieder nach unten nehme. Meine Hand ist zur Faust geballt. Ich klopfe einfach nicht! Ab und an fluche ich oder sehe Juri grimmig an, wenn er mal wieder einen dummen Kommentar abgibt. Der Mann hat keine Geduld. Selbst Tia und Kira haben begriffen, dass es momentan nicht ratsam ist, mich zu verärgern. Sie sitzen still hinter uns und warten ab. Okay, sie schnaufen ab und zu oder tippeln unruhig umher, aber sie geben wenigstens keine dummen Kommentare ab.

»Du bist keine Hilfe!«

»Okay, es reicht.« Juri hebt die Hand, um anzuklopfen.

»Nein! Das kannst du nicht tun!« Ich springe ihn an, klammere mich an seinem Arm fest und schreie leise: »Ich bin nicht bereit! Gib mir noch fünf Minuten.«

»Verdammt! Das gibt es doch nicht. Geh runter! Es kann nicht sein, dass dich der Besuch bei deinen Eltern mehr ängstigt als der Angriff von zwei fremden Typen mit Mondsteinschwertern.« Juri versucht sich zu befreien, aber mittlerweile hänge ich wortwörtlich an ihm. Mit meinen Beinen umschlinge ich seine Hüfte, meine Arme habe ich um ihn geschlungen, sodass er seine nicht mehr strecken kann. Nun ja, er könnte schon, aber dann würde er mir wehtun, und das weiß er. Mit mir bewegt er sich noch näher an die Tür, er versucht es mit dem Fuß.

»Oh, tu das nicht! Wehe, du tust das! Ich warne dich!« Mein Flehen und Betteln schlägt um in eine ernst zu nehmende Drohung. Aber es ist umsonst, keiner von uns muss klopfen. Die Tür öffnet sich auch so wie durch Zauberhand und wir beide stehen plötzlich eng umschlungen vor einer Wache – und Ria, der Königin.

Sie will gerade etwas sagen, doch sie hält inne, als sie uns sieht. Bestimmt wirken wir beide überrascht und das sind wir auch. Sofort lasse ich Juri los und als meine Füße wieder festen Boden berühren, bin ich ziemlich peinlich berührt. Juri ist derjenige von uns beiden, der Haltung bewahrt, sich verbeugt und höflich erklärt, warum wir so einen Lärm gemacht haben.

»Entschuldigt bitte die Störung, aber Lynn wollte gerne mit Euch und König Artas reden. Es wurde etwas lauter, weil sie sich einfach nicht dazu durchringen konnte zu klopfen und ich das für sie übernehmen wollte. Ich denke, sie ist zu nervös.«

Das ist die Untertreibung des Jahres! Mir schlottern die Knie. Ich wäre jetzt viel lieber beim Training, hinten in dem schönen großen Raum, mit Jim und Juri.

Auf Rias Gesicht erscheint ein strahlendes Lächeln, trotzdem verschwindet der tadelnde Blick nicht ganz. »Es ist lieb, dass du sie begleitest. Kommt doch herein.«

Als ich mich nicht bewege, spüre ich Juris Hand zwischen meinen Schulterblättern, die mich sanft nach vorne drückt. Meine Beine setzen sich tatsächlich in Bewegung. Beim letzten Mal in diesem Raum erfuhr ich, dass ich die Mondprinzessin bin.

Alles sieht aus wie in meiner Erinnerung, nur ist der runde Tisch heute nicht mit Essen bedeckt, es brennen keine Kerzen, sondern die Sonne scheint in das Zimmer, lässt es wärmer und freundlicher wirken, bringt die bunten Vasen auf dem Tisch zum Leuchten und lässt sie einen Regenbogen als Schatten auf den Boden werfen. Ich kann nicht anders, als des Königs Lächeln zu erwidern, der uns beide auch freundlich begrüßt.

»Es ist sehr schön, dich zu sehen, aber was führt dich hierher?« Dieses Mal umarmt er mich unbeholfen und ich lasse es zu. Auf unbekannte Art fühlt es sich angenehm an, nicht komisch. Während der Umarmung verrutscht ihm seine Krone merklich, sodass ich Angst habe, dass sie zu Boden fällt, doch er richtet sie sofort. Daraufhin wendet er sich Juri zu.

»Danke, dass du sie gefunden hast und nun über sie wachst. Ich hatte noch keine Gelegenheit, dir das zu sagen.«

»Ja, wir danken dir wirklich sehr.« Die Königin stellt sich neben den König und nimmt seine Hand.

»Es war mir eine Ehre.«

Ich werfe Juri einen Seitenblick zu, bei dem ich mir das Lachen verkneife. Bei mir redet er nie so geschwollen. Es hört sich eigenartig an, aber vor allem witzig.

»Wollt ihr euch nicht setzen?« Königin Ria zeigt auf die Stühle neben uns. »Habt ihr Hunger oder Durst?«

»Nein, danke. Ich denke, ich werde vor der Tür warten. Dieses Gespräch ist persönlicher Natur.« Juri verbeugt sich wieder und will gehen, aber ich schaffe das nicht ohne ihn. Reflexartig schnappe ich nach seiner Hand und sehe ihn verzweifelt an.

»Bitte, bleib hier«, sage ich laut. Stumm folgen noch Sätze wie: *Lass mich nicht allein! Du kannst doch jetzt nicht gehen! Was soll das denn? Wie kannst du dich jetzt aus dem Staub machen? Und: Das zahle ich dir heim!*

Juri drückt nur meine Hand und grinst sein widerlich hübsches Grinsen. Oh, er hat mich genau verstanden.

»Du schaffst das. Ich warte draußen auf dich.«

»Ich werde mitgehen.« Nicht auch noch Tia! Ich sehe ihnen nach und mir wird klar, das hier war eine ganz furchtbare Idee.

»Lynn?«

Ich sehe der Königin in die Augen und bin erstaunt. »Du hast meinen richtigen Namen genannt.«

»Genau genommen ist das nicht dein richtiger Name, aber wir haben darüber gesprochen und würden dich gerne weiter so nennen. Weil es dein Wunsch ist und wir verstehen können, dass du dein ganzes

Leben Lynn gewesen bist und eben nicht Lunamea.« Sie macht eine kleine Pause. »Es tut uns leid, dass wir dich nicht eher gefunden haben. Aber noch mehr, dass du immer gedacht hast, wir würden dich nicht lieben.« Der König tätschelt liebevoll ihre Hand, während sie verzweifelt versucht Haltung zu bewahren. Immerzu bewegt sie ihre Hände, um sich gleich darauf wieder zum still halten zu ermahnen. Man sieht ihr an, dass sie mit sich kämpft. Ihre Haut ist blass, aber ihre Wangen gerötet, ihre Lippen zittern, ihre Schultern sind leicht gehoben, weil sie so angespannt ist.

Wir stehen weiterhin neben dem Tisch anstatt uns zu setzen und vielleicht ist das gut, denn so kann ich mich bewegen, während ich alles erzähle und loswerde. Also hole ich tief Luft.

»Mir tut es auch leid.« Ich gehe von links nach rechts, versuche vernünftige Sätze zu bilden. »Das ist alles so neu, so anders und ich kann kaum glauben, dass ich eure Tochter bin. Trotzdem habe ich viel nachgedacht und ich möchte hierbleiben. Ich bin keine Prinzessin. Also ich weiß nicht, wie man eine Mondprinzessin ist oder sonst in irgendeiner Form königlich, aber ich möchte es versuchen. Ich werde nicht oft Kleider tragen, weil ich von zu viel Tüll Ausschlag bekomme, nicht wörtlich natürlich, aber es ist so furchtbar! Ich will euch kennenlernen, alles verstehen.« Ohne Punkt und Komma verlassen die Worte meinen Mund, dann halte ich ruckartig an und sehe beiden in die Augen. »Ich möchte ein Zuhause haben. Ich möchte lernen, wie ich mich verhalten muss. Ich denke, ich mag euch«, flüstere ich und bemerke erst jetzt meinen kratzigen Ton und den dicken Kloß in meinem Hals. Augenblicklich fällt Königin Ria mir um den Hals und beginnt zu schluchzen, sodass ich nur schwerlich meine Tränen runterschlucken kann.

»Ich hoffe, es ist in Ordnung, wenn ich euch Ria und Artas nenne und nicht Mom und Dad«, gebe ich erstickt wieder.

»Immer! Es ist immer in Ordnung.«

Nach einigen Minuten, die mich emotional auf eine Achterbahnfahrt mitgenommen haben und in denen ich akzeptiert habe, dass ich auf den Mond gehöre, irgendwie auch Prinzessin bin und Ria und Artas meine Eltern sind, sitzen wir nun gemeinsam am Tisch und ich trinke eine heiße Schokolade.

»Ich wusste gar nicht, dass es hier auch Kakao gibt.«

»Selbst wir möchten nicht mehr auf Schokolade verzichten, seit wir sie kennen. Schade nur, dass der Mond sich nicht für Pflanzen eignet – oder Kühe. Auch die Milch müssen wir importieren.«

Ich nehme einen kräftigen Schluck und schließe genießerisch die Augen. Das tut gut.

»Lynn, Artas und ich würden gerne eine Sache mit dir besprechen. In ungefähr zwei Wochen …«

»… werden die Prinzen hier auftauchen und ich muss mir einen aussuchen«, beende ich Rias Satz, die plötzlich kreidebleich wird.

»Du weißt es schon?«

Ich stelle die Tasse auf den Tisch und nicke. »Iza hat es mir gesagt. Sie hat es nicht mit Absicht getan. Es ist ihr einfach rausgerutscht, weil sie sich so darauf freut. Ich muss gestehen, ich war geschockt. Ich bin bisher nicht so gut damit klargekommen, aber Juri hat mir einiges erklärt und deshalb bin ich noch hier.«

»Das heißt, du verstehst unsere Situation und weißt bereits, worum es geht?«

»Nicht alles, aber es geht wohl um die Tradition und um die Bündnisse mit den anderen Planeten.« Wenn ich mich selbst so reden höre, erkenne ich, dass ich vielleicht doch nicht den vollen Durchblick habe, deshalb ergreift nun Artas das Wort.

»Wir würden dir das gerne ersparen und zuerst all die Zeit aufholen, die wir verloren haben. Du kennst weder deine Heimat noch ihre Traditionen und doch bist du nun wieder hier und musst dich ihnen beugen. Es tut mir leid, selbst ich kann daran nichts ändern. Wenn du nicht heiraten willst und es ablehnst, die Krone zu deinem achtzehnten Geburtstag zu übernehmen, werden die anderen Planeten dies wohl als einen Affront empfinden. So etwas ist bisher nie passiert und hätte ungeahnte Auswirkungen auf unsere Bündnisse.« Eindringlich betont er das, was mich ganz nervös macht. Jedes Wort fühlt sich an wie ein schwerer Stein, der auf meine Schultern gelegt wird. Bald werden sie ganz verkümmert hinunterhängen, weil sie dem Gewicht nicht mehr gewachsen sind.

»Aber eines sage ich dir, ich werde das Risiko eingehen, wenn du es wünschst. Du bist unsere Tochter. Kein Wohl ist mir wichtiger. Auch nicht das Menuas, obwohl es das sein sollte.«

Rias Gesichtszüge werden weich, sie sieht Artas nach dieser Ansprache voller Stolz an und ich bemerke das Lächeln, das an meinen Lippen zupft, und die Wärme, die sich in mir ausbreitet. Sie lassen mir die Wahl – und das ist der Grund, warum ich keine habe.

»Ich werde es tun. Ich möchte es wenigstens versuchen. Wer weiß, vielleicht möchte mich keiner der Prinzen, weil ich anders bin, und dann werde ich eine einsame Mondkönigin.«

»Du bist nicht anders, du bist besonders. Und deshalb werden sie dich lieben.« Ria steht auf und drückt mir einen Kuss auf den Scheitel.

Die Tür des Salons schließt sich hinter mir und das Erste, was ich tue, ist kräftig und tief Luft zu holen. Erst jetzt wird mir klar, wie angespannt ich wirklich war.

»Und, wie ist es gelaufen?« Tia rennt auf mich zu und ihre Nase wackelt aufgeregt hin und her.

»Es war überraschend … angenehm und gut.«

»Also hast du es überlebt?« Juri tritt auf mich zu, mit Kira dicht auf den Fersen.

»Verspotte mich nicht! Du hast mich den Löwen einfach zum Fraß vorgeworfen. Verräter!«

»Sei ehrlich, wir würden immer noch vor der Tür stehen und darauf warten, dass du klopfst, wenn ich es nicht versucht hätte.«

»Dafür hast du keine Beweise.«

Juri zieht eine Augenbraue hoch. Sogar die Augenbraue verspottet mich und fragt: ernsthaft?

Seufzend gebe ich nach. »Fein, wahrscheinlich hätte es noch ein wenig länger gedauert.«

Im Vorbeigehen gebe ich Juri einen kräftigen Schlag auf den Oberarm, einfach weil es guttut.

»Autsch, ich bin sensibel.« Er sagt das so ernst, dass ich nicht anders kann als loszulachen. Kira stimmt mit ein, was mich immer mehr lachen lässt und ihr einen empörten Blick von Juri einbringt.

»Komm, du großer, sensibler Krieger. Lass uns trainieren gehen.« Ich renne los in Richtung Trainingsraum, dicht gefolgt von den drei anderen.

»Es ist sinnlos, dir zu sagen, dass man hier nicht rennen soll und dass eine Prinzessin so was ohnehin nicht tut, oder?«, schreit Juri dicht hinter mir, weshalb ich mich im Laufen lachend zu ihm umdrehe, um ihm zuzuzwinkern. Leider passe ich dadurch nicht mehr so genau auf, wohin ich renne und stoße prompt mit jemandem zusammen, weil Juris Warnung zu spät kommt. Autsch! Wir gehen beide zu Boden, ich reibe mir meinen Kopf und zwinkere ein paar Mal, bis ich wieder klar sehe. Juri hilft mir bereits beim Aufstehen und fragt mich, ob alles okay ist. Seine Hände umfassen meinen Kopf, er dreht ihn leicht und schaut sich alles an.

»Danke, es geht schon. Mir ist nur ein wenig schwummrig.« Einen Moment lang liegen seine Hände an meinen Wangen, ich spüre, wie sein Daumen kurz über meine Haut fährt und sehe die Sorge in seinem Gesicht. Dennoch hat er ein Lächeln für mich übrig, bevor er sich umdreht und mich loslässt.

»Faras.«

Wow. Juris Stimme ist so schneidend und kalt, dass ich eine Gänsehaut bekomme. Ich drücke mich seitlich an ihn und betrachte den Mann vor uns, der sich gerade vom Boden aufrappelt, neben ihm bleckt eine Hyäne ihre Zähne und hat ihren Blick nur auf mich gerichtet. Sie wirkt Furcht einflößend und wild.

»Es tut mir leid, ich habe dich nicht gesehen! Es war keine Absicht«, nuschele ich hinter Juri hervor und fühle mich grauenvoll, weil ich ihn so umgerannt habe.

»Dann seht das nächste Mal vielleicht nach vorne, *Prinzessin.*« Schockiert starre ich ihn an, seine hasserfüllte Stimme raubt mir den Atem, lässt ein mulmiges Gefühl zurück.

»Ich … also … es tut mir wirklich …«, versuche ich es noch mal, aber ich stottere und es fällt mir immer schwerer, die Wörter zu finden, die ich brauche. Bis Juri mich stoppt, indem er meine Hand nimmt und sich aufrechter hinstellt, als er es bereits vorher tat.

»Pass auf, was du sagst.« Um Juris Worte zu unterstreichen, beginnt Kira bedrohlich zu knurren. Wer ist das nur?

»Schon gut. Es war ja auch meine Schuld.« Seine Miene verändert sich schlagartig, wird freundlich und seine Stimme klingt beinahe schüchtern. »Entschuldigt mich bitte.« Er geht weiter seines Weges, nickt mir kurz zu und es soll wahrscheinlich freundlich wirken, aber seine Augen sprühen nur so vor Verachtung und jagen mir eine Gänsehaut über den Rücken. Ich versuche zu verstehen, was da gerade passiert ist. Juri dreht sich wieder zu mir um und atmet tief ein und aus.

»War das …?«

»Das war Faras.«

»Das war mein Stiefbruder?«

»Ja. Allerdings habe ich ihn noch nie so unbeherrscht und unfreundlich gesehen.« Nachdenklich sieht Juri dahin, wo Faras verschwand.

»Es war wirklich keine Absicht.«

»Ich weiß. Wollen wir das Training auf morgen verschieben?«

»Du willst mich doch nicht loswerden, oder?« Um nichts in der Welt würde ich jetzt einfach in mein Zimmer gehen und mich langweilen.

»Das würde ich nie tun!«

»Dann los«, sage ich freudig und renne los, in der Hoffnung, nicht noch jemanden umzurennen.

Einige Gänge und Treppen später kommen wir an und ich kann freudig schreiend verkünden, dass ich gewonnen habe. Eigentlich denke ich ja, er hat mich gewinnen lassen, aber ich werde es wohl nie herausfinden.

»Ich denke, das Training wird heute wieder aus Fragen bestehen, vielleicht schaffen wir es ja am Ende doch noch zu kämpfen. Was möchtest du wissen?«

»Habe ich wirklich so viele Fragen gestellt?«

Er gibt mir keine Antwort darauf, sondern schaut mich nur vielsagend an, als er mir Jim in die Hand drückt.

»Okay, du hast ja recht. Bevor wir anfangen, habe ich tatsächlich ein, zwei Fragen. Wieso habe ich am ganzen Körper geleuchtet, bevor du erschienen bist und wieso hat es so wehgetan? Hatte das etwas mit Tia zu tun? Oh, und du musst mir unbedingt erklären, wie dieses Teleport-Dingens funktioniert.«

»Gib mir Jim wieder.«

»Was?«

»Gib ihn mir schon. Du brauchst ihn heute nicht. Ich habe mich geirrt, wir kommen nicht zum Kämpfen. Ich beantworte dir die Fragen zum Thema Schutzgeist. Also, hinsetzen.«

Juri stellt Jim an die Seite und legt seine Kurzschwerter wieder ab, danach setzt er sich mir gegenüber, direkt an die große Fensterfront des Zimmers. Kira und Tia liegen in der Sonne und dösen, sie genießen die Wärme.

»Am besten fange ich bei Tia an.« Juri fährt sich kurz durch die Haare und setzt sich bequemer hin. »Dass wir mit siebzehn als volljährig gelten, weißt du. Das liegt vor allem daran, dass unser Stern dann erwacht, unsere Energie und somit unsere Schutzgeister. Jedes Sternenkind leuchtet einmal zu Beginn vollständig auf, so hell wie der Stern, aus dem es geschaffen wurde.«

»Wow«, hauche ich ehrfürchtig.

»Ja, es ist ziemlich beeindruckend, besonders wenn man es sieht. Dein Licht war so hell, dass ich es von Menua aus sehen konnte. Ich trat gerade aus dem Palast, blickte ein letztes Mal auf die Erde und wollte aufbrechen. Ich hatte noch kein Ziel, aber dann – dieses Licht.« Ungläubig schüttelt er den Kopf. »Dass du Schmerzen hattest, ist ungewöhnlich, aber nicht anormal, keine Sorge. Es ist eher selten. Die Schmerzen entstanden dadurch, dass du nicht bereit warst, diesen Teil von dir anzunehmen. Du hast wahrscheinlich dagegen angekämpft und wolltest, dass es aufhört, nicht wahr?«

»Natürlich! Ich hatte doch keine Ahnung. Auf der Erde rennt niemand mit leuchtenden Körperteilen herum, glaub mir.«

Wir lächeln uns an. »Deshalb hat es wehgetan. Ich nehme an, seit dein Sternenlicht ausbrach, hast du keine Schmerzen mehr?«

»Nein.«

»Das ist gut. Kurz nach diesem einen Ausbruch erschien Tia. Sie ist ein Teil von dir und deinem Stern.« Juri blickt nach draußen und fängt ganz komisch an zu grinsen. »Und jetzt sollten wir dir das Teleportieren beibringen.«

Kapitel 18

Jeder trägt etwas in sich,
das ihn besonders macht.
Besonders und einzigartig.

Juri

Lynn sieht so aus, als hätte ich ihr gerade gesagt, ihr würde ein drittes Bein wachsen oder ein zweiter Kopf. Sie hat mich schon fünf Mal gefragt, ob das ein Witz sein soll. Mittlerweile kann ich wirklich nicht mehr ernst bleiben, wenn ich ihr sage, dass es kein Scherz ist. Sie sieht wirklich süß aus mit ihren geröteten Wangen und dem offen stehenden Mund. Dabei ist süß sonst eher kein Wort, das ich in einem Satz mit Lynn verwenden würde. Sie ist stark, stur, witzig und wunderschön. Aber nur selten süß.

Ihre Augen zeigen eine Mischung aus Verwirrung, Vorfreude und Misstrauen, während sie mich immer wieder mit ihnen mustert. Je mehr ich lache, umso weniger glaubt sie mir natürlich.

»Jedes Sternenkind hat besondere Gaben. Das heißt jeder, der Sternenblut in sich hat. Nicht nur Schutzgeister sind für uns etwas Besonderes und zeichnen uns aus, sondern auch Teleportation. Wir können uns an jeden Ort beamen, den wir schon kennen und den wir uns vorstellen können. Wir können unseren Schutzgeist mitnehmen und maximal eine andere Person. Die Merkurkinder können zwar keine Gedanken lesen, aber sie als Schwingungen wahrnehmen und dadurch deuten. Sie liegen fast immer richtig, aber die Höflichkeit gebietet es ihnen, das nur in besonderen Ausnahmefällen einzusetzen. Und eine Klausel in unseren Gesetzen.«

»Und weiter?« Wissbegierig beugt sie sich vor und stützt ihren Kopf auf ihren angezogenen Knien ab.

»Venusmenschen können dich wirklich gut bezirzen. Das ist kein Scherz. Ihre Schweißdrüsen können zusätzlich ein Aphrodisiakum aussondern, dass dich glücklich macht, und ganz plötzlich findest du den Gegenüber sehr sympathisch. Unser Heiler hat eine ziemlich praktische Tinktur hergestellt, die man sich unter die Nase reiben kann und die vor so etwas gut schützt.«

»Du machst Witze!«

»Oh nein! Die Venuskinder sind auf jeder Party ebenso beliebt wie gefürchtet.« Ich muss über ihren Gesichtsausdruck lachen. »Sie sind wahre Kinder ihrer Mutter, der Liebe! Die Marskinder sind etwas ganz Besonderes. Sie können sich so sehr erhitzen, dass sie Lava gleichen. Allerdings können sie diesen Zustand nur wenige Minuten aufrechterhalten und brauchen einige Tage zur Regeneration. Trotzdem ist es verdammt cool. Die Saturnkinder sind sehr eigen und die Denker des Universums. Sie können Bücher und Schriftrollen lesen – ohne sie zu lesen.«

»Du redest wirres Zeug, wie soll das gehen?«

»Es sind nicht nur Bücher, sondern auch Gegenstände. Wenn sie die Hände auf ein Buch legen, erschließt sich ihnen ohne jede Anstrengung der gesamte Inhalt. Legen sie die Hände auf einen anderen leblosen Gegenstand, können sie sehen, wer ihn zuletzt berührte.«

»Sie können ein Buch lesen, ohne es zu lesen. Du hattest recht! Diese Gabe ist mit Abstand die traurigste und coolste zugleich.«

»Wieso das?«

»Na ja, es ist super cool, weil man ganz schnell alle Informationen und Inhalte kennt und ganz viel lernen kann. Aber ebenso traurig, weil doch lesen so viel Spaß macht. Ein Buch zu lesen, ist ein Abenteuer. Niemand möchte, dass das Abenteuer nur drei Sekunden dauert und zusammengefasst wird.« Sie rümpft die Nase und sieht dabei sehr ernst aus. Ich grinse nur und schüttele den Kopf.

»Willst du wissen, wie es weitergeht?« Sie nickt gespannt. »Die Jupiterkinder nennen wir Wahrheitsfinder. Sie können dir die Wahrheit entlocken, ohne dass du es merkst oder willst. Sie sehen dir plötzlich tief in die Augen, berühren deine Stirn und stellen dir eine Frage. Du hast keine Wahl, als zu antworten und dabei die Wahrheit zu sagen.«

»Das ist unheimlich.«

»Komische Vorstellung, oder? Wen haben wir noch? Kinder des Pluto können nicht lügen.«

»Niemals?«

»Niemals. Deshalb sind sie meist als Richter oder Berater tätig, als Unparteiische bei Sitzungen der Planeten.«

»Ah, also sind sie die Schweiz des Universums!« Sie nickt wissend, aber jetzt bin ich der, der nicht versteht, was sie meint.

»Zwei haben wir noch: Uranus und Neptun. Die Visionäre und die Heiler. Erstere können bestimmte Zeitabschnitte der nahen Zukunft voraussehen, leider kommen die Bilder meist ohne Vorwarnung und sind nur sehr vage. Heiler des Neptun findest du mittlerweile auf jedem Planeten. Der, der dich wieder fit machte, deine Schrammen, Blessuren und deinen Rippenbruch heilte, kommt auch von dort.«

»Das ist wirklich … unfassbar! Gibt es das schriftlich? Ich kann mir das unmöglich merken. Ich brauche unbedingt eine Liste. Woher kommen die Prinzen noch mal? Oh Gott, hoffentlich nicht von der Venus oder dem Jupiter!« Fieberhaft denkt sie nach.

»Ich sage es nur ungern, aber: Venus, Jupiter, Pluto.«

»Ein Liebeshungriger und zwei Wahrheitsfanatiker. Ich bin geliefert!«

Ich unterdrücke nur schwerlich ein Lachen, als sie ihre Hände seufzend vor das Gesicht hält. Sie tut mir ein wenig leid, wirklich. Und wenn ich noch länger daran denke, dass einer dieser drei Idioten verdammt viel Zeit mit ihr verbringen darf, kann ich nur schwer atmen. Ich werde aus irgendeinem Grund wütend.

»Alles in Ordnung?«

Ich habe nicht bemerkt, dass Lynn näher zu mir gerutscht ist und mich nun besorgt ansieht. »Ja, alles bestens.«

»Wenigstens bei einem von uns!« Ich kann ihr förmlich ansehen, wie ihre Gedanken und all die Informationen in ihrem Kopf umherirren und sie versucht, sie alle zu ordnen und zu verstehen. Sie wird ganz still und ich mit ihr. Plötzlich ist all der Witz und all das Erstaunen aus ihrem Gesicht verschwunden und es geht nicht mehr um Prinzen, Planeten und Gaben.

»Du hast vorhin gesagt, Tia wäre ein Teil meines Sterns. Was bedeutet das?«

»Lynn, ich …« Ich finde keine Worte, versuche mich davor zu drücken.

»Was passiert, wenn Tia stirbt?«, flüstert sie.

»Dann lebst du weiter.«

»Und wenn ich sterbe?«

»Tia ist ein Teil von dir, Lynn«, sage ich eindringlich. Ich schaffe es nicht, es ganz auszusprechen. Ihr Blick huscht zu dem kleinen Waschbären, der angeschmiegt an Kira schläft und leise schnarcht. Ich sehe es ihr an, sie hat es verstanden. Tia wird mit ihr gehen.

Nach diesem Gespräch bestand kein Bedarf mehr daran, das Teleportieren zu erlernen. Lynn hat nicht danach gefragt und ich habe es nicht noch mal erwähnt. Sie war zu sehr in Gedanken versunken und hätte es wahrscheinlich nicht hinbekommen. Es wäre unheimlich frustrierend gewesen.

Ich habe sie mit Tia auf ihr Zimmer gebracht und Kira gebeten, auf beide aufzupassen, während ich im Konferenzsaal mit den Hauptmännern tage. Eine weitere Sitzung, die uns zeigt, dass uns die Hände gebunden sind.

»Unter meinem Kommando fehlt niemand.«

»Unter meinem ebenso wenig.«

Ein Hauptmann nach dem anderen gibt diesen Satz wieder. Wir sind keinen Schritt weiter als vorher, sind weder den Entführern noch den Verfolgern Lynns auf der Spur und das ist kaum auszuhalten.

Frustriert fahre ich mir über den Nacken und sehe die Berichte ein weiteres Mal genau durch.

Malik bekommt schon rote Flecken am Hals, weil wir keine Antworten haben und nicht weiterkommen. Jeder Bürger Menuas soll nun einer Befragung unterzogen werden. Wir wissen, dass beide Sternenkinder waren, denn einer beherrscht die Teleportation und der andere wurde zu Sternenstaub. Aber sie waren keine Mondkrieger. Dennoch besaßen sie unsere Uniformen und Waffen, sie konnten gut mit ihnen umgehen. Wieso sollte man auf die eigenen Reihen verweisen, wenn wir doch ziemlich schnell herausfinden würden, dass es niemand von uns, aus den eigenen Reihen sein konnte?

Kapitel 19

Und dann kommt dieser Moment,
der dir den Atem raubt,
der die Zeit still stehen und dich erkennen lässt:
Das, was du von Herzen begehrst,
bleibt dir verwehrt.

Lynn

… einige Tage später

Seit Stunden wuselt Iza um mich herum und macht mich noch wahnsinnig damit!

Zum Glück holt mich Juri gleich zum Training ab. Es wird das letzte sein, bevor die Prinzen ihren Aufenthalt hier beginnen und auch wieder beendet haben. Juri habe ich nicht gesehen, seit er mir erklärt hat, welche Gabe auf welchem Planeten zu finden ist. Er hatte viel zu tun, aber Kira ließ er bei mir, um auf mich aufzupassen. Trotzdem bekam ich mit jedem Tag schlechtere Laune. Es ist nicht dasselbe ohne ihn, ohne Training, ohne seine Witze. Ein leuchtender Waschbär und eine leuchtende Großkatze können das leider nicht ganz wettmachen.

Ich vermisse ihn.

»Seid Ihr nicht aufgeregt? Heute Abend treffen die Prinzen endlich ein. Ich bin so gespannt auf sie.«

Aber ich stöhne nur auf und lasse mich auf mein Bett plumpsen. »Iza, bitte! Ich flehe dich an! Mach, dass es aufhört.«

»Ich bitte Euch, Ihr wisst genau, dass Ihr keine Hosen zum Empfang tragen könnt und die Auswahl des Kleides ist wichtig.«

»Ohhhh«, stöhne ich ins Kissen.

»Steht auf und reißt Euch zusammen!«

Wie ein dicker Kloß rolle ich mich vom Bauch auf den Rücken und puste mir eine Strähne aus dem Gesicht.

»Wenn ich jetzt einfach auf irgendein Kleid für heute Abend zeige, ist es dann wirklich vorbei?«

»Ja, das ist es.«

»Iza, ich warne dich! Das hast du auch bei den letzten einhundert Malen gesagt.«

»Dieses Mal verspreche ich es. Die letzten Male hatte ich noch nicht die passendsten Kleider rausgesucht.«

»Na schön!« Ich stehe auf, stelle mich neben Iza vor den Schrank und starre auf den Boden, auf dem sich ein Kleid neben dem anderen einfindet und Tüll in Tüll übergeht. Sie sind fast alle silber, blau oder golden. In allen möglichen Abstufungen. Nur eines ist grün. Kein helles unschönes grün, sondern ein sehr dunkles Tannengrün. Es ist lang, hat keinen Ausschnitt und wirkt nicht so sexy wie die anderen. Außerdem sehe ich keinen Tüll, keinen Schnickschnack. Es hat eindeutig gewonnen.

»Das da! Das nehme ich. Passende Schuhe werde ich im Schrank finden.«

»Eine fantastische Wahl!« Iza springt freudig vor und fischt das Kleid aus der Menge heraus. Das lässt mich stutzen. Wenn Iza sagt, es wäre fantastisch, dann muss es einen Haken geben, ich meine …

»Oh nein, Iza! Nein, nein, nein! Leg es zurück, ich suche mir ein anderes aus.«

Aber sie drückt das Kleid fest an sich. »Auf keinen Fall! Ihr wolltet, dass es vorbei ist, jetzt ist es vorbei. Ihr habt das Kleid ausgesucht, jetzt lebt damit.« Und schon wendet sie sich schwungvoll dem Schuhschrank zu. Tia tapst neben mich.

»Es ist rückenfrei. Komplett. Und viel zu lang. Es hat einen Seitenschlitz, Tia. Einen Schlitz!« Fassungslos starre ich auf Izas Hintern, der sich im Takt ihrer gesummten Melodie bewegt.

Mir ist auch so schon warm genug, ohne dass ich mich aufrege, denn die Sonne scheint mit voller Kraft in mein Zimmer. Zum Glück beginnt nachher wieder die Nacht. Zwei Wochen Tag können ganz schön anstrengend sein.

»Lass uns gehen. Ich kann nicht länger hierbleiben!« Ich schnappe mir Jim, tausche schnell mein Shirt gegen ein enges Trainingstop und schleiche hinter Iza Richtung Ausgang. Sie steckt mit dem ganzen Kopf im Schrank und singt mittlerweile. Auf halbem Weg klopft es plötzlich an der Tür. Ich bleibe ruckartig stehen, Iza eschreckt hingegen so sehr, dass sie schreiend vornüber in die Schuhe fällt. Dann steckt Juri den Kopf ins Zimmer.

»Darf ich reinkommen?«

Während Iza kräftig flucht, mit Schuhen jeglicher Art kämpft und Juri die Tür öffnet, renne ich schon auf ihn zu und springe ihm um den Hals.

»Oh mein Gott! Danke, dass du da bist! Iza wollte mich umbringen.« Ich spüre, wie Juris Brust vor Lachen vibriert und seine warmen Hände auf meinem Rücken liegen. Er zieht mich fest an sich, bevor er wieder loslässt.

»Du hast mich also vermisst, wie ich sehe.«

»Das würde ich nie zugeben«, sage ich grinsend.

»Ich bin auch froh, wieder hier zu sein.« Er zwinkert mir zu.

»Lass uns schnell gehen, bevor Iza es aus dem Schrank schafft.« Ich rausche bereits an ihm vorbei, dicht gefolgt von unseren Schutzgeistern.

»So schlimm?«

»Du hast keine Ahnung«, sagen Tia, Kira und ich im Chor.

Wir lachen und albern herum, während wir unseren Weg zum Trainingsraum fortsetzen. Zumindest so lange, bis der König plötzlich um die Ecke biegt und Juri beginnt, stocksteif neben mir zu laufen. Still, konzentriert, nicht ablenkbar und mit verschränkten Händen auf dem Rücken. Seine Haltung ist tadellos – und komplett albern. Was soll das denn?

»Ah, Lynn. Schön, dass ich dich antreffe.« Artas nickt Juri zu und gibt mir einen Kuss auf die Wange. »Ich wollte dir nur sagen, dass wir dich zum Empfang der Prinzen und ihren Familien in sieben Stunden unten im Foyer erwarten. Heute begrüßen wir sie nur und essen eine Kleinigkeit, ab morgen wirst du Zeit haben, sie näher kennenzulernen. Am letzten Tag werden wir abends einen großen Ball veranstalten und deine Entscheidung verkünden.« Artas strahlt mich voller Vorfreude an, aber mir wird mulmig. Es ist so weit.

»Das klingt wirklich … fantastisch?« Meine Antwort ist zaghaft und eher eine Frage, da ich mir noch nicht im Klaren darüber bin, dass es kein Gang durch die Hölle ist.

»Nicht wahr? Wie ich sehe, hast du gerade keine Zeit. Ich schaue noch schnell nach Iza, ich habe da ein paar Anweisungen deiner Mutter für sie. Eigentlich sollte ein Bote das überbringen, aber ich wollte dir kurz Hallo sagen. Außerdem ist sie so aufgeregt, dass ich es kaum noch aushalte. Sie bespricht gerade mit dem Personal die Dekoration, das Essen, einfach alles.« Erneut gibt er mir einen Kuss auf die Wange und ich umarme ihn schnell. Dieses Mal will ich es wirklich, denn ich mag ihn. Ich fühle mich wohl in seiner und auch Rias Gegenwart.

Sobald er sich entfernt hat, sehe ich Juri streng an. »Was machst du denn da? Du siehst aus, als hätte ich dir Jim zu essen gegeben!«

»Ich muss so sein und so aussehen, Lynn. Ich bin dein Mondkrieger, dein Beschützer, nicht dein Freund.«

Das sitzt. Härter und tiefer, als ich es für möglich gehalten hätte.

Juris Augen werden sofort so groß wie meine und er sieht mich schockiert an, vergisst seine dumme Haltung und seine Pflichten und greift nach mir. Er sieht mir tief in die Augen und zieht mich zu sich.

»Nein, es tut mir leid! So meinte ich das nicht. Das musst du mir glauben. Ich wollte damit sagen, dass ich meine Befehle habe und in Gegenwart des Königs und der Königin nicht so entspannt mit dir umgehen kann, wie du es gewöhnt bist. Ich bin nicht von königlichem Blut.«

Aber alles, was in mir nachklingt, ist: Ich bin nicht dein Freund. Ich habe vergessen, dass ich keine Freunde habe.

»Lass uns trainieren gehen, okay?« Mein Lächeln fühlt sich falsch an, es tut beinahe weh und ich will es mir selbst aus dem Gesicht kratzen. Aber ich bleibe stark. Wie immer.

Während wir gehen, ist die Stimmung so angespannt, dass ich es kaum aushalte und so still, dass ich kurz davor bin, zu schreien, nur damit sie endet. Es gibt keinen Grund, sich so zu benehmen, wie ich es tue, aber Gefühle folgen keinen Regeln. Ich fühle mich verletzt, dabei hat Juri sich entschuldigt und es mir erklärt. Dennoch frage ich mich, ob ich mir die ganze Zeit einfach nur eingebildet habe, dass wir so was wie Freunde sind. Juri tut nur seine Pflicht und ist deshalb nett zu mir. Nicht mehr.

Ich stoße die Tür zum Trainingsraum auf und warte. Kira geht knurrend an Juri vorbei und würdigt ihn keines Blickes. Tia sitzt auf ihrem Rücken und tut es ihr gleich. Es sieht lustig aus und hebt meine Stimmung zumindest so lange, bis mein Blick dem von Juri begegnet. Einem goldenen Abgrund, der mein Herz aus dem Takt bringt.

Schnell schaue ich weg und warte, bis er vor mir steht. Kämpfen wird guttun. Es befreit die Gedanken. Genau das, was ich jetzt brauche.

»Leg Jim bitte weg, wir brauchen ihn heute nicht.« Während er mit mir redet, wirkt er angespannt und Kira knurrt wieder leise, was Juri mit den Zähnen knirschen lässt.

»Verdammt, Kira, ich hab es kapiert, okay? Ich bin ein Idiot und ein Arsch und nun hör auf, mich die ganze Zeit anzuknurren.«

Ich halte nur den Kopf gesenkt. Die beiden haben Streit, meinetwegen.

»Es tut mir leid. Ich wollte nicht, dass sie böse auf dich ist. Es ist alles okay, wirklich!«

»Lynn, du bist nicht vom Pluto, du lügst schlechter als Kira. Ich bin selbst schuld.« Er seufzt und fährt sich durch die Haare, die nun kreuz und quer abstehen. Sie gleichen damit sehr meinem Gemütszustand. »Lass uns anfangen.«

Tia nimmt mir Jim ab und balanciert ihn vorsichtig auf zwei Beinen gehend zum Rand. Sie sieht wirklich süß dabei aus.

»Bist du so weit?«

»Nein, aber lass uns loslegen.«

»Wir haben es das letzte Mal nicht geschafft, aber ich denke, heute solltest du es lernen. Teleportation. Das Wichtigste dabei: Sieh es als etwas Natürliches und Normales an, das zu dir gehört. Als etwas, das du kannst, eine andere Art der Bewegung. Neben dem Gehen, Laufen und Schwimmen wirst du dich im Gegensatz zu den Menschen auch teleportieren können.«

»Das klingt fast einfach und überhaupt nicht verrückt.«

»Ich kann dir dazu nicht mehr erklären, du musst es einfach versuchen.« Dann sieht er sich um und sein Blick bleibt bei Tia und

Kira hängen, die ungefähr vier Meter von uns entfernt liegen und uns beobachten. »Am besten, du nimmst Tia als Ziel.«

Das wird schon nicht so schwer sein. Ich sehe Tia an und konzentriere mich. Ich spüre, wie mir wärmer wird und sage mir wieder und wieder, dass ich von hier wegmöchte. Immer mehr balle ich die Hände zu Fäusten und versuche verbissen, meinen Körper dazu zu bringen, zu verschwinden. Aber es passiert nichts. Was mich nicht wundert, denn ich habe keine Ahnung, wie das funktionieren soll.

»So wird das nichts«, sage ich frustriert und sehe Juri sowohl erwartungsvoll als auch frustriert an.

»Hm, vielleicht brauchst du mehr Platz für dich.« Er geht drei, vier Schritte zurück. »Einmal hat die Luft kurz geflimmert. Du machst also nicht alles falsch.«

Ich bedenke ihn mit einem grimmigen Blick. »Danke auch!«

»An was hast du die ganze Zeit gedacht?«

»Na, von hier wegzukommen, woran sonst?«

Juri sieht mich nachdenklich an, zieht die Augenbrauen zusammen. »Ich denke, wir sollten es mal anders versuchen. Heute mache ich das automatisch, es funktioniert einfach und dir wird das bald schon auch so gehen, aber ich glaube, damals war es wichtig, mich auf das Ziel zu konzentrieren. Dein Wunsch sollte also nicht sein, dich zu teleportieren und wegzukommen, sondern woanders anzukommen. Es geht nicht darum, wo du herkommst, sondern darum, wo du hinwillst.«

»Und es reicht, es mir vorzustellen?«

»Ja und Nein. Du musst den Ort kennen, also wirklich schon mal da gewesen sein. Manchmal kann man es auch auf andere Sternenkinder projizieren, aber das ist nicht einfach und kann ganz schön heikel sein, wenn man nicht weiß, wo sie sich befinden. Du musst dir nicht nur vorstellen, wohin du willst oder zu wem, du musst es wollen, Lynn. Du musst es von Herzen wollen.«

Einen Moment denke ich über seine Worte nach und verstehe, was er damit sagen will. Ich werde mich nicht teleportieren können, wenn ich mir einfach nur das Ziel vorstelle, aber eigentlich nicht dorthin möchte. Wie kann er das mit Gehen oder Schwimmen vergleichen? Das ist ein Kinderspiel im Vergleich hiermit.

Ich schließe die Augen, atme tief und gleichmäßig, versuche dadurch zur Ruhe zu kommen und mich zu entspannen. Ich denke an das Ziel. An Tia. Kurz öffne ich ein Auge, um zu schauen, ob ich schon da bin, aber es ist nichts passiert.

»Du musst es wollen, Lynn! Denk nicht so viel nach«, dringt Juris Stimme an mein Ohr. Dann schalte ich einfach ab, ich versuche erneut mich zu entspannen, konzentriere mich auf meinen Herzschlag und auf einmal verändert sich alles, denn Tias Bild verschwindet und Juris taucht vor mir auf. Ich reiße die Augen auf, aber die Welt vor mir verschwimmt für den Bruchteil einer Sekunde und von jetzt auf gleich lande ich schwankend vor Juri und nicht bei Tia. Ich greife nach ihm, um nicht zu fallen, dabei liegen seine Hände schon längst auf mir und halten mich. Er steht so dicht vor mir, dass es mir den Atem raubt. So dicht, dass ich den seinen auf meinem Gesicht spüre und zum ersten Mal erkenne, dass nicht nur seine Augen golden sind, sondern auch sein hellbrauner Dreitagebart an manchen Stellen so schimmert.

»Ich hab es geschafft«, flüstere ich atemlos und spüre, wie ich leicht erzittere, als Juri voller Stolz lächelt.

»Das hast du.«

Es ist still, so unendlich still, aber ich bin sicher, er kann meine Gedanken hören. Ich stehe vor ihm, nicht vor Tia. Ich höre seine Stimme in meinem Kopf: Du musst es wirklich wollen, Lynn.

Und ich konnte mir keinen Ort vorstellen, an dem ich lieber wäre.

Kapitel 20

Der erste Eindruck ist trügerisch.
So wahr er sein kann,
so sehr kann er dich in die Irre führen.
Also vertraue auf den zweiten Eindruck.
Es ist möglich, dass er dich überrascht.

Lynn

»Du siehst wunderschön aus!«

»Es ist egal, wie sehr du schwärmst, ich werde das nicht anbehalten, Tia.«

Gerade eben haben wir es geschafft, Iza irgendwie loszuwerden, nachdem sie mir leichtes Make-up aufgelegt hat. Sie hätte mich sonst noch zu einem vollkommen nervösen Wrack gemacht. Ich zog das Kleid an und die passenden grünen Pumps und jetzt stehe ich vor dem Spiegel und bete zu allem und jedem im Universum, dass sich ein Abgrund unter mir auftun möge, um mich zu verschlingen. Das Kleid fühlt sich seidig und leicht an. Es reicht trotz des kleinen Absatzes meiner Schuhe fast bis auf den Boden und liegt eng an. Zum Glück kein Dekolleté und ein wirklich schöner Grünton. So weit, so gut! Aber als ich mich bewege, klafft ein langer Beinschlitz auf der linken Seite auf, der mir bis übers Knie reicht. Wenn ich mich danach auch noch umdrehe und sehe, dass das Kleid im Rücken nur an einem wortwörtlich seidenen Faden hängt und er komplett freiliegt, bin ich kurz davor, zu hyperventilieren.

»Wenigstens fallen meine Haare darüber und lassen mich hoffen, dass niemand den fehlenden Stoff bemerkt. Ich habe keine Zeit mehr, ein anderes anzuziehen, oder?«

»Nein, wir müssen los. Sie warten bestimmt schon auf uns.«

Nie in meinem Leben war mir so sehr nach Fluchen zumute wie jetzt.

»Ich werde mir dank dieser Schuhe mehr Knochen auf dem Weg nach unten brechen als jemals beim Kampf oder Training.«

»Hör auf zu jammern! Du kannst kämpfen, dann wirst du auch in diesen Schuhen laufen können.« Tia tappt in Richtung Tür und ich muss schmunzeln. Sie sieht bezaubernd aus mit der kleinen grünen Schleife um den Hals, passend zu meinem Kleid.

Du bist gleich da, Lynn. Nur noch einmal abbiegen und dann die Treppe runter ins Foyer, das war's. Gleich hast du es geschafft. Ohne Knochenbrüche. Ich führe in Gedanken Selbstgespräche, seit wir das Zimmer verlassen haben. Auf diesen Schuhen zu laufen, fühlt sich ähnlich an wie der erste Versuch, ohne Stützräder Fahrrad zu fahren. Wackelig und gefährlich. Meine Füße tun jetzt schon weh. Hinzu kommt die Vorstellung, mit drei Prinzen samt ihren Eltern essen zu müssen, ohne mich zu blamieren. Wieso gab es keinen Unterricht in Sachen Benehmen? Es ist doch wirklich ein Witz, dass man anscheinend davon ausgeht, ich könnte das schon.

Mit unsicheren Schritten stakse ich auf die Treppe zu, lege meine Hand auf das Geländer und mache einen großen Fehler: ich schaue nach unten ins Foyer und nicht mehr stur auf den Boden vor mir. Ich stocke, sehe Artas in einem Anzug in Eisblau, der einer Uniform ähnelt, mit wundervollen Schulterverzierungen. Ria trägt ein kurzes Kleid in der gleichen Farbe, schlicht, aber schön. Faras steht auch da, er trägt einen silbergrauen Anzug, seine Miene wirkt wie versteinert und er weicht meinem Blick gekonnt aus. Malik steht hinter meinen Eltern, einige Mondkrieger stehen als Wache um sie herum. An den Seiten erblicke ich einige Diener.

Dann sehe ich Juri. Sein Blick fixiert mich, hält mich gefangen und irgendwo neben mir höre ich Tia kichern, die mir zuflüstert, ich solle das Atmen nicht vergessen.

Juri trägt ebenfalls einen Anzug, aber der seine ist nicht blau, sondern weißgrau, das Hemd darunter weiß und ich kann nicht anders, als ihn anzustarren und sein Lächeln zu erwidern, bevor ich endlich einen Fuß vor den anderen setze und nach unten gehe.

Am Fuß der Treppe reicht mir Juri seinen Arm und geleitet mich zu Artas und Ria.

»Du hast keine Ahnung, wie schön du aussiehst, nicht wahr?«, flüstert er mir zu. Ich habe keine Chance zu antworten, denn er übergibt mich bereits meinen Eltern, die mich freudig begrüßen, jedoch ohne mich zu berühren. Sie wirken viel königlicher, als wenn ich mit ihnen alleine bin.

Ich drehe mich wieder zu Juri um und stutze. Er trägt ein Einstecktuch. Es ist dunkelgrün, wie mein Kleid. Und ich kann mich nicht gegen das Gefühl wehren, das mich von innen wärmt und den Gedanken, dass er es vielleicht nicht einfach nur so trägt. Wissend grinst er mich an.

Ein Signal ertönt und alle Gespräche verstummen. Kein Schutzgeist ist zu sehen.

»Tia«, flüstere ich nach unten. »Wieso bist du der einzige Begleiter? Wo ist Kira?«

»Bei solchen Empfängen ist es nicht üblich, dass Begleiter dabei sind. Aber Iza hat dem König und der Königin Bescheid gegeben, dass ich da sein werde. Ich wollte dich nicht allein lassen und sie haben eine Ausnahme gemacht.«

Dankbar sehe ich sie an.

Die Haupttür vor uns öffnet sich, die Sonne ist verschwunden, die Nacht zurück. Draußen erkenne ich eine riesige Treppe, die nach unten führt, und die Lichter Menuas darunter. Lautes Getöse dringt zu uns, die Leute scheinen zu singen und ich höre, dass sie die Namen der Prinzen rufen. Und meinen Namen. Eine Fanfare ertönt, ich sehe, wie die zwei Männer draußen am Türbogen in ihre Trompeten pusten und höre, wie sie anschließend die königlichen Familien ankündigen. Das Volk jubelt laut, es klatscht und freut sich, während mir mein Herz vor Aufregung aus der Brust zu springen droht.

Das Foyer schimmert im Licht der tausend Kerzen. Artas und Ria stehen Hand in Hand neben mir, erhobenen Hauptes, voller Vorfreude, und blicken nach vorne. Faras wirkt daneben grimmig und nachdenklich, seine Stirn liegt in Falten, seine Lippen sind zusammengepresst.

Die erste Familie erklimmt die Stufen und tritt ein. Sie haben allesamt gebräunte Haut, blaue Augen und blondes bis braunes Haar. Der Sohn sieht seinen Eltern so ähnlich, dass ich nur staunen kann.

»Hättest du mir gesagt, dass du so ein Kleid trägst, hätte ich meine Schwerter mitgenommen«, flüstert mir Juri ins Ohr. »Damit ich dir jeden vom Leib halten kann, der dir zu nahe kommt.«

»Du würdest sie doch nicht umbringen wollen, wenn sie es versuchen«, sage ich breit lächelnd.

»Aber ich würde ihnen gerne richtig wehtun.« Seine Worte jagen einen Schauer über meinen Rücken.

»Das ist Prinz Alain mit seinen Eltern, dem Königspaar der Venus.«

»Also sollte ich mich vor seinem Schweiß in Acht nehmen?«, gebe ich leise zurück und ernte ein kurzes, tiefes Lachen.

Währenddessen werden die Gäste von meinen Eltern neben mir empfangen und als ihr Blick auf mich fällt, versteife ich mich einen Moment, bevor ich es schaffe, in einen tiefen Knicks zu fallen. Sie neigen leicht ihre Köpfe und werden anschließend samt ihrer Dienerschaft von der unseren in den Salon geführt, in dem gleich das Willkommensessen folgt. Ich hole tief Luft und sehe wieder zur Tür.

»Das ist Gardo. Seine Tante und sein Onkel sind wichtige Vertreter auf Menua.«

»Vom Pluto, nicht wahr?«

»Gut aufgepasst.«

»Ich hatte einen ganz passablen Lehrer.«

Prinz Gardo und seine Eltern sind ganz in Schwarz gekleidet, passend zu ihren Augen und Haaren, dennoch ist ihre Haut so blass wie die meine. Auch sie begrüßen zuerst meine Eltern, dann mich und folgen anschließend den anderen in den Salon.

»Und zu guter Letzt Prinz Melim samt Familie. Jupiter.« Das Grinsen in Juris Stimme ist nur schwerlich zu überhören.

»Oh nein, Wahrheitsfinder.« Die nächste Woche würde eine einzige Katastrophe werden. Eine furchtbar anstrengende noch dazu. Ständig werde ich aufpassen müssen, nicht manipuliert oder bezirzt zu werden. Wahrscheinlich wird es nur mit Gardo lustig, der kann immerhin nur sich selbst gefährlich werden.

»Bitte, bitte, ich flehe dich an, lass mich nicht allein bis zum Ball.«

»Leider werde ich nicht immer dabei sein können. In Hunderten von Jahren ist während einer Auswahl nichts passiert. Es ist geregelt, dass in dieser Phase niemand sonst anwesend sein darf, damit beide

Parteien sich so natürlich wie möglich verhalten können. Normalerweise darf nicht einmal Tia in dieser Zeit bei dir sein, aber ich denke, du wirst auf eine Ausnahme bestehen.«

»Darauf kannst du dich verlassen!«

Nacheinander folgen wir Prinz Melim und seiner Familie in den Salon. Allgemein scheint eine ausgelassene Stimmung zu herrschen.

Der Raum ist festlich geschmückt und wahrscheinlich würde er am Tag nur halb so schön wirken. An den Fenstern und in den Regalen an den Wänden zieren neben den Büchern silberne Blumen in bunten Vasen den Raum.

»Sind das Lunaria?«, frage ich Juri leise und er nickt.

Die Kerzen tun ihren Dienst, erfüllen den Raum mit Licht und Wärme, lassen die Schatten tanzen, verleihen allem einen gewissen Glanz. Die große, festlich gedeckte Tafel, die schönen goldenen Verzierungen an der weißen Tischdecke und die Dekorationen. Alles verzaubert mich! Auch hier stehen bunte Vasen, aber sie sind gefüllt mit Obst. Ein großer Ständer mit zehn Kerzen thront in der Mitte des Tisches. Es wurde ein dunkelblauer Teppich ausgerollt, stelle ich beeindruckt fest. Anscheinend gibt es sogar eine Sitzordnung, denn Juri versucht mich unauffällig in Richtung Kopfende zu steuern.

»Was soll das denn?«

»Du sitzt an dem einen Kopfende und König Artas samt Königin Ria am anderen. So ist es Brauch, weil es hier schließlich um dich geht.«

Oh, ich ahne Übles. Auf wackligen Beinen bleibe ich vor meinem Platz stehen, Tia dicht bei mir, Juri schräg hinter mir. Nach und nach tun es mir alle gleich und jeder steht vor einem Stuhl. Keiner setzt sich. Warum setzt sich niemand? Sie starren mich an.

Ich umklammere den Stuhl.

»Die Prinzessin ist etwas nervös«, sagt Juri plötzlich und flüstert schnell hinterher: »Du musst sie bitten, sich zu setzen.«

Wieso sagt mir das niemand? Iza hat mir den ganzen Tag mit Kleidern, Farben und Schuhen das Ohr abgekaut und geschwärmt, wie toll es sein wird, das alles zu erleben, aber sie hat nicht eine Sekunde daran gedacht, mich vor solchen Missgeschicken zu bewahren.

»Verzeihung. Ich meine, bitte setzt euch.« Wow, noch weniger königlich wäre kaum möglich gewesen. Juri zieht den Stuhl zurück und als ich mich setze, schiebt er mich damit an den Tisch. Meine Hände fangen an zu schwitzen und ich muss mich davon abhalten, nicht unruhig an meinem Kleid zu zupfen oder auf dem Sitz herumzurutschen.

»Falls es dich beruhigt, du musst jetzt nichts mehr tun.«

Das hoffe ich auch! Mein Blick schweift durch die Runde und während der erste Gang bereits gebracht wird, bitte ich darum, dass man mir etwas von dem Brot bringt, das ich schon kenne. Das doch eher wie ein Brötchen aussieht und herzhaft schmeckt. Man schenkt uns Wein und Wasser ein und währenddessen sehe ich mir die drei Männer an, von denen ich einen bis ans Ende meines Lebens nicht mehr loswerde.

Gardo sieht nur stumm auf seinen Teller. Er wirkt nachdenklich, nicht unsympathisch oder gelangweilt. Dennoch ziemlich uninteressiert. Vielleicht geht es ihm wie mir und er findet keinen großen Gefallen an dem Gedanken, mit einer wildfremden Person verkuppelt zu werden. Ich betrachte ihn genauer und muss erkennen, dass er auf gewisse Art hübsch ist, unauffällig, aber hübsch. Meine Eltern lachen fröhlich und machen Witze. Die Stimmung ist ausgelassen, auch wenn sich vorrangig nur die Königspaare untereinander unterhalten.

Es ist komisch, dass ich Artas und Ria in Gedanken schon längst als meine Eltern ansehe. Ich bin mir nicht sicher, wann das passiert ist und ob ich sie einfach nur so nenne oder es auch wirklich so empfinde.

Juri steht weit hinter mir, er ist ganz Mondkrieger, Prinz Gardo redet mit niemandem, wohingegen Prinz Melim sich ausgezeichnet in das Gespräch der Königsfamilien einbringt. Er wirkt beinahe kühl, berechnend, während er redet. Andere würden vielleicht kultiviert sagen. Wie dem auch sei, sie sitzen zu weit weg, als dass ich mitreden könnte.

Dann trifft mein Blick plötzlich Faras, der rechts neben mir den ersten Platz des Tisches einnimmt, und ich muss mir ein Zusammenzucken verkneifen. Er sieht aus, als hätte er auf eine saure Zitrone gebissen und irgendwie ist mir das ganz furchtbar unangenehm. Er dreht das Weinglas in seiner Hand und mustert mich abschätzig. Schnell sehe ich weg und – blicke auf Prinz Alain, der links neben mir sitzt. Er sieht von sich überzeugt aus und wirkt wie ein junger, zu braun gebrannter Brad Pitt. Dennoch ist sein Lächeln freundlich und ich erwidere es. Er beugt sich vor, nimmt einen Schluck von seinem Wein.

»Ihr seid also die Mondprinzessin.«

»Ja«, sage ich gedehnt und weiß nicht recht, was ich erwidern soll. Schnell nehme ich auch einen Schluck Wein. Er wärmt mich von innen, schmeckt süßlich. Innerlich seufze ich auf. Der Geschmack ist unvergleichlich.

»Ich freue mich schon auf unser privates Treffen.«

»Ich mich auch.« Die Lüge verlässt unerwartet leicht meine Lippen. »Sagt, könnt Ihr tatsächlich jeden im Handumdrehen bezirzen?« Sofort schlage ich eine Hand vor den Mund. Ich kann nicht fassen, dass ich diese Frage gestellt habe.

Aber Prinz Alain lacht laut und zieht kurz die Blicke der anderen auf sich. »Man sagt, wir Venuskinder haben eine spezielle Gabe dafür. Aber natürlich setzen wir sie nicht wahllos ein.« Er zwinkert mir zu und beantwortet somit meine Frage nur sehr vage.

»Sagt, habt Ihr einen Begleiter?« Neugierig sieht er mich an. Jetzt, da ich eine Unterhaltung führe und nicht mehr wie ein Fremdkörper am Tisch wirke, fühle ich mich viel wohler.

»Ja, habe ich. Sie heißt Tia, sie ist ein Waschbär und sitzt gleich hinter mir, bei Juri.« Kurz drehe ich mich und zeige auf die beiden. Ich lächle sie freudig an, bevor ich mich erneut Alain zuwende.

»Ein süßes Ding. Ist Juri Eure Wache?«

»Er ist ein Freund.«

»Wie ungewöhnlich. Wie gesagt, ich freue mich sehr auf die nächsten Tage.« Er prostet mir zu. Danach haben wir uns nichts mehr zu sagen. Ich beginne, wie Prinz Gardo den Blick nur noch auf meinen Teller zu richten. Das mulmige Gefühl wird stärker und stärker. Prinz Melim hat mich bisher keines Blickes gewürdigt, ebenso wenig wie Prinz Gardo. Prinz Alain kann ich nicht einschätzen, er wirkt sympathisch, freundlich, aber vor allem förmlich.

Ich seufze leise. Das ist alles ganz großartig. Wirklich ganz fabelhaft! … Ich bin so was von geliefert.

Kapitel 21

Kein Frosch wird je zu einem Prinzen,
auch dann nicht, wenn man ihn küsst.
Aber mancher Prinz kann durchaus
zu einem Frosch werden …

Lynn

»Niemand hat mir gesagt, dass ich das Willkommensessen eröffnen muss und ich war so nervös.« Gerade versuche ich meinen Eltern zu erklären, warum ich mich gestern so komisch benommen habe, aber sie scheinen es relativ gelassen zu nehmen. Zumindest Ria. Artas atmet tief ein und aus, während er sich den Nasenrücken massiert.

»Das ist kein Problem. Wir haben uns schon gedacht, dass Iza vergisst, es dir zu sagen.« Meine Mutter winkt ab und sieht mich freundlich an, während mein Vater sagt: »Wir können froh sein, dass die anderen königlichen Familien das nicht als Affront gewertet haben. Iza hätte dir schon längst die übliche Etikette näherbringen sollen, aber wahrscheinlich hat sie andere Dinge als wichtiger erachtet.« Er schnaubt laut und unköniglich, was ihm einen bösen Seitenblick meiner Mutter einbringt.

»Lynn kann nichts dafür, sie hat ihr Bestes getan. Es ist an uns, solche Situationen zukünftig zu vermeiden.« Dann wendet sie sich an mich. »Sag, wie ist dein erster Eindruck?«

»Nun ja … gut. Ich denke, er ist gut.« Sie wollen nicht wirklich wissen, was ich darüber denke.

»Das freut uns sehr. Wir hoffen, dass dir die nächsten Tage ein wenig gefallen. Vielleicht sogar Spaß machen. Die Prinzen sind doch ganz ansehnlich.« Sie nimmt meine Hände in ihre und zwinkert mir zu.

»Ja, das stimmt.« Zugegebenermaßen sind die Prinzen keine Vogelscheuchen, das muss man ihnen lassen.

Nervös blicke ich von meiner Mutter zu meinem Vater.

»Ich muss euch noch eine Sache fragen. Kann Tia während der privaten Treffen bei mir bleiben? Bitte?«

»Tut mir leid, das geht nicht.«

»Bitte! Ich kenne die Prinzen doch gar nicht und ich denke, ich würde mich viel sicherer fühlen.«

Ria sieht Artas bittend an. »Es geht wirklich nicht. Ihr sollt euch vollkommen ungezwungen unterhalten können, allein! Außerdem sind keine Gaben erlaubt. Aber wir können für den Ball eine Ausnahme machen. Normalerweise sind dort nur wenige Begleiter der Mondkrieger anwesend, die für weiteren Schutz sorgen. Wenn du magst, kann Tia auch da sein. Aber bis dahin wirst du sie nur in deinem Zimmer sehen dürfen.«

»Ich verstehe.« Nein, eigentlich tue ich das nicht, aber es lohnt sich nicht, darüber zu streiten. Sie sehen so aus, als würden sie es mir tatsächlich gerne erlauben.

»Du bist aufgeregt, nicht wahr?« Meine Mutter nimmt mich kurz in den Arm. »Es wird alles gut laufen.«

»Ich weiß gar nicht, was ich mit den Prinzen tun soll.«

»Der erste Tag wird in der großen Bibliothek verbracht. So lange, wie du es wünschst, kannst du mit jedem der Prinzen dort Zeit verbringen und sie kennenlernen. Der zweite Tag soll dir als Pause dienen. Abends wirst du dann mit dem jeweiligen Prinzen essen, hier im Salon. Am siebten Tag findet im großen Saal des Westflügels ein Ball statt, mit den Prinzen, ihren Familien, den ranghöchsten Offizieren und angesehensten Familien Menuas. Dort werden exakt zwanzig Tänze getanzt, bevor du vor allen verkündest, welchen der Prinzen du dir als Ehemann wünschst. Und keine Sorge, die Prinzen wurden gestern bereits zur Bibliothek geführt, damit sie wissen, wo sie ist.« Sie sieht glücklich aus, stolz. Ich versuche nicht zu weinen, zu schreien oder zusammenzubrechen. Das ist so verrückt.

Ich nicke und versuche alle schwermütigen Gedanken zu verdrängen.

»Gleich geht es los«, sagt sie und plötzlich erkenne ich eine Spur von Widerwillen. »Es tut mir leid, Lynn«, flüstert sie so leise, dass ich es kaum hören kann, und ich muss schwer schlucken.

»Sollte Prinz Melim nicht längst hier sein?« Artas sieht uns fragend an, seine Stimme lässt mich zusammenzucken.

»Ich bin wirklich immer allein mit ihnen?«, frage ich leise, während Artas beginnt, auf und ab zu laufen und nicht mehr auf Ria und mich zu achten.

»Ja, das bist du. Aber wir sind alle in der Nähe. Keine Sorge.«

»Danke … Mum.« Ich lächle zaghaft und sehe, wie sich Tränen in ihren Augen bilden, aus Freude und Überraschung. Vor Glück. Sie drückt mich ganz fest an sich.

»Wir sind sehr stolz auf dich. Das werden wir immer sein.«

In diesem Moment wird die Tür geöffnet und Melim betritt den Raum.

Er schreitet zu uns, verbeugt sich knapp vor meinen Eltern und begrüßt sie. Er wirkt genauso distanziert wie beim Willkommensessen. Seine dunklen Augen sehen dennoch beinahe unheimlich aus, weil er so blasse Haut hat wie ich. Sein weißes Haar hat er im Nacken zu einem Zopf gebunden, gestern fiel es ihm locker auf die Schultern. Es ist ungewöhnlich, aber es steht ihm. Er hält mir den Arm hin.

»Wollen wir?«

Tief durchatmend hake ich mich bei Prinz Melim ein, der mich aus dem Salon und durch das Foyer führt. Anscheinend in Richtung Bibliothek. Iza hat mich gezwungen, ein Kleid zu tragen. Sie hat alle Hosen versteckt! Das wird sie die ganze Woche machen und ich würde sie dafür am liebsten kräftig schütteln und ihr sagen, dass das Folter ist.

»Ihr seid also die Prinzessin, über die jeder spricht. Die berühmte Mondprinzessin.« Melims Stimme klingt überraschend warm und angenehm. Er klingt ehrlich interessiert und mustert mich von der Seite. Gut, dass ich die hohen Schuhe abgelehnt habe, denn sonst wäre ich größer als er.

»Ich bin also berühmt. Klasse.«

»Eine Freundin des gepflegten Sarkasmus. Wie nett.« Sein Grinsen ist echt und ich fühle mich gleich wohler in seiner Gegenwart.

»Entschuldigt bitte. Ich wollte nicht unhöflich sein. Es ist nur alles so …«

»Angsteinflößend?«

»Ja, ich denke, das ist eines der Worte, das mir in den Sinn kam.«

»Das kann ich verstehen.«

Während der Prinz mich durch verschiedene Gänge des Westflügels führt, sagen wir nicht viel, tauschen hier und da Höflichkeiten aus.

Er ist nicht aufdringlich und nicht zu still. Heimlich versuche ich ihn von der Seite zu mustern. Sein kantiges, langes Kinn kommt stark zur Geltung. Er hat eine gerade, kurze Nase, dunkle Augenbrauen und unendlich lange Wimpern, für die wohl jede Frau morden würde. Seine Größe gleicht ungefähr der meinen.

Unwillkürlich vergleiche ich ihn mit Juri, sehe ihn vor mir mit seinen breiten Schultern, seinem sicheren Gang, seinen Muskeln, die durch das Training entstanden sind. Sehe seinen Bart, sein markantes Kinn und … Sofort schüttele ich leicht den Kopf. Was tue ich denn da?

»Wir sind da.« Melim reißt mich aus meinen Gedanken und hält vor einer kleinen Tür, die er kurz darauf öffnet. Der Anblick des Raumes versetzt mich in Erstaunen. Er gleicht dem Salon, nur dass hier rundum riesige Regale aus Mondstein stehen, die unzählige Bücher tragen. In der Mitte des Raumes hängen drei große Kronleuchter mit Kerzen, die das Zimmer erleuchten und ebenso die großen Sessel darunter. Eine kleine Decke liegt über einem davon. Zu meinem Glück, denn es ist ein bisschen kühler hier als in den anderen Räumen.

»Bitte.« Melim deutet auf einen der beiden Sessel. Nachdem ich Platz genommen habe, legt er die Decke über mich und setzt sich mir gegenüber. Wir schweigen, aber dieses Mal ist es ein Schweigen der unangenehmen Sorte.

»Ihr habt doch bestimmt viele Fragen.« Er lehnt sich locker zurück, wirkt selbstbewusst und so gefasst. Er ist gerade alles, was ich nicht bin.

»Ihr denn nicht?«

Er lacht. »Ich habe auch einige, aber ich denke, Ihr habt weitaus mehr.«

Ich überlege kurz. »Wie wäre es, wenn wir immer im Wechsel eine Frage stellen? Das hält uns wach.«

»Gute Idee. Aber ich kann mir nicht vorstellen, dass jemand in Eurer Gegenwart einfach so einschläft.« Er lächelt mich an und etwas von seiner kühlen, beherrschten Art verschwindet für den Moment. »Was möchtet Ihr wissen?«

»Wäre es vielleicht möglich, wenn wir diese Formalitäten lassen? Schließlich sollen wir uns besser kennenlernen.« Ihn nicht andauernd mit Euer, Ihr, Euch anreden zu müssen, würde mir viel an Nervosität nehmen.

»Das wäre unüblich und unangemessen, findet Ihr nicht auch?«

»Aber natürlich!«, lenke ich rasch ein und überlege mir schnell eine neue Frage, mit der ich diese unangenehme Situation überspielen kann. »Was erzählt man sich über mich?« Gespannt blicke ich ihn an.

»Ich habe geahnt, dass diese Frage aufkommen würde. Man erzählt sich das Übliche: Ihr seid als Kind entführt worden und niemand wusste bis vor wenigen Wochen, dass Ihr noch lebt und falls ja, wo. Alle stellen sich die Frage, warum Ihr entführt wurdet und von wem, und alle wissen, dass Ihr jetzt wieder da seid. Manche sagen, Ihr seid so schön wie der hellste Stern am Firmament. Sie nennen Euch Mondprinzessin, aber nicht, weil Euer Titel Euch dazu macht, sondern weil sie glauben, dass Ihr etwas Besonderes seid. Ihr seid ein Sternenkind, aber tief im Herzen ein Mensch. Das ist … wirklich faszinierend. Und natürlich schließen sie Wetten ab, welchen von uns Ihr wohl wählt.« Er hat den Kopf leicht schief gelegt, mustert mich, während ich unauffällig die Decke zur Seite schiebe, weil es mir plötzlich zu warm wird. Meine Wangen glühen.

Das, was er gesagt hat, war wunderschön und beängstigend zugleich. Weil das nicht ich bin. Sie kennen mich nicht und sie wären enttäuscht von mir. Dieser Gedanke macht mich trauriger, als ich erwartet habe.

Außerdem frage ich mich, wer bei diesen Wetten wohl weit vorne liegt.

Ich räuspere mich. »Okay. Das war interessant. Ich würde gerne noch mehr Fragen stellen, aber nun seid Ihr dran. Wie lautet Eure Frage?«

»Wie ist es auf der Erde?«

Mein Mund öffnet und schließt sich. Damit habe ich nicht gerechnet und irgendwie hat er damit einen wunden Punkt getroffen.

»Es ist schön. Wir haben unendliche Meere und viele Berge, einen vierundzwanzig-Stunden-Tag … Ich … Die Sterne waren immer das Schönste …« Irritiert kneife ich die Augen zusammen. Ich plappere mit dünner Stimme vor mich her und weiß nicht, was ich ihm auf seine Frage antworten soll.

»Entschuldigt bitte.«

Verwundert sehe ich auf, sehe leichtes Bedauern in des Prinzen Gesicht. »Es scheint, als wäre Euch diese Frage unangenehm. Erlaubt mir, eine neue zu wählen.«

Erst jetzt merke ich, wie angespannt und nervös ich eben war, jetzt, da ich auf diese Frage nicht mehr antworten muss. Lächelnd nicke ich ihm zu.

»Welchen Schutzgeist habt Ihr?«, fragt er interessiert.

Eine unverfängliche Frage, ich atme auf. »Einen Waschbären. Ihr Name ist Tia. Sie ist wirklich sehr lieb.« Ich kann nicht anders als grinsen, wenn ich an sie denke. Sie sitzt gerade in meinem Zimmer und wartet auf mich. Ich bin froh, sie nachher wiederzusehen.

»Ihr mögt sie sehr. Das ist gut.«

»Ja, das denke ich auch. Mögt Ihr Tiere?«

»Darüber habe ich mir nie Gedanken gemacht. Wir auf dem Jupiter haben keine Tiere und keine Begleiter, dafür ist unsere Landschaft einzigartig. Tiefe Täler, Krater, die höchsten Berge, die meisten von ihnen sind aus speziellem Kalkstein und leuchten deshalb blutrot.« Er hat sich in seinem Sessel vorgebeugt, seine Augen leuchten, wenn er von seiner Heimat spricht.

»Eine Welt ohne Tiere kann ich mir nicht vorstellen, dafür aber Eure Berge. Ich würde sie gerne einmal sehen. Seid Ihr schon viel gereist?« Langsam taue ich auf, vergesse, was das hier ist und warum ich hier bin. Ich bin neugierig und möchte mehr erfahren, aber Prinz Melim lacht nur laut. Dieses Mal ist es ein echtes Lachen, kein gestelltes oder zurückhaltendes. Er wirkt nicht mehr steif und sein zuvor kühles, berechnend wirkendes Verhalten ist vollkommen verschwunden.

»Ihr schummelt! Ich bin dran.« Wir grinsen uns an.

»Und wenn ich darauf bestehen würde?«

»Auch dann nicht! Ich bin zu neugierig.« Entschuldigend zuckt er mit den Schultern, bevor er die nächste Frage stellt. »Wieso seid Ihr so unruhig?«

»Unruhig?«

»Ihr rutscht auf dem Sessel hin und her, immer nur ein wenig, oder zupft an dem Kleid. Seid Ihr so nervös?«

»Wenn ich ehrlich bin, habe ich das nicht gemerkt. Es tut mir leid! Natürlich bin ich nervös, aber ich gestehe, dass ich nur ungerne Kleider trage.« Ich verziehe das Gesicht. Ich wurde auf frischer Tat erwischt! Eine Prinzessin, die Kleider doof findet.

»Eine zukünftige Königin, die Hosen trägt? Einige würden in Ohnmacht fallen, wenn sie das hören.« Er grinst beinahe diebisch und ich erkenne, dass er mich nur aufziehen will.

»Wir könnten tauschen. Ihr das Kleid, ich die Hosen!«

»Auf keinen Fall!«

Eine Frage nach der anderen kommt uns über die Lippen und ich ertappe mich dabei, die Zeit mit Prinz Melim zu genießen.

Schließlich begleitet er mich zu meinem Zimmer und verabschiedet sich höflich.

»Ich danke Euch für den schönen und lustigen Tag. Euch einen angenehmen Abend und eine gute Nacht. Bis morgen.« Er nimmt meine Hand und haucht einen Kuss darauf, bevor er geht.

Als ich die Tür öffne, springt mir bereits ein quirliger Waschbär quietschend um den Hals und schmiegt sich an mich.

»Du bist wieder da! Es war langweilig ohne dich und einsam. Außerdem habe ich mir Sorgen gemacht. Dann wollte ich zu Kira, aber die war mit Juri bei einer Sitzung der Hauptmänner und Iza habe ich nicht gefunden. Niemand konnte mir sagen, wie lange du schon in der Bibliothek bist und ob es dir gut geht.«

Mit einem Rums fällt die Tür hinter mir zu und ich drücke Tia ganz fest an mich.

»Ich hab dich auch vermisst.« Seufzend hebe ich Tia hoch und gehe mit ihr zu meinem Lieblingsplatz am Fenster, setze mich mit ihr auf den Boden und streife die Schuhe ab.

»Und, wie war es?« Auf zwei Beinen stehend sieht sie mich aufgeregt an.

»Interessant, lustig, verwirrend, beängstigend, formell. Such dir etwas aus.« Langsam löse ich all die Haarklemmen, die meine Haare in einem Dutt gefangen halten.

»Du hast dich mit Prinz Melim getroffen, oder? Er sieht doch ganz nett aus. Er hat auf jeden Fall hübsche Augen und ist freundlich. Oder nicht?«

»Also eine Fragerunde in der Bibliothek würde ich jetzt nicht als Ausgehen bezeichnen, aber es war wirklich nett. Nach einiger Zeit habe ich mich wohlgefühlt. Er ist mir sympathisch.«

Tia ist aufgeregt. Sie klatscht freudig in ihre kleinen, süßen Hände.

»Erzähl mehr!«

Wo soll ich anfangen?

»Seine Lieblingsfarbe ist Schwarz, er mag es nicht zu schlafen, aber er liebt es zu lesen …« Ich zähle Tia alles auf, was ich erfahren konnte, aber dann stoppe ich urplötzlich.

»Er ist ein Wahrheitsfinder. Was ist, wenn er dieses Wahrheitsding mit mir gemacht hat?«

»Du hättest es wahrscheinlich nicht gemerkt«, gibt Tia zerknirscht zu. »Aber er darf es offiziell nicht. Während der Auswahl dürfen die Gaben nicht bei dem anderen angewendet werden.«

Das beruhigt mich nicht. Das Verbotene machte von jeher am meisten Spaß.

Kapitel 22

Wenn man mit dem,
was einem auf der Seele liegt,
nicht alleine ist,
dann bringt es genauso viel Erleichterung
mit sich wie Trauer.

Lynn

Tag drei von sechs beginnt und ich lebe noch. Ich denke, das ist ein guter Anfang.

Gerade schlendere ich nach unten, um auf mein zweites Date zu warten. In wenigen Minuten wird mich Prinz Gardo aus dem Foyer abholen und ebenso in die Bibliothek führen. Wenn ich ehrlich bin, freue ich mich schon, denn einem Mann alle möglichen Fragen stellen zu können, mit dem Wissen, dass er nicht lügen kann, ist äußerst reizvoll.

Das Abendessen mit Melim gestern, nach dem Tag zuvor in der Bibliothek, war mir nicht unangenehm, wir haben uns gut verstanden. Dennoch war er stets konzentriert, ein guter Beobachter und nicht mehr ganz so locker wie zuvor. Freundlich, aber distanziert.

Seufzend laufe ich die letzten Stufen nach unten und bin überrascht, dass Prinz Gardo bereits um die Ecke tritt.

»Ich hoffe, ich habe Euch nicht erschreckt.«

Er sieht unerwartet gut aus und ist sogar ein kleines Stück größer als Melim. Sein schwarzes Haar liegt ordentlich, seine schwarzbraunen Augen sind hübsch, sein Lächeln ist echt.

»Nein, ganz und gar nicht. Wollen wir?«

»Gerne!« Gut zu wissen, dass er wirklich gerne hier ist, denke ich, als ich neben ihm zur Bibliothek gehe. Wie schon gestern, ist das Gespräch bis dahin eher verhalten, aber ab und an folgen kleine Seitenblicke, wir versuchen uns gegenseitig zu mustern.

»Wenn ich Euch fragen würde, ob wir auf die Förmlichkeiten verzichten könnten, würdet Ihr das als unangemessen bezeichnen?«

»Ich bin froh, dass Ihr fragt«, sagt er erleichtert.

»Aber ich habe noch gar nicht gefragt«, sage ich und wackele mit den Augenbrauen, woraufhin wir beide lachen müssen.

»Dann frage ich: Wäre es Euch recht?«

»Sehr sogar! Nenn mich einfach Lynn.«

»Und du mich Gardo.«

Freudig hält er mir die Tür zur Bibliothek auf und ist genauso höflich wie Prinz Melim, den ich immer noch mit Prinz ansprechen muss. Allerdings wirkt Gardo gleich zu Beginn wesentlich entspannter. Nicht nur, weil er auf dieses Ihr und Euch verzichtet, sondern weil er nicht so sehr auf seine Haltung achtet, dass es anstrengend aussieht. Es wundert mich, dass er jetzt so umgänglich ist, wo er beim Essen lediglich seinen Teller faszinierend fand.

Wir setzen uns hin. Heute brennen wieder die Kerzen auf den Kronleuchtern und dieses Mal ist der Raum wesentlich wärmer.

»Also, da sind wir«, sage ich gedehnt.

»Das stimmt.«

»Ehrlich gesagt weiß ich nicht so recht, wie das normalerweise funktioniert. Vorgestern haben wir mehr oder weniger ein Quiz veranstaltet und uns gegenseitig bis zum bitteren Ende mit Fragen gelöchert.«

»Oh, also, ich dachte eher, wir führen ein lockeres Gespräch?«, sagt er überrascht.

»Zu viele Fragen sind dir unangenehm?«

»Ja.« Er verzieht leicht das Gesicht.

»Weil du nicht lügen kannst?«, frage ich frech.

»Genau deshalb.«

»Gerade das macht es so spannend für mich.«

»Das habe ich befürchtet.« Er seufzt und lehnt sich zurück. »Dann leg los.«

»Würdest du gerne mal lügen?«

»Ja«, er grinst mich an. »Wenn man es einfach nicht kann, ist der Gedanke daran sehr verlockend. Wie ist es denn zu lügen?«

»Das kann ich dir nicht beantworten, wirklich. Ich versuche es, aber man sieht es mir sofort an. Ich bin richtig schlecht darin.« Seufzend schüttele ich den Kopf.

»Das ist natürlich blöd. Blöd für dich und ziemlich gut für alle anderen.« Er versucht sich ein Lachen zu verkneifen, wirkt beinahe schadenfroh.

»Lach nur! Aber jetzt bin ich wieder dran mit einer Frage. Was war der unangenehmste Moment, den du wegen deiner Gabe bisher hattest?«

»Einer? Es waren Dutzende. Und immer ging es um die eine Frage: Findest du mich hübsch? Wenn Mädchen mich das fragen und sie einfach nicht mein Typ sind, dann muss ich ihnen das ins Gesicht sagen. Das ist so … unangenehm. Und wenn ich nichts sage, kennen sie die Antwort auch sofort. Man kann nur verlieren.« Er stöhnt auf und schüttelt den Kopf, als erinnere er sich an all die Mädchen, die ihn bereits in Verlegenheit gebracht haben.

»Ich finde, Ehrlichkeit ist eine tolle Eigenschaft und eine wundervolle Gabe.«

»Das finde ich auch. Aber manchmal tut die Wahrheit weh und ich möchte niemanden verletzen.«

»Ich weiß, was du meinst.«

»Aber solche Themen sind doch etwas zu ernst, oder?«

»Vielleicht. Aber mir fallen wenige Themen ein, die nicht ernst oder erzwungen sind in unserer Situation.«

»Nein, mir geht es genauso«, sagt er.

»Wusstest du, dass Wetten auf euch abgeschlossen werden?«

»Ich würde gern nein sagen, aber …«

»… das wäre eine Lüge.« Wir grinsen uns an. »Weißt du etwas darüber?«

»Du willst wissen, wer von uns vorne liegt? Möchtest du denn gar nicht eine unvoreingenommene Meinung haben?«

»Keine Sorge, meine Meinung bleibt mir erhalten.«

»Laut Wettstand liege ich auf Platz zwei, aber nur, weil Prinz Melim und Prinz Alain sich um den ersten Platz streiten, sie liegen gleichauf.«

»Ich frage mich, nach welchen Kriterien sie das entscheiden.« Nachdenklich lege ich einen Finger ans Kinn.

»Alter, Aussehen, Gabe, Weisheit, Charme. Ich denke, das waren die Wichtigsten«, zählt Gardo auf.

»Und Prinz Melim liegt vor dir?«

»Wundert dich das?«

»Ich bin nur neugierig«, scherze ich und pruste los, weil Gardo ziemlich übertrieben mit den Augenbrauen wackelt.

»Sag, willst du das hier wirklich?«

Ich sehe ihn überrascht an. Die Frage kommt völlig unerwartet und er ist so ernst, dass ich für den Moment völlig perplex bin.

»Wieso fragst du mich das?«

»Weil es mich wirklich interessiert.«

»Gibt es denn mehr als eine Antwort darauf?«

»Durchaus. Die Frage ist nur, wie die deine lautet.«

»Nein«, flüstere ich. »Nein, ich will das hier nicht. Nicht wirklich. Und gleichzeitig schon, weil es meinen Eltern eine Freude macht, weil es Brauch ist und allen zugutekommt. Aber mir bedeutet es nichts, weil …«

»Weil du es nicht kennst. Menua ist dir noch zu fremd.«

Ich nicke nur.

»Das ist vollkommen in Ordnung, wirklich. Und ich danke dir für die ehrliche Antwort.«

»Was ist mit dir?«

»Du meinst, ob ich das hier möchte? Nein. Mir geht es ähnlich wie dir.«

»Aber mein Grund kann unmöglich auch deiner sein. Du bist auf dem Pluto aufgewachsen, mit all seinen Bräuchen und Regeln. Du kennst das alles und dennoch …« Ich stutze, als sich sein Gesichtsausdruck verändert, sogar seine Körperhaltung, und plötzlich dämmert es mir. »Wie heißt sie?«

»Wen meinst du?« Gardo presst die Lippen etwas fester zusammen und versucht zu verbissen, entspannt auszusehen.

»Na, das Mädchen, das du magst. Wie heißt sie?«

»Ist es so offensichtlich?«

»Zumindest habe ich es bemerkt. Also?«

Er holt tief Luft und fährt sich durch die Haare, zerstört das perfekte Bild des Prinzen und wirkt plötzlich traurig.

»Sie heißt Sahir. Sie ist die Tochter unserer Köchin – und somit absolut tabu für mich. Sie ist mit mir aufgewachsen, zumindest tollten wir als kleine Kinder oft zusammen im Palast herum, während ihre Mutter arbeitete. Wir haben uns später heimlich getroffen und dann … dann kam der Brief. Jetzt bin ich hier und – es tut mir leid, es ist unhöflich und unverzeihlich, von einer anderen Frau zu sprechen, während wir …«

Aber ich unterbreche ihn. »Alles ist gut, ich habe dich danach gefragt. Mir tut es leid.«

Nach einer kurzen Zeit der Stille stelle ich die Frage, die mir so auf dem Herzen brennt. »Wenn ich dich nicht wähle und du nach Hause kannst, darfst du dann mit ihr zusammen sein?«

»Ich weiß es nicht.«

Ich mag Gardo. Er wäre ein guter Freund. Aber würde ich ihn lieben können? Ich weiß, dass es darum nicht geht. Auch wenn mir mein Herz auf einmal wehtut, auf fremde Art, und sich eine Schwere über mich legt, die mich beinahe erdrückt.

»Wie heißt er?«

Ich blinzele, weil ich so in Gedanken versunken war. »Wer?«

»Der Junge, den du magst«, sagt er zaghaft lächelnd.

Und in diesem Moment begreife ich, was ich alles verliere. Was ich bereits verloren habe.

Mich selbst. Meine Freiheit. Mein Herz.

Kapitel 23

Sie lebt. Sie lebt und sie macht damit alles kaputt, wofür ich gearbeitet habe.

Sie sollte bereits aus nicht mehr bestehen als Sternenstaub, aber ich bin selbst schuld. Ich habe anderen vertraut. Darauf, dass sie ihre Sache gut machen, dass sie Befehle ausführen. Dieser Fehler wird mir nicht wieder passieren.

Kapitel 24

Manchmal versuchen wir es,
immer und immer wieder,
bis es nicht mehr geht,
auch wenn wir von Anfang an wissen,
dass es sinnlos ist.

Juri

Wenn ich noch eine Sitzung ertragen muss, in der die Hauptmänner wie kleine Kinder jammern und Malik sie deswegen anschreit, muss ich mich übergeben.

Malik leitet die Suche nach den Verbrechern, König Artas kümmert sich momentan lieber um seine Familie und natürlich darum, dass die Wahl der Prinzen reibungslos verläuft.

»Du bist gereizt. Du solltest dich beruhigen«, sagt Kira, als sie sich neben mich aufs Bett legt.

»Mir geht es gut.«

»Du Lügner!« Sie schmiegt sich liebevoll an mich. »Du wusstest von Anfang an, dass es so kommt.«

»Willst du mir bitte verraten, wovon du redest?«

»Von dem Grund deiner schlechten Laune.«

»Also hätte ich mich von Anfang an darauf vorbereiten müssen, dass die Hauptmänner besser jammern können als die kleinsten Sternenkinder? Es war demnach von Anfang an ihr Ziel, mich in den Wahnsinn zu treiben? Ich bin erstaunt.«

»Du bist ein Idiot. Du weißt ganz genau, dass ich davon nicht rede. Und weißt du was? Dann sei weiter schlecht gelaunt, es ist mir gleich.«

»Dann verstehe ich den Sinn dieser Unterhaltung nicht! Lass mich schlafen, Kira, der Tag war die Hölle.«

»Du kannst nicht dein ganzes Leben lang mürrisch sein, genervt und gereizt. Du wusstest, dass es so kommt und hast nicht auf mich gehört!«

Ich setze mich aufrecht hin und starre sie wütend an. Genau das bin ich jetzt nämlich: stinkwütend!

»Okay und denkst du wirklich, es hätte irgendetwas geändert, wenn ich mich besser vorbereitet hätte? Denkst du tatsächlich, ich sage mir nicht schon selbst die ganze Zeit, dass ich aufhören muss, an sie zu denken? Verflucht, Kira, denkst du nicht, dass ich es versuche?«

»Es tut mir leid. So leid. Es ist, wie es ist … Aber Lynn wird dich brauchen. Das wird sie immer tun. Deshalb reiß dich zusammen!«

»Ich werde auch immer für sie da sein«, meckere ich Kira an.

»Das wirst du. Und es wird euch beiden das Herz brechen.«

Kapitel 25

… dann läuft alles aus dem Ruder,
du weißt nicht mehr,
was du tun sollst und die Panik
streckt ihre kleinen giftigen Finger nach dir aus.

Lynn

»Hey, du bist schon vom Abendessen mit Prinz Gardo zurück?« Tia springt zu mir aufs Bett, wo ich im Pyjama bereits auf sie gewartet habe.

»Wir haben doppelt so lange zusammengesessen wie Prinz Melim und ich. Es hat sehr viel Spaß gemacht, wirklich! Auch wenn es am Ende eher ernstere Themen wurden. Ich fühle mich wohl bei ihm.«

»Aha, also kommt Prinz Gardo momentan am ehesten infrage?« Tia wackelt mit ihren kleinen buschigen Augenbrauen.

»Gardo reicht! Wir verzichten auf diese Förmlichkeiten.« Ich hole tief Luft. »Ich weiß es nicht, Tia.«

»Wieso das?«

»Er ist verliebt. In ein Mädchen auf seinem Planeten und ich will, dass er die Chance bekommt, mit ihr glücklich zu werden.«

Gedankenverloren starre ich auf das Blatt Papier, das auf meinem Schoß liegt.

»Aber auch dann, wenn es dich unglücklich macht?«

Ich sehe Tia liebevoll an, streiche ihr über das Fell und kraule sie hinter den Ohren. »Vielleicht geht es nicht mehr darum, nicht unglücklich zu werden, sondern nur darum, es nicht zu sehr zu sein.«

»Was ist los, Lynn?« Skeptisch sieht Tia mich an. »Wieso sagst du so traurige Sachen?«

»Es ist schon gut. Mach dir keine Sorgen. Schau lieber mal, was ich hier habe.« Ich halte ihr den Zettel vor die Nase.

»Du hast eine Liste erstellt?«, sagt sie ehrfürchtig.

»Je eine pro Prinz, und zwar mit allen guten und allen weniger guten Eigenschaften. Damit ich die Übersicht behalte.«

»Ich bin gespannt, was du zu Prinz Alain sagst. Glaub mir, ich wäre so gerne dabei. Dich allein mit ihnen zu lassen, macht mich ganz nervös.«

»Am Anfang war ich auch nervös. Ich denke, Prinz Melim hatte es am schwersten. Jetzt weiß ich, wie alles abläuft und bin entspannt.« Doch eigentlich will ich nur, dass es vorbei ist.

»Sag, warst du bei Kira?«

»Nein, ich war in der Küche.«

»Ah, du hast dir wieder etwas zu essen stibitzt, gib es zu!«

»Ich hatte so großen Hunger!« Sie reibt sich über ihren Bauch und sieht mich mit großen Augen an. Laut lachend stupse ich sie an.

»Du hast immer Hunger!« Ich strecke mich und plötzlich muss ich gähnen. »Wollen wir schlafen gehen? Es ist schon spät und morgen wird es wieder anstrengend. Wenigstens darf ich flache Schuhe tragen. Sonst wäre ich größer als die Prinzen.« Vielsagend blicke ich Tia an, die hinter vorgehaltener Pfote kichert. Sie krabbelt schon in Richtung Kopfkissen, dahin, wo sie immer schläft, aber ich halte sie auf.

»Warte! Lass uns heute unter den Sternen schlafen.« Lächelnd schnappe ich mir die Decke, die zwei großen Kissen und schleife sie zu unserem Platz am Fenster, während Tia mir auf leisen Pfoten folgt. »Wir sehen sie uns jeden Tag an, so oft wir können. Heute möchte ich hierbleiben und bevor ich einschlafe, noch einen Blick in den Sternenhimmel werfen.« Und auf die Erde.

Nachdem ich die Kerzen im Zimmer gelöscht habe, breite ich die Decke aus, lege mich darauf und schiebe die Kissen so zurecht, dass wir es bequem haben. Tia kuschelt sich zu mir und ich wickele den Rest der Decke um uns. Meine Stirn lehnt am Fenster, ich schaue hinaus. Irgendwann wird Tias Atem ruhiger und gleichmäßiger, zwischendurch schnarcht sie ganz leise.

Ich schlucke schwer und denke an all die Momente meines Lebens, die nun vorbei sind, an alle, die noch kommen. Ich denke an die alte Lynn und die neue Mondprinzessin, an mich.

Ich denke an Anna und Ellie, daran, ob sie mich wohl vermissen, zumindest ein wenig. An Jim und all die Momente, die ich auf dem Dach des Heims verbrachte und von dort hinauf zu den Sternen sah.

Als ich mir nichts sehnlicher wünschte, als woanders zu sein. Frei und glücklich.

»Lynn? Lynn! Du musst aufwachen!« Tia rüttelt an mir und ich kann nur mit Mühe meine Augen öffnen. Es ist noch dunkel im Zimmer.

»Es ist mitten in der Nacht, lass mich bitte schlafen!«

»Wehe, du schläfst wieder ein! Hörst du mich? Es ist nicht Nacht, es ist nur dunkel. Das ist es aber auch die nächsten Tage. Lynn!« Mit ihrer kleinen Waschbärenpfote schlägt sie mir ins Gesicht. »Du hast verschlafen! Du musst gleich zu Prinz Alain!«

Ein zweites Mal öffne ich die Augen, drehe mich zu Tia und will ihr sagen, dass ich erst sehr spät eingeschlafen bin. Ich kann nicht aufstehen, es ist dunkel und – irgendetwas fühlt sich falsch an. Ich kann nicht sagen was, aber ein komisches Gefühl überkommt mich und ich setze mich auf. Worte wie *Verschlafen* und *Date* dringen in mein Gehirn, was dafür sorgt, dass ich plötzlich hellwach bin und lauthals fluche.

»Warum hast du mich nicht geweckt?« Verzweifelt wühle ich mir einen Weg aus dem Deckenchaos und sprinte ins Bad.

»Was denkst du, was ich hier seit Ewigkeiten versuche? Du schläfst wie ein Stein!«, höre ich Tia hinter mir schreien.

»Tia, renn nach unten, gib Bescheid, dass ich direkt zur Bibliothek komme!«

»Das erspart dir aber keine Zeit.«

»Nein, aber einen weiteren unangenehmen Gang dahin!«

Währenddessen zünde ich die Kerzen im Bad an, springe unter die kalte Dusche, versuche Haare und Körper gleichzeitig zu waschen und irgendwie wach zu werden. Ich habe keine Zeit für Shampoo, also schmiere ich mir meine Duschcreme, die irgendwie nach Lavendel riecht, auch in die Haare. Anschließend rutsche ich beinahe aus, weil ich es so eilig habe, wieder aus der Dusche zu kommen. Mit dem Handtuch renne ich zurück ins Zimmer, zünde nur die nötigsten Kerzen am, damit ich sehe, welches Kleid ich anziehe, und stelle einen neuen Rekord auf. Ab da dauert es keine Minute, bis ich mit den Händen in der Hüfte und leicht nach vorne gebeugt fertig vor dem Schrank stehe. Keuchend – und mich selbst bemitleidend. Jetzt muss ich meine Haare irgendwie trocken kriegen und bändigen. Dabei hätte ich gerade viel lieber einfach nur ein Eis oder Schokolade, die ich im Bett frühstücken könnte. Mein inneres Kind erwacht, während ich meinen Körper Richtung Bad scheuche, dort die fette Bürste durch mein Haar zerre und es schließlich noch halb nass zu einem doch ganz ansehnlichen Zopf flechte, der mir über die Schulter hängt. Geschafft! Ich atme tief ein, werfe einen kurzen Blick in den Spiegel und entscheide mich dafür, kein Make-up zu benutzen. Ich bin zwar blass, aber das bin ich auch mit Puder.

Heute ist mein Kleid knöchellang und schwarz. Ohne irgendwelchen Schnickschnack. Das mag ich.

Auf zu Prinz Nummer drei!

Eilig renne ich hinunter, durch die Gänge des Ostflügels ins Foyer und in die Gänge des Westflügels. Völlig außer Atem bleibe ich vor der Bibliothekstür stehen und nehme mir eine Minute, um zur Ruhe zu kommen.

»Lasst die Spiele beginnen«, keuche ich theatralisch und öffne die Tür. In dem Moment setzt Alain sein bestes Lächeln auf und erhebt sich aus dem Sessel.

»Entschuldigt bitte die Verspätung! Ich hoffe, Ihr musstet nicht zu lange warten.«

»Aber nein.« Er winkt ab. »Kein Warten ist zu lang, wenn es um die Mondprinzessin geht.«

Nicht mal ansatzweise kann ich beschreiben, wie schwer es mir fällt, nicht komisch zu gucken und stattdessen schön brav zu lächeln. Dieser Satz klang so gestellt, dass ich gar nichts zu erwidern weiß.

Wir nehmen Platz und das Erste, das Alain tut, ist, seinen Sessel ganz nah an meinen zu schieben – und meine Hand zu nehmen. Ich bin so perplex, dass ich komisch vor mich hin stottere und verzweifelt versuche, herauszufinden, was er da genau vorhat.

Seine Hand ist warm und irgendwie klebrig. Vor allem fühlt sie sich an wie eine Mädchenhand, klein und schmächtig. Je länger ich in seine eisblauen Augen blicke und mir dieses eingeübte hübsche

Lächeln ansehe, umso mulmiger wird mir. Er wirkt nicht wie der Prinz, in dessen Gegenwart ich mich beim Essen wohlgefühlt und mit dem ich mich unterhalten habe.

»Es ist mir eine Ehre, Euch kennenzulernen. Ihr seid wirklich ein zauberhaftes Ding.«

Meine Güte! Er ist so alt wie ich. Wer redet so? Und immer wieder streicht er sich selbst sein blondes Haar aus dem Gesicht hinters Ohr. An wen erinnert er mich nur? Ich lege den Kopf schräg und denke angestrengt nach … leicht feminin, selbstbewusst, aber vor allem selbstverliebt. Narziss!

»Ja«, sage ich gedehnt und versuche meine Hand zu befreien, aber er drückt nur fester zu und legt die andere auch noch darüber. Sein Lächeln scheint festgefroren zu sein.

»Es ist wirklich schön, Euch kennenzulernen. Äh, also, habt Ihr irgendeine Frage?«

Wenn ich eine stellen würde, wäre es die, ob ich gehen darf. Weder bei Prinz Melim noch bei Gardo habe ich mich so unwohl gefühlt wie in diesem Moment.

Er beugt sich nach vorne, kommt mir immer näher, während ich gezwungen lache und mich weiter nach hinten lehne.

»Diese Distanz muss doch nicht sein, ich finde, wir können uns richtig kennenlernen. Ihr könnt mir vertrauen.«

Irgendwie riecht es hier komisch. Nach einem ganzen Blumenbeet. Die letzten Tage hat es nie nach Blumen gerochen. Irritiert sehe ich mich um, ignoriere Prinz Narziss und suche Blumensträuße. Dabei hat Malik gesagt, es gäbe keine Pflanzen auf dem Mond.

»Was sagt Ihr dazu? Es ist doch viel angenehmer, wenn man nicht so weit voneinander entfernt sitzt und den Gegenüber ein wenig … erkunden kann.«

Ich sehe ihm in die Augen und fühle mich irgendwie anders. Leicht und sorgenfrei. Mir ist ganz warm und er wirkt eigentlich sehr nett. Er hebt plötzlich seine Hand und steuert damit auf meine Wange zu, ich bemerke, dass ich sein Lächeln erwidere und dann … Es fühlt sich falsch an. Ich blinzele ganz hektisch und versuche mich an etwas zu erinnern. Es ist … ach verdammt! Dann springe ich auf, reiße mich los und entferne mich rückwärts Schritt für Schritt von dem Prinzen, dessen Lächeln nun nicht mehr ganz so breit ist wie zuvor und der sich ebenfalls erhebt.

»Ist alles in Ordnung? Ihr seht blass aus.«

»Oh, mir würde es viel besser gehen, wenn Ihr mir nicht zu nahe kommt und Eure Liebesdrüsen wieder verschließt!«

»Du bist hübsch, klug und rebellisch. Das macht es nur reizvoller.«

In mir brodelt es. Ich bin wütend! Ich will die Tür öffnen und gehen, dieser ganze Blödsinn hat jetzt ein Ende. Aber Alain ist so schnell bei mir und stemmt seine Hand gegen die Tür, dass ich nicht wegkomme. Sein Körper drückt meinen dagegen und ich bekomme Panik. Alle Möglichkeiten, ihn loszuwerden, ihn zu schlagen und zu demütigen, ziehen durch meinen Kopf, aber ich kann mich nicht bewegen. Er kommt mit dem Kopf immer näher, seine Lippen sind mir so nah. Es riecht schon wieder nach Blumen.

»Entspannt Euch! Wir haben einfach eine schöne Zeit.«

»Nein!«, schreie ich und schließe die Augen. Ich fange an, auf seinen Oberkörper einzuschlagen.

»Lynn, hör auf! Lynn, verflucht!« Ich öffne die Augen und stehe schwer atmend und aufgelöst vor Juri, der meine Hände mit seinen umfängt und mich ratlos ansieht. Die Bibliothek ist verschwunden, mit ihr der Duft nach Blumen.

»Was … Ich meine, ich …« Ich sehe mich um, da steht ein Schrank, ein Bett, eine Kommode. Das Fenster ist klein, aber es zeigt den Sternenhimmel in voller Pracht. Juri steht da, er trägt nur eine Hose. Sein muskulöser Körper ragt vor mir auf. Ich blicke in seine Augen, mit denen er mich sorgenvoll ansieht.

»Wieso hast du nichts an?« Ich glaube, ich habe einen Schock.

»Ich wollte mich gerade umziehen für meinen Dienst. Jetzt sag mir, verflucht noch mal, warum du dich in mein Zimmer teleportierst und wie wild auf mich einschlägst. Was ist passiert?«

Erst jetzt sehe ich Kira, die neben uns sitzt und mich ebenso besorgt mustert. Sie legt ihren Kopf schief, ihr Ohr zuckt leicht.

»Ich weiß es nicht«, flüstere ich.

»Du zitterst ja.« Er schiebt mich vorsichtig zu seinem Bett und setzt sich mit mir hin, legt seinen Arm um meine Schulter, um mich zu wärmen. »Lynn?«

Ich lächle ihn zaghaft an.

»Ich … es ist schon okay. Es tut mir leid, dass ich dich belästigt habe.«

Juri hindert mich am Aufstehen. »Auf keinen Fall gehst du jetzt. Du sagst mir nicht die Wahrheit. Was …« Dann stockt er und ich sehe, dass ein Muskel in seiner Wange zuckt. »Wo ist er?«

Ich antworte nicht. Stattdessen senke ich den Blick. Weniger wegen dem, was Alain getan oder versucht hat, sondern mehr wegen dem, was ich nicht tat. Ich schäme mich! Wie ein kleines, hilfloses Mädchen stand ich bei ihm.

Juri schiebt seine Hand vorsichtig unter mein Kinn und hebt es an. »Sieh mich an. Bitte!« Als er meine Tränen sieht, folgt ein Fluch auf den anderen, unterstützt durch Kiras lautes Knurren.

»Ich wollte mich nicht teleportieren. Es ist einfach passiert. Ich schäme mich! Anstatt ihn zu verprügeln, stand ich einfach da und bin geflohen. Aber … ich konnte mich kaum rühren und dann … er ließ mich nicht raus, er hat seine Gabe eingesetzt, ich hab es gespürt und gerochen! Er hat mich festgehalten und wollte mich küssen.« Die letzten Worte flüstere ich. Ich kann sehen, dass Juri vor Zorn bebt.

»Du musst dich wegen nichts schämen. Wegen gar nichts, hast du verstanden?«

Ich nicke zaghaft.

»Und jetzt: Sag mir, wo ich ihn finde. Ist er noch in der Bibliothek?«

»Ich weiß es nicht.«

»Kira, pass auf sie auf.« Juri streicht meine Tränen weg, dann steht er auf und zieht sich ein T-Shirt über.

Seine Muskeln sind angespannt, er beißt die ganze Zeit die Zähne zusammen. So wütend … er ist so unfassbar wütend und ich befürchte, es war falsch, hierherzukommen.

»Bitte, lass ihn einfach. Sag meinen Eltern nur, dass ich nicht mit ihm essen werde. Das schaffe ich nicht! Bitte, tu nichts«, flehe ich.

»Tu jetzt nichts Unüberlegtes«, sagt Kira eindringlich, aber so wie es aussieht, hört er nicht auf uns. Er verschwindet einfach, den Blick fest auf mich gerichtet, als er sich teleportiert.

Kapitel 26

Wer bestimmt, was richtig und was falsch ist?
Wie kann sich etwas angeblich Falsches
so verdammt richtig anfühlen?

Juri

In mir brodelt es. Wenn ich ihn finde, dann … kann ich nichts tun. Ich darf meine Stellung nicht gefährden, wenn ich weiter bei Lynn bleiben möchte. Aber wenn Artas und Ria erfahren, was dieser Scheißkerl versucht hat, verzeihen sie mir womöglich.

Ich will ihm jeden einzelnen Knochen in seinem Leib brechen!

Ich lande in der Bibliothek und tatsächlich, er ist da. Lächelnd steht er mitten im Raum und starrt in die Luft.

»Ah, wie nett. Etwas Gesellschaft.«

»Alain, nicht wahr? Wie es aussieht, wollte Lynn nicht mehr hierbleiben. Also, warum bist du noch hier?«

»Ich dachte, vielleicht sollte ich etwas warten. Man weiß ja nie. Vielleicht wäre sie wiedergekommen und außerdem habe ich sonst heute keinen Zeitvertreib.« Das bringt das Fass zum Überlaufen, ich kann mich nicht mehr zurückhalten. Sein widerliches Grinsen, sein schmächtiger Körper und der Gedanke daran, dass er Lynn zu nahe kam, benebelt meine Sinne. Voller Wut stürme ich auf ihn zu, packe ihn am Kragen, hebe ihn hoch und schmeiße ihn einfach an eines der Buchregale. Das Krachen, das auf seinen Aufprall folgt, lässt mich grinsen. Das und sein schmerzverzerrtes Gesicht beim Aufprall auf den Boden. Bisher dürfte er maximal ein paar blaue Flecken bekommen haben. Lange nicht genug.

Entschlossen gehe ich auf ihn zu.

»Was soll das?«

»Genau das Gleiche könnte ich dich fragen.«

Er steht mit wackeligen Beinen auf und dann sehe ich die Erkenntnis in seinen Augen aufblitzen. Er weiß, worum es geht.

»Ah, das kleine Prinzesschen hat also einen Lover. Das hätte ich ihr gar nicht zugetraut.«

Ich schlage ihm ins Gesicht. Ich halte ihn fest und schlage ihn mit der Faust, immer wieder, einmal, zweimal, dreimal. Blut spritzt aus seiner

Nase. Ich glaube sie brechen zu spüren. Alain beginnt zu husten und zu würgen, stöhnt vor Schmerz auf, aber in mir tobt noch immer ein Sturm. Wenn ich jetzt nicht aufhöre …

Ich lasse ihn ruckartig los, sodass er auf die Knie sackt. Er hustet immer mehr, spuckt Blut auf den hellen Boden und versucht sich an einem Lachen.

»Du hast keine Ahnung, was du da gerade getan hast.«

»Komm Lynn nie wieder zu nah, oder du wirst dein Gesicht in keinem Spiegel dieses Universums je wiedererkennen.«

Kapitel 27

Manche Dinge müssen nicht ausgesprochen werden,
denn man versteht sie auch so.
Unausgesprochene Worte hängen still in der Luft –
und die Stille kann so viel lauter sein
als der Sturm …

Lynn

»Warum kommt er nicht wieder?« Zitternd sitze ich in Juris Zimmer auf dem Bett, mit Kira zu meinen Füßen.

»Ich hoffe, weil er mit deinen Eltern spricht.«

»Er wird ihm nichts tun, oder?«

»Wir sollten eher hoffen, dass er ihn am Leben lässt. Das würde uns einige Probleme ersparen. Wenn es ein Küchenjunge wäre! Aber er ist ein Prinz, egal, wie unedel er sein mag. Und egal, wie ungerecht es ist.«

Energisch stehe ich auf. »Ich muss ihn suchen. Ich halte das nicht mehr aus!«

»Du solltest …«

»Bitte sag nicht, dass ich mich beruhigen soll!«

Im nächsten Moment flimmert kurz die Luft und Juri erscheint vor mir. Ohne eine Regung im Gesicht, aber ich sehe in seinen Augen, wie aufgewühlt er ist. An seinem Shirt entdecke ich Blut, ebenso an seiner rechten Hand.

Ich renne auf ihn zu, umarme ihn.

»Was hast du nur getan!« Es soll *Danke* heißen! Es soll heißen: *Wieso bringst du dich wegen mir so in Schwierigkeiten?* »Ich hoffe, er hat Schmerzen«, bringe ich erstickt hervor, während ich mein Gesicht enger an seinen Hals drücke und seinen Duft einatme.

»Das hoffe ich auch.« Er nimmt mich in den Arm, ich höre, dass er seufzt.

Eine Ewigkeit lang kommt es mir vor, als würden wir einfach nur dastehen und uns im Arm halten. Und ich hätte es eine weitere Ewigkeit getan, wenn Kira nicht wäre.

»Wie schlimm ist es?«, fragt sie.

»Für mich oder für ihn?«

»Das ist nicht witzig!«, knurrt sie ihn an.

»Er hat eine gebrochene Nase, vielleicht auch einen Zahn weniger, wenn ich Glück habe. Einige Hämatome …«

»Und was ist mit dir?«, frage ich noch vor Kira und blicke ihm sorgenvoll in die Augen.

»Ich werde zu deinen Eltern gehen und ihnen alles erklären. Vorher werde ich mit Malik sprechen.«

»Ich will dabei sein.«

»Du kommst mit, egal, was ich sage, oder?«

»Ja. Du hast nichts Falsches getan.«

»Doch, jede Menge sogar. Aber nichts davon bereue ich.« Langsam scheint er sich zu beruhigen, ich kann spüren, dass er sich entspannt, seine Haltung lockerer wird und auch seine Gesichtszüge. Ein Lächeln zupft an seinen Lippen.

»Und jetzt?«, fragt Kira, die sich sichtlich Sorgen macht.

Juri löst sich wortlos von mir, zieht sein Shirt über den Kopf und greift sich ein frisches, das er sich überzieht.

»Jetzt gehst du zu Malik und sagst ihm, dass ich die Schicht nicht antreten kann. Ich bringe Lynn auf ihr Zimmer.« Er zieht mich fest an sich und schon verschwimmt sein Zimmer vor meinen Augen, noch bevor Kira protestieren kann.

In meinem ist es dunkel, die Kerzen, die vorhin noch leuchteten, sind heruntergebrannt.

»Lynn?«

»Hey, Tia.« Ich löse mich von Juri und nehme sie in den Arm. Es tut gut. So gut, dass ich wieder den Tränen nahe bin.

»Was ist los? Ist alles okay?«

»Nein. Ich … also das Date ist nicht so gut gelaufen.«

»Er hat Lynn bedrängt«, bringt Juri gerade so heraus.

Tias kleiner Mund ist zu einem O geformt, ich kann es sehen, obwohl nur wenig Licht von draußen hereinfällt. Die Reflexion der Erde und das Licht der Sterne bieten genug, um Schemen erkennen zu können.

»Lass uns morgen darüber reden. Mir fehlt nichts, okay?«

Sie kuschelt sich fest an mich.

»Würdest uns allein lassen, Tia?« Sie nickt ihm zu, springt von meinem Arm und verlässt das Zimmer. Es erscheint mir nicht richtig, dass sie gehen muss.

»Sie wird bestimmt zu Kira gehen. Komm mit.« Juri geht zum Bett, legt sich so hin, dass er sich mit dem Rücken am Kopfende anlehnen kann. Ich höre, wie er neben sich auf die Matratze klopft und ich lege mich zu ihm, kuschele mich an seine Brust.

»Es ist mitten am Tag, wir können nicht schlafen. Und vielleicht sollten wir zu meinen Eltern gehen, ihnen alles sagen.«

»Mitten am Tag und dennoch dunkel. Und ja, du hast recht. Aber zuerst kümmere ich mich um dich.«

»Danke, dass du hier bist. Danke … für alles.« Sein Herz schlägt kräftig und gleichmäßig unter meinem Ohr, ich kann es klar und deutlich hören. Ich schlinge meinen Arm um ihn und genieße den Gedanken daran, dass bald alles etwas besser sein wird.

»Malik wird mir die Hölle heiß machen und er wird nur etwas von mir übrig lassen, damit deine Eltern auch noch etwas zum Zerfleischen haben.« Sein Oberkörper bebt leicht durch sein kurzes Lachen.

»Mit meinen Eltern rede ich. Und sie werden hoffentlich verstehen, dass ich unter keinen Umständen morgen mit diesem Prinzen zu Abend esse oder auf dem Ball mit ihm tanze. Ich will ihn nie wiedersehen.«

»Das will ich hoffen. Ich kann ihn nicht noch mal verprügeln, auch wenn ich nichts lieber täte.« Nach einer kurzen Pause redet Juri leise weiter: »Bleiben also Prinz Melim und Prinz Gardo.«

»Ja. Die zwei bleiben wohl.« Mehr kann ich nicht sagen und ich möchte auch nicht an die beiden denken oder daran, dass einer von ihnen mein Mann werden soll. Denn wenn ich es tue, erkenne ich mich kaum wieder. Dann bin ich nicht die Lynn mit den frechen Sprüchen und einem Langstock, sondern die Lynn, die kaum atmen kann, deren Angst ihr die Kehle zuschnürt und deren Verzweiflung sie nicht loslässt.

»Erzähl mir etwas von dir. Irgendetwas.« Ich möchte nicht denken. Nicht an das, was war und nicht an das, was kommt. Ich will nur hier liegen und für einen Moment das Mädchen sein, das ich gerne wäre. Frei.

»Ich glaube nicht, dass es da viel gibt.«

»Wo bist du aufgewachsen? Wie bist du Mondkrieger geworden? Wo sind deine Eltern? Magst du die Tag- oder Nachtphasen lieber?«

»Das sind viele Fragen.«

»Wenn dir nichts einfällt, was du mir über dich erzählen kannst, muss ich eben fragen.«

»Die Antworten sind wirklich nicht spannend. Ich bin hier auf Menua aufgewachsen, etwas weiter weg vom Palast, in einer einfachen Gegend. Eines Tages habe ich mich zum Training im Palast eingeschrieben, nach der Grundausbildung auf der Schule. Seitdem bin ich Mondkrieger.«

»Wenn du nicht darüber reden möchtest, ist das okay«, sage ich leise. Es war nicht zu überhören, dass er meinen Fragen ausgewichen ist, sie mehr als nur vage beantwortet hat. Es ist die Art, wie er darüber redet, schnell und distanziert. Als würde er über jemand Fremden sprechen.

»Das, was ich sagte, stimmt.« Er seufzt. »Meine Eltern leben nicht mehr. Als ich klein war, gab es vereinzelt Unruhen auf Menua. Manche Menschen waren unzufrieden und fingen an zu rebellieren, zu plündern und zu rauben. Eines Tages kamen sie zu uns. Sie haben unsere Vorräte mitgenommen und meine Eltern ermordet. Ich habe es beobachtet und ich konnte nichts tun. Deshalb bin ich hier. Ich wollte dieses Gefühl nie wieder erleben. Ich wollte für mehr Sicherheit sorgen und mich verteidigen können. Ich war zwölf, als ich mit dem Training begann. Malik war es, der mich durchboxte, obwohl man eigentlich erst mit vierzehn beginnen konnte.«

»Es tut mir leid, dass du sie verloren hast.«

»Mir auch.« Eine kurze Pause entsteht. »Wie ist es mit dir? Wie fühlt es sich an, plötzlich Eltern zu haben?« Er reibt mit seiner Hand langsam über meinen Rücken und gibt mir einen Kuss auf den Scheitel. Kurz erstarre ich, weil mich diese Geste so überrumpelt – und weil sich das alles hier so gut anfühlt.

»Unbeschreiblich. Wer erwartet denn so was? Ich kannte nichts anderes als das Heim, nie! Und jetzt habe ich plötzlich eine Familie. Eine, die mich wirklich bei sich haben möchte. Es ist verrückt und ich sage mir jeden Tag wieder, dass es kein Traum ist.«

»Tia und du, ihr habt einen Schwung Spannung in den Palast gebracht. Malik war nie so gestresst, der König und die Königin nie so fröhlich. Und wenn Tia noch einmal was aus der Küche klaut, kündigt die Köchin!«

Ich lache auf und halte mir sofort die Hand vor den Mund, weil es so laut war. »Es spricht sich also rum, ja?«

»Tia ist nicht besonders diskret. Dafür aber flink!« Nach einem Moment der Stille sage ich das, was ich die ganze Zeit sagen will. »Ich will, dass es vorbei ist. Ich weiß nicht, ob ich das alles kann. Ob ich es durchhalte.«

»In zwei Tagen ist es zu Ende, dann reisen die Prinzen und die Familien ab. Du schlägst dich gut, du schaffst das.«

»Es wird nie vorbei sein. Denn dann werde ich heiraten, wegen eines Brauches, den ich nicht kenne, und eines Bündnisses, das vielleicht auch ohne diese Hochzeit hält.«

»Zu heiraten ist vielleicht nicht …«

Ich unterbreche ihn. »Was? Nicht schlimm?« Ich schnaube. Es geht nicht um die Hochzeit. Darum ging es nie.

»Ja. Vielleicht ist es nicht schlimm«, sagt Juri nachdenklich.

»Wenn man nicht mit dem Herzen entscheiden darf, dann ist es mehr als das«, flüstere ich erstickt.

Kapitel 28

Wenn wir nur tief genug graben
und lange genug suchen,
findet ein jeder von uns in sich die Stärke,
die er braucht.

Lynn

Das Ganze ist ein einziges Desaster.

Im Salon versucht Ria, Artas zu beruhigen, der unruhig auf und ab läuft, darum bemüht, seine Wut als Vater zu zügeln, um als König nicht falsch zu handeln. Ein Seiltanz.

Währenddessen steht Juri neben mir und wird mit seitlichen Blicken von Malik erdolcht. Tia und Kira warten draußen. Tia ist nicht begeistert davon, aber die Wolke aus Emotionen ist schon so riesig genug in diesem Raum und die zusätzliche Anwesenheit meines wütenden Schutzgeistes, der Alain gerne das Gesicht zerkratzen möchte, wäre da eher ungünstig.

Alain sieht wirklich grässlich aus. Kurz habe ich es mir erlaubt und ihn schadenfroh angegrinst. Vielleicht ist das gemein, aber er ist ein selbstverliebter Widerling! Er hat eine dicke, geschwollene Nase und der Bluterguss zieht sich bis zu seinen Augen, die nun lila unterlegt sind. Der Heiler hat sich bereits um den Bruch gekümmert, der Rest muss sich von selbst regenerieren. Seine Lippe war wohl aufgeplatzt, jetzt ist sie nur noch leicht gerötet.

Seine Eltern echauffieren sich schrecklich! Ich beiße mir schon seit Minuten auf die Lippe, um sie nicht anzuschreien. So lange lassen sie sich nämlich schon darüber aus, wie unzumutbar es hier ist und dass das sowieso nur meine Schuld sei. Der Mondkrieger sei eine Gefahr für die Allgemeinheit und schwer gefährlich, er würde das Ansehen von ganz Menua schädigen und solle sofort entlassen werden.

Meine Fingernägel drücke ich so sehr in meine Handinnenflächen, dass es wehtut. Juri hört sich alles nur an, er ist die Ruhe in Person, wie er dasteht, mit starrem Blick und gerader Haltung – zumindest für alle anderen. Ich sehe, dass sein Kieferknochen sich bewegt, sein Muskel immer wieder zuckt.

Gestern war die Welt für einen kurzen Moment in Ordnung. Wir haben geredet, gelacht und trainiert, weil wir uns irgendwie ablenken wollten. Danach sind wir zurück und ich bin erschöpft in Juris Armen eingeschlafen – aber heute Morgen ohne ihn aufgewacht.

»Alain sieht furchtbar aus! Wer weiß, wann die Blessuren verschwunden sein werden, ganz abgesehen von seinem seelischen Schmerz!«, sagt seine Mutter, die Königin der Venus, so aufgebracht, dass ich beinahe die Augen verdrehe.

»Das Ganze ist ein Affront! Eine Frechheit! Ihre Tochter gefährdet alles, wofür wir so hart gearbeitet haben«, fügt Alains Vater in strengem Ton hinzu und zum ersten Mal zucke ich zusammen, weil das Schamgefühl zurückkommt und sich mit meiner Wut vermischt.

Ich habe wirklich alles getan, um es jedem recht zu machen! Meinen Eltern, weil sie mich lieben und ich sie Tag für Tag mehr in mein Herz schließe, weil ich ein Pflichtgefühl habe für diesen Planeten und die anderen. Für all die Verträge, Regeln, Pflichten, Bräuche und Menschen, die ich nicht kenne.

»Ihr unterstellt meiner Tochter, sie würde alles gefährden? Habt Ihr nicht zugehört? Alain hat sie bedrängt!« Die Schlagader meines Vaters pocht mittlerweile bedrohlich an seinem Hals, der im Übrigen ganz rot ist, wahrscheinlich vor Wut.

»Artas, beruhige dich!« Meine Mutter versucht ihn zurückzuhalten.

»Nein, das werde ich nicht tun! Ich verlange eine Entschuldigung!« Er wird nicht laut, aber das muss er auch nicht. Seine normale Stimme klingt erhaben und bestimmt.

Alains Mutter fasst sich theatralisch ans Herz. Alains Vater lacht freudlos auf.

»Das soll ein Scherz sein, nicht wahr?! Er hat nichts getan, außer der Prinzessin zu schmeicheln, und dafür soll er sich entschuldigen? Wahrscheinlich auch noch dafür, dass er geschlagen wurde?«

»Der Mondkrieger hat lediglich seine Aufgabe erfüllt und die Prinzessin verteidigt!«, entgegnet mein Vater, sodass Ria sich die Hand vor den Mund hält und die Augen für einen Moment zukneift. Sie denkt genauso wie er. Das weiß ich. Aber er dürfte es dennoch nicht gutheißen, was Juri getan hat.

»Der Mondkrieger hat seine Aufgabe erfüllt? Ich denke, Euer Mondkrieger steht der Prinzessin näher, als Ihr denkt«, zischt Alain meinem Vater entgegen. Ich atme hörbar ein, mein Herz rast. Mein Blick huscht panisch zwischen ihm und meinen Eltern hin und her.

»Ihr geht zu weit, Prinz Alain. Ihr maßt Euch Dinge an, die Euch nicht zustehen.« Bedrohlich baut sich mein Vater vor ihm auf.

»Eure Hoheit, es wäre vielleicht besser, wenn …«, setzt Malik an, aber mein Vater würgt ihn ab.

»Nichts wäre besser, Malik! Weißt du, was alles hätte passieren können? Stell dir vor, Lynn wäre nicht aus Versehen teleportiert und das, obwohl sie es gar nicht kann! Stell dir vor, sie hätte sich nicht wehren können! Es ist verboten, in dieser Phase die Gabe einzusetzen, um den anderen damit zu schaden oder ihn zu manipulieren!«

Malik presst nach dieser Standpauke nur die Lippen zusammen und nickt. Juris Blick und der meine treffen sich kurz. Wir wissen, was passiert wäre, und der Gedanke daran schnürt mir die Kehle zu. Juri hat mich gerettet. Hätte er mir nichts von den Teleportfähigkeiten erzählt und es mir gezeigt, dann … Wer weiß, vielleicht hätte ich Alain, den ich nie wieder Prinz Alain nennen werde, denn das klingt zu nett, dann kräftig vermöbelt. Schließlich habe ich ja schon angefangen, auf ihn einzuprügeln. Leider war ich da schon bei Juri gelandet.

»Entlasst den Mondkrieger und zieht ihn zur Rechenschaft! Wenn Eure Tochter sich entschuldigt, werden wir über diesen Vorfall hinwegsehen und den Ball in Ruhe genießen. Unsere Beziehungen werden dadurch keinen Schaden nehmen.«

»Es reicht!« Alle im Raum schweigen still, denn sie sind irritiert. Sie sehen mich an, meine Mutter, mein Vater, Malik, Juri, Alain und seine Familie. Ich trete vor, recke mein Kinn. Es ist genug! Ich werde nicht länger zusehen und zuhören, dass man sagt, ich sei selbst schuld oder dass man verlangt, Juri zu feuern.

»Ihr habt recht, ich bin noch nicht lange zurück auf Menua, ich muss mich immer noch zurechtfinden und vieles lernen! Aber ich weiß, was richtig und was falsch ist! Wenn jemand etwas nicht möchte, dann sollte der andere das stets respektieren, oder gelten auf der Venus andere Grundsätze? Denn falls ja, sind es nicht die meinen. Alain hat sich mir in einer Wolke seines Aphrodisiakums genähert und obwohl ich zurückgewichen bin und deutlich sagte, dass ich das nicht möchte und mich nicht wohlfühle, hat er weitergemacht.« Alain sieht mich schockiert an, schockiert und irgendwie erschüttert, als hätte er nicht erwartet, dass ich etwas sage. »Meine Eltern können nichts dafür und Juri noch viel weniger. Sie als seine Eltern können wohl auch nichts dafür, aber nur, weil Sie nicht dabei waren. Sie sollten Ihre moralischen Maßstäbe überdenken – und vielleicht auch Ihr Bild über Ihren Sohn. Vielleicht wird er eine Frau irgendwann einmal glücklich machen, aber mich nicht. Deshalb wünsche ich Ihre sofortige Abreise.«

Alain läuft knallrot an, sein Gesicht verzieht sich vor Wut zu einer Grimasse, seine Mutter schluchzt weiter. Sein Vater ist empört und will mich unterbrechen, aber ich hebe die Hand.

»Nein, ich will es nicht hören. Ihr reist ab und wir werden nie wieder ein Wort darüber verlieren. Weder die Bündnisse zwischen Menua und der Venus noch die unserer Familien werden darunter leiden. Denn ich werde niemandem etwas davon erzählen, niemand außerhalb dieses Raumes weiß es, bis auf unsere Schutzgeister. Alains Ruf wird nicht beschädigt sein. Auf dem Ball werden wir Euch entschuldigen, aufgrund dringlicher Angelegenheiten. Ich hoffe, ich habe mich klar ausgedrückt.« Erhobenen Hauptes stehe ich vor Alain samt Familie, das Kinn gereckt, meine Stimme war klar, laut und sie klang schneidend. Es fühlt sich gut an! Ich sehe ihnen in die Augen und warte. Im Zimmer ist es so still, dass mein Atem viel zu laut klingt und ich das Rauschen meines Blutes in den Ohren hören kann.

»Vater, du willst dem doch nicht zustimmen! Ich wurde …« Alains Stimme verursacht eine Übelkeit in mir, die ich nicht beschreiben kann. Zum Glück wird er sofort unterbrochen.

»Sei still! Wegen dir stehen wir überhaupt hier, gedemütigt und …« Er atmet tief ein, deutet eine Verbeugung vor mir an. »Wir werden Eurer Bitte nachkommen. Entschuldigt uns.«

Ich senke den Blick und deute ebenso eine Verbeugung an. Dann verfolge ich alle drei mit meinem Blick, als sie aus dem Zimmer eilen und Alain von seinem Vater unentwegt getadelt wird.

Erleichtert atme ich auf und drehe mich zu meinen Eltern um. Sie stehen da, sie lächeln und mir fällt ein Stein vom Herzen. »Es tut mir leid, aber ich musste das tun. Ich werde ihn nicht wählen, ich werde nicht mit ihm zu Abend essen und bestimmt nicht mit ihm tanzen. Sie waren so unverschämt und ich …«

»Mein Schatz, wir sind stolz auf dich!«, sagt meine Mutter, den Tränen nahe, während mein Vater auf mich zukommt.

»Du hast gerade nicht nur die königliche Familie der Venus in ihre Schranken verwiesen und nach Hause geschickt, Juri verteidigt und auch uns, sondern auch noch den Status quo erhalten, denn alle Verträge und Beziehungen bleiben bestehen. Und das Wichtigste: Du hast deine Würde dabei behalten. Wenn ich ausdrücken könnte, was ich gerade empfinde, dann würde ich es tun.« Er blickt mich intensiv an. Seine Worte sind freundlich, aber sein Gesicht ausdruckslos, er wirkt noch immer bedrückt.

»Juri, würdest du Lynn bitte auf ihr Zimmer bringen? Iza wird nachher kurz vorbeischauen und ich denke, vor morgen sollte sie sich ein wenig ausruhen. Es wird ein großer Tag.« Er dreht sich um und geht. Meine Mutter versucht sich an einem Lächeln, dann verlasse ich leicht verwirrt an Juris Seite den Raum.

Die große Tür schließt sich hinter uns, trennt uns von den anderen. Dafür erwarten uns hier Kira und Tia, die ganz aufgeregt und neugierig auf uns zurasen.

»Und? Was ist passiert?« Tias Nase zuckt, wenn sie nervös oder angespannt ist.

»Prinz Alain und seine Familie sahen nicht glücklich aus, als sie den Raum verließen. Sein Vater hat ihn ganz schön angeschrien.« Kira zeigt ihre Zähne und versucht sich an einem schadenfrohen Lächeln.

Und das erste Mal, seit wir uns heute sehen, entspannt sich auch Juri neben mir sichtlich, er lächelt zurück und fährt sich zweimal schnell durch das Haar.

»Wir haben wohl Glück gehabt.«

»Glück?« Ich sehe ihn verschmitzt grinsend an und wackele übertrieben mit den Augenbrauen.

»Vielleicht hast du einen Teil zu diesem Glück beigetragen.«

»Was soll das heißen?«, fragen Kira und Tia im Chor.

»Das heißt«, sage ich zuckersüß, »dass ich die Zankereien und den überheblichen Ton von Alain und seiner Familie nicht mehr ertragen habe. Sie wollten Juri entlassen und mir die Schuld zuschieben. Da habe ich gesagt, dass sie gehen sollen.«

Einmal mit den Schultern zuckend stehe ich da und schaue in die ungläubigen Gesichter unserer Schutzgeister. Tia sieht mich erstaunt an.

»Die Prinzessin in ihr kam raus.« Juri lacht mich aus.

»Das ist nicht witzig! Sei froh, dass ich für einen Moment unzurechnungsfähig war.«

»Aber was bedeutet das jetzt?«, fragt Kira nervös.

»Das bedeutet, dass Lynn sie nach Hause geschickt hat, ohne dass ich gefeuert wurde oder die Verträge brechen. Er ist weg.«

Ich lausche Juris Worten und freue mich, als ich langsam wirklich begreife, dass alles gut gegangen ist.

»Lynn?«

Überrascht drehen wir uns um. Meine Mutter kommt auf mich zu.

»Würde es dir etwas ausmachen, mich auf einen Spaziergang zu begleiten?« Fragend sehe ich kurz zu Juri und Tia, obwohl ich weiß, dass die zwei mir keine Hilfe sein können.

»Ich werde Euch begleiten«, sagt Juri höflich, aber Ria lehnt ab. »Das wird nicht nötig sein, meine eigene Wache wird uns begleiten. Ein Krieger wird genügen, denn ich möchte ungestört mit Lynn reden.« Die Stimme meiner Mutter klingt höflich, aber bestimmt, keinen Widerspruch duldend. Juri fällt das schwer, ich sehe, dass sein Kiefermuskel zuckt, wie er die Hände zu Fäusten ballt.

»Wie Ihr wünscht«, presst er heraus und sieht mich noch einmal intensiv an. So intensiv, dass ich mich beinahe in seinem Blick verliere und in dem warmen, schönen Gefühl, dass er in mir auslöst.

»Lynn?«, fragt meine Mutter erneut und ich zucke zusammen.

»Nein … Ja! Ich meine, das würde ich gerne tun.« An Juri gewandt fahre ich fort. »Würdest du Tia nach oben bringen?«

Er nickt und ich lächle ihn dankbar an, bevor ich zu meiner Mutter gehe und sie begleite, dicht gefolgt von einem mir unbekannten Mondkrieger in altbekannter blauer Uniform. Er geht nur wenige Meter hinter uns.

»Wo möchtest du hingehen?«

»Nach Menua.«

»Aber da sind wir doch schon«, sage ich irritiert, während sie freundlich lächelt und mich in Richtung Haupttür leitet.

»Das stimmt. Aber die Stadt auf dieser Seite des Mondes trägt denselben Namen. Es gibt noch weitere größere Städte. Ich möchte mit dir einen Spaziergang machen, außerhalb des Palastes.« Vor uns werden die massiven Mondsteintüren geöffnet, die Wächter drücken mit voller Kraft gegen sie und geben uns somit den Blick auf die Sterne und Menua frei. Im Gegensatz zum Empfang der Prinzen ist es nun still. Keine Freudengesänge oder Rufe durchschneiden die Nacht, keine Fanfaren ertönen. Trotzdem klopft mein Herz viel wilder, jetzt, da ich meinen ersten Schritt aus dem Palast mache.

Wir schreiten durch den Torbogen und verharren vor der ersten Stufe, die vom Palast nach unten führt, zur Schutzmauer und hinaus zu allen anderen Sternenkindern. Zum ersten Mal sehe ich die Sterne und die Erde nicht durch Glas hindurch. Die Erde scheint zu leuchten, hängt wie ein bunter Luftballon vor uns, die Nacht wird durch sie und all die unzähligen Sterne erleuchtet, durch all die Lichter, die in Menua glitzern. Es wirkt, als würde selbst der Planet nur aus Sternen bestehen, dabei sind es Tausende von Kerzen.

»Noch heute ergreift mich dieser Anblick zutiefst. Es ist so wunderschön hier, findest du nicht? Viel zu selten habe ich die Zeit dafür. Für all das. Viel zu oft warten politische Dringlichkeiten auf mich und deinen Vater, Belange des Volkes, Verträge, Verhandlungen, Feste, die gefeiert werden müssen, Staatsbesuche. Viel zu selten kann ich die Krone ablegen.« Sie seufzt leise, während sie sich über das Haar streicht, an der Stelle, wo die Mondsteinkrone normalerweise sitzt.

Dann fällt mir etwas ein.

»Oh mein Gott, ich ersticke!«

»Wie bitte?«

»Hier gibt es keinen Sauerstoff. Wir sind auf dem Mond!«

»Was denkst du, was du gerade atmest?«, fragt meine Mutter amüsiert.

»Ich … keine Ahnung.«

»Der Mond hat eine Atmosphäre ähnlich der der Erde, aber sie ist nicht sichtbar. Allerdings wird sie bei uns durch spezielle Anlagen gereinigt, da wir keine Bäume haben, die das für uns erledigen. Du siehst, du wirst ohne Probleme atmen können, so wie wir alle. Wir sind den Menschen nicht unähnlich, Lynn.« Sie streicht mir mit ihrer Hand über die Wange und sieht mich liebevoll an. »Lass uns gehen, die Stände in Menua werden dir gefallen.«

»Der Weg ist weit, nicht wahr?«

»Das ist er, aber wir werden fahren.« Sie geht bereits die Treppenstufen hinunter und ich eile ihr hinterher.

»Fahren? Gibt es hier Autos?«

»Aber nein«, lacht sie. »Wir fahren mit einer Kutsche.« Sie läuft einfach weiter, hebt ihr Kleid an und schreitet Stufe für Stufe nach unten, während meine Gedanken sich überschlagen.

»Aber von was wird die Kutsche gezogen? Ich meine, hier gibt es keine Pflanzen, keine Tiere, ich verstehe nicht …«

»Geduld! Du wirst es gleich sehen.« Geduld. Das Wort ist fast so schlimm wie Tüll. Das eine hab ich nicht, das andere will ich nicht.

Still und furchtbar aufgeregt steige ich die Stufen hinab, am liebsten würde ich rennen! Aber ich würde nur über meine Füße stolpern, weil ich keine Turnschuhe trage.

»Du erinnerst mich an mich selbst. Ich war in deinem Alter genauso temperamentvoll und ungeduldig. Aber keine Sorge, wir sind gleich da.«

»Du warst so wie ich?«

»Ist das so schwer zu glauben?«, fragt sie lächelnd und sieht mich von der Seite an.

»Ich kann es mir einfach nicht vorstellen«, gebe ich ehrlich zu. Meine Mutter wirkte bisher sehr besonnen und nicht besonders impulsiv.

Die letzte Stufe ist geschafft. Ein breiter Weg aus hellen Kieselsteinen verläuft vor uns, es kommt mir so vor, als würde jeder einzelne Stein leuchten, als wäre er selbst ein kleiner Mond.

»Der Weg verläuft einmal um den Palast, hinüber zu den Unterkünften der Angestellten und den Überdachungen der Kutschen. Außerdem führt er direkt nach Menua.«

Ihren Worten kann ich kaum folgen, ich frage mich, wo die Kutsche bleibt. Plötzlich höre ich sie, höre, wie die Kieselsteine sich bewegen, aneinanderreiben, wie sie knirschen. Ich drehe mich um.

Die Kutsche, vollkommen aus Mondstein, durchsichtig und blau schimmernd, wundervoll verziert mit eingearbeiteten Mustern, kommt auf uns zu. Sie sieht atemberaubend aus. Wie gebannt starre ich auf das große Pferd, das sie zieht. Es ist weiß, leuchtet genauso hell wie die Kutsche und sieht unbeschreiblich schön aus. Elegant bewegt es die Beine, sein Kopf ist königlich erhoben. Voller Ehrfurcht verfolge ich die Bewegungen.

»Das ist Dálur. Er ist der Schutzgeist von Kamae, unserem Kutscher. Und er passt hervorragend, nicht wahr? Die beiden machen das schon länger, als ich hier lebe.«

Schnaubend und wiehernd hält Dálur vor mir, die Kutsche rutscht ein wenig auf dem Kies. Völlig gebannt nähere ich mich dem Pferd und hebe die Hand, aber ich ziehe sie zurück, weil mir einfällt, dass er ein Schutzgeist ist und nicht einfach nur ein Pferd.

»Keine Angst, Prinzessin. Kamae hat nichts dagegen und ich würde mich freuen, wenn Ihr mich kurz hinter dem Ohr krault, da juckt es gerade fürchterlich.« Die dunkle Stimme des Pferdes dringt zu mir und ich lache fröhlich, weil Dálur so sympathisch ist. Sofort komme ich seiner Bitte nach und kraule ihn, was er mir liebevoll dankt. Er senkt den Kopf und reibt ihn an meiner Seite.

»Lynn, es wird Zeit!« Meine Mutter sitzt bereits in der Kutsche. Ich lächle schnell zu dem Kutscher hinauf, der den Gruß fröhlich erwidert und neben dem der Mondkrieger Platz genommen hat, dann eile ich zu meiner Mutter.

Mit einem kräftigen Ruck fahren wir los. Obwohl es Nacht ist, kann ich vieles klar und deutlich erkennen. Alles wirkt, als ob es irgendwie von selbst glüht, von innen heraus. Der Boden ähnelt Sand und manchmal hartem Gestein. Weit hinten ragen kleine Hügel aus dem flachen Boden heraus, überall funkeln Lichter.

Nach wenigen Minuten wird es heller, immer mehr Leute ziehen an uns vorbei, Hütten und Häuser. Schutzgeister laufen durch die Straßen, spielen miteinander, ein Löwe, ein Schmetterling, eine Katze, ein Fuchs.

»Schön, dass sie so unbeschwert sein können, nicht wahr?«

»Wieso habe ich im Palast noch nie einen Schutzgeist gesehen?«

»Weil es nicht erlaubt ist«, sagt meine Mutter betrübt. »Außer deinem Vater und den ranghöchsten Mondkriegern darf niemand im Palast öffentlich mit seinen Schutzgeistern umherlaufen. Nur in den privaten Gemächern. Aber auch Artas tut es nicht. In früheren Zeiten gab es oft Auseinandersetzungen zwischen den einzelnen Begleitern, deshalb wurde es so beschlossen.«

»Faras lief letztens mit seinem Schutzgeist umher und ich tue das auch ständig.«

Meine Mutter grinst. »Ich weiß. Ich konnte Artas davon überzeugen, dass es sinnvoll wäre, euch das nicht zu verwehren. Besonders dir.«

Ruckelnd hält die Kutsche. Kamae öffnet die Tür und hilft uns beim Aussteigen. Als ich nach vorne blicke, atme ich laut ein und staune über das bunte Treiben.

In den Gassen vor uns steht ein Häuschen neben dem anderen, Stand folgt auf Stand. Die Leute lachen oder singen, sie essen zusammen. Kinder toben mit ihren Begleitern herum.

»Ich hoffe, ich habe dir nicht zu viel versprochen. Es ist schlicht, aber ich liebe die Atmosphäre. Ich war lange nicht hier«, sagt meine Mutter wehmütig. Ich hake mich bei ihr ein und wir schlendern durch die

Gassen, schlängeln uns durch die Menge. Stände mit Essen, Schmuck und den schönen bunten Vasen, die den Palast schmücken, begegnen uns, ebenso wie Dutzende Kerzenläden.

»Lynn, ich wollte dir nicht nur diesen Ort zeigen, ich wollte eigentlich mit dir über etwas reden.« Unauffällig sieht sie über die Schulter und ich tue es ihr gleich. Der Mondkrieger ist weit genug weg, er kann uns nicht hören.

»Ich bin kein Sternenkind, ich bin vom Merkur. Und ich musste auch bei der Auswahl mitmachen, so wie die Prinzen jetzt. Ich weiß nicht, was schlimmer ist: Der zu sein, der wählen muss, oder der, der gewählt werden könnte. Ich verstehe natürlich die Wichtigkeit dieses Arrangements, dennoch …« Sie seufzt tief. »Wenn ich könnte, würde ich es dir ersparen. Es hat lange gedauert, bis ich mich damit abfinden konnte. Aber vielleicht tröstet es dich, wenn ich dir sage, dass ich Artas heute sehr schätze.« Sie lächelt verträumt und mir entgeht nicht, dass sie das Wort Liebe nicht benutzt.

»Artas hat eine andere geliebt. Ich habe sie nie kennengelernt, sie war nicht von königlichem Blut. Sie war aus Menua und deshalb konnten sie nicht zusammen sein. Dein Vater musste eine Auswahl treffen, eine Auswahl, in der sie nicht war. In der sie nicht sein konnte! Er erwählte mich und ich wurde Königin. Ich weiß, Artas mag mich heute, aber … es hat ihm das Herz gebrochen.« Sie räuspert sich kurz, versucht sich zu sammeln. »Ich weiß nicht, wen du wählen wirst, aber du wirst die richtige Entscheidung treffen. Du solltest auf dein Herz hören. Auch wenn ich dir nicht helfen kann, so kannst du es bestimmt.«

Sie sieht mich ernst und intensiv an. Eine Gänsehaut bildet sich auf meinen Armen.

»Du sollst wissen, dass ich dich liebe, egal, für wen du dich entscheidest.« Sie hält kurz inne. »Und welche Konsequenzen das für uns hat«, fügt sie flüsternd hinzu.

Kapitel 29

Wenn man glaubt, sich schon entschieden zu haben
und plötzlich daran zweifelt, kann man dann noch zurück?
Gibt es einen Punkt, an dem das nicht mehr geht?
Gibt es ein zu spät? Oder ist das ein Mythos, der uns dabei hilft,
ganz bequem all unsere falschen Entscheidungen hinzunehmen,
damit wir nicht mehr die Kraft aufbringen müssen,
etwas dagegen zu tun? Dafür zu kämpfen?

Lynn

»Ich flehe dich an, Iza! Du hast schon dreimal Maß genommen! Ich werde nicht innerhalb von fünf Minuten schwerer, leichter, dünner oder breiter. Ich wachse auch nicht mehr. Die Maße werden sich nicht verändern, auch dann nicht, wenn du noch ein viertes Mal misst.«

Sie ist schon seit Stunden hier. Nachdem Juri mich aufs Zimmer brachte, habe ich einfach etwas Zeit für mich gebraucht. Ich habe sogar das Training abgelehnt, weil ich über einiges nachdenken musste und mir das in Juris Gegenwart manchmal nicht so leicht fällt, auch wenn ich das ungern zugebe. Irgendwann stürmte Iza ins Zimmer und plapperte ganz aufgeregt los. Von dem Ball, dem entscheidenden Abend und davon, dass ich *das perfekte Kleid* brauche.

Ich hasse dieses Wort! Kleid! Es ist grausam, furchtbar, jagt mir eine Gänsehaut über den Körper und gleichzeitig bekomme ich Schweißausbrüche.

Zuerst hat Iza meinen Schrank wortwörtlich auseinandergenommen. Dabei kennt sie den Inhalt schon auswendig. Fieberhaft durchwühlte sie zum hundertsten Mal in dieser Woche alle Sachen, um schließlich zu der Erkenntnis zu kommen, dass es kein passendes Kleid in meinem Schrank gibt. Nun ja, für sie nicht! Ich hätte mir einfach eines gegriffen und angezogen, vorzugsweise ohne Tüll.

Jetzt stehe ich vollkommen ermüdet da und halte zum vierten Mal still, weil Iza meine Maße nimmt. Meine Arme tun weh und Tia schläft schon längst. Verdammt, ich will auch schlafen! Sogar die Kerzen sind bald runtergebrannt.

»Iza«, jammere ich und puste mir eine Strähne aus dem Gesicht. »Es gibt niemanden, der mir bis morgen Abend ein Kleid nähen kann. Im Schrank hängen so viele und die haben dir gestern alle gefallen!«

»Natürlich kann der Schneider Euch etwas bis morgen anfertigen. Er ist der beste auf ganz Menua! Es wird alle Kleider in diesem blöden

Schrank übertreffen. Ihr werdet wunderschön aussehen. Außerdem werdet Ihr die Einzige sein, die diese Farbe trägt.«

»Welche Farbe?«, frage ich misstrauisch.

»Das ist eine Überraschung! Aber lasst Euch gesagt sein: Der König und die Königin tragen traditionell eisblaue Kleidung, die Krieger bei diesem Ball dunkelblaue. Die Gäste dürfen diese Farben nicht wählen.«

»Wie viele Gäste werden morgen kommen?«

»Alle angesehenen Familien Menuas werden da sein, sowie die angesehensten Familien der Planeten der Prinzen, also des Jupiters und des Plutos.« Sie wedelt kurz mit dem Maßband herum und kneift die Augen zusammen. »Ich glaube, es sind um die dreihundert Gäste. Vielleicht mehr, vielleicht weniger. Wer weiß das schon«, sagt sie laut glucksend. Mir wird schlecht.

»Dann werdet Ihr mit den Prinzen tanzen, Eure Verlobung bekannt geben … Hach! Das wird wundervoll!« Ihre Wangen röten sich und sie schaut ganz verträumt in die Luft. *Wundervoll* ist keineswegs eines der ersten einhundertsechsundachtzig Wörter, die mir zu diesem Thema einfallen!

»Darf ich dich etwas fragen?« Unwillkürlich muss ich an meine Mutter denken. An das, was sie mir bei unserem Spaziergang sagte, und ich frage mich, ob es wirklich möglich wäre.

»Aber natürlich! Was habt Ihr auf dem Herzen?«

»Was passiert, wenn ich Nein sage?« Iza hält in ihrer Bewegung inne und ich schlucke schwer. »Ich meine, wenn ich keinen der Prinzen möchte?«

Sie lässt das Maßband fallen und nimmt meine Hände in ihre. »Mein Kind, ist das wahr? Wollt Ihr keinen der Prinzen?«

»So weit bin ich noch nicht. Ich möchte nur verstehen, warum das für alle so wichtig ist und … ich habe das Gefühl, man sagt mir nicht alles.«

»Es ist kompliziert. All diese Dinge sind in unserem Gesetz verankert. Wenn Ihr keinen der Prinzen erwählt, werdet Ihr keine Königin sein.« Sie stoppt urplötzlich.

»Was noch?«

»Ihr werdet Eures Amtes enthoben. Ebenso Eure Eltern. Es wird in diesem Fall ein neues Staatsoberhaupt gewählt. Ihr würdet … es wäre …«

»Wir hätten kein Zuhause mehr?«

Iza nickt. »Man würde denken, Ihr würdet Euren Pflichten gegenüber Menua und seinem Volk nicht gerecht werden. Und denen der anderen Planeten.«

»Und wenn ich …« Ich atme tief durch, ich kann es sonst nicht aussprechen. »Wenn ich heirate, dann werde ich Königin und meine Eltern können im Palast bleiben?«

»Natürlich, dann habt Ihr …« Urplötzlich stoppt sie erneut, ich sehe ihr an, wie ihre Gedanken rasen, wie sie mich mustert und die Augenbrauen zusammenzieht. Ich versuche mich an einem Lächeln, aber es will nicht funktionieren. Mir wird warm, meine Hände in denen von Iza beginnen zu schwitzen, mein Herz klopft immer schneller.

»Es tut mir so leid«, sagt sie und schüttelt den Kopf. Ich weiß, sie hat verstanden, und ich weiß, es wird nicht gehen. »Wenn Ihr einen Mann der Auswahl ablehnt und einen anderen erwählt, ist das die größte Beleidigung. Es würde einer Kriegserklärung gleichkommen. Es tut mir unendlich leid«, wiederholt sie am Ende und meine Augen füllen sich mit Tränen, weil der Ausweg, den ich sah, keiner ist.

Meine Mutter sagte mir, dass sie mich liebt, egal, was kommt. Damit meinte sie, falls sie alle wegen mir ihr Heim verlieren – und alles, was sie haben.

»Kannst du mich allein lassen? Bitte?«, flüstere ich erstickt. Ich möchte ein Stück Würde bewahren. Sie nickt nur und das Letzte, was ich sehe, ist ihr mitleidiger Blick, bevor sie hinausgeht und kurze Zeit später auch die letzte Kerze im Zimmer erlischt.

Ich lege mich zu Tia, kuschele mich an sie. Ihr weiches Fell kitzelt mich im Gesicht, aber es ist mir gleich. Sie ist warm und gibt leise Geräusche von sich, wenn sie schläft. Manchmal sabbert sie auch ein wenig, aber sie streitet es für gewöhnlich ab. Ich werfe einen Blick auf die Erde und die Sterne, so wie jeden Abend vor dem Einschlafen. Aber dieses Mal ist es anders. Dieses Mal weiß ich, dass ich, egal, was ich tue, entweder mich selbst oder Menschen, die mir am Herzen liegen, verletzen werde. Jetzt muss ich mich nur noch für einen Weg entscheiden.

Kapitel 30

Erinnerungen sind das,
was uns am Ende bleibt.
Erinnerungen – sonst nichts.

Juri

Der Festsaal wird von Hunderten Kerzen beleuchtet, die sich in Kerzenhaltern an den Wänden befinden oder in den fünf großen Kronleuchtern an der Decke. Sie flackern leicht, tauchen den Raum in ein angenehmes Licht. Alles ist festlich geschmückt, über dem Buffet hängt ein blauer Baldachin, vor der großen Tür nach draußen ist ein schwerer Samtvorhang angebracht, den man leicht zur Seite schieben muss, um durchzukommen.

Das Fest kommt langsam in Schwung, der Raum füllt sich, die ersten Leute genießen bereits die Auswirkungen des Punsches, sie lachen, amüsieren und unterhalten sich. Die meisten Damen wedeln mit einem Fächer vor ihrem Gesicht, denn durch die vielen Personen hier steigt die Temperatur merklich an. Musik erfüllt den Raum. Manche der Gäste treten auf den großen Balkon und genießen die Nachtphase in vollen Zügen. Die Prinzen sind mit ihren Familien gerade erschienen und schreiten durch den Raum auf König Artas und Königin Ria zu, welche sich fröhlich unterhalten. Neben dem Thron wurden extra Plätze für sie errichtet, welche erhoben auf einem Podest über den anderen Gästen liegen. Faras sitzt ebenfalls dort und starrt einfach nur in die Luft, Malik steht vor dem Podest.

Mein Blick schweift durch die Menge. Eben bin ich die Wachposten und Kontrollpunkte abgelaufen und habe Kira gebeten, für den Abend am anderen Ende des Saals Stellung zu beziehen und achtzugeben.

Lynn ist nicht da. Ich werde unruhig und das passt mir nicht. Dieser ganze Abend passt mir verflucht noch mal nicht! Es kostet mich unendlich viel Kraft, meine Atmung und meine Mimik unter Kontrolle zu behalten. Mich nicht zu Lynn zu teleportieren, nur um zu sehen, ob es ihr gut geht. Und das, obwohl ich weiß, dass Iza bestimmt bei ihr ist, ebenso wie Tia.

Für die Sicherheit der Gäste und des Königspaares ist Malik verantwortlich, zusammen mit den anderen Hauptmännern. König Artas hat mich vorhin zu sich gerufen und mir gesagt, dass ich weiterhin für Lynns Sicherheit zuständig bin. Dass ich ihr heute nicht von der Seite weichen soll, lässt mich grinsen.

Das Gemurmel im Raum verändert sich, zuerst wird es leise, dann schwillt es an. Ich hebe den Blick, sehe zum Eingang und erkenne den Grund dafür. Alle drehen sich in diese Richtung. Lynn ist da. Je näher sie kommt, umso weniger kann ich atmen. Verflucht! Ihr langes Haar ist kunstvoll hochgesteckt, die weißgrauen Blätter der Lunariablume mit eingeflochten, die einzige Pflanze, die auf Menua gedeiht. Ihre Wangen sind gerötet, ihr Lächeln ansteckend und ihr Blick bringt mich vollkommen aus dem Takt, als er meinem begegnet. Ihr Kleid ist dunkelrot, kraftvoll und steht in starkem Kontrast zu ihrer blassen Haut. Es schmiegt sich bis zu ihrer Taille eng an, nur um dann in einem riesigen, weiten Rock bis auf den Boden zu fallen und bei jedem ihrer Schritte sanft zu schwingen. Keiner hier trägt heute Rot. Sie ist die Einzige in einem Saal voller Blau, Silber, Weiß, Grau und Schwarz.

Lynn bleibt vor mir stehen, sie ist ein Stück größer als sonst. Sie konnte Iza und den hohen Schuhen dieses Mal wohl nicht entkommen. Ihr Lächeln wird breiter, sie strahlt mich an und ich versuche es ihr gleichzutun, in der Hoffnung, dass sie nicht sieht, wie schwer mir das hier fällt.

»Ihr seht gut aus, holder Mondkrieger«, sagt sie scherzhaft.

»Und Ihr seht ebenfalls ganz passabel aus, Prinzessin.«

»Ihr findet stets die richtigen Worte. Ich bin doch recht zufrieden, wenn Ihr denkt, ich würde recht passabel aussehen.« Sie dreht sich schwungvoll um sich selbst, ihr Kleid erhebt sich und kaum einer um uns herum kann den Blick von ihr abwenden. Mit strahlenden Augen kommt sie wieder zum Stehen.

»Du siehst umwerfend aus«, sage ich gerade so laut, dass nur sie es hören kann. »Aber das tust du auch in einer Hose und einem einfachen Shirt.«

Für eine Sekunde verrutscht ihr Lächeln, im nächsten Moment ist es vorbei. So schnell, dass ich glaube, es mir nur eingebildet zu haben.

»Danke.«

»Wo hast du Tia gelassen?«

»Iza bindet ihr eine Schleife. Na ja, sie versucht es. Dazu muss sie Tia erst mal kriegen. Sie hat heute keine Lust, eine Schleife zu tragen. Deshalb bin ich schon vorgegangen.«

Das erste Mal fehlen mir wirklich die Worte. Hier zu stehen und über belanglose Dinge zu reden, kommt mir falsch vor, aber genauso schwer fällt es mir, normal mit Lynn umzugehen.

»Liebe Gäste!« König Artas reißt uns mit seiner Stimme aus der zunehmend unangenehmer werdenden Situation. Alle im Saal und auch wir drehen uns zu ihm um, die Gespräche verstummen und die Musik verklingt. »Wir begrüßen Euch von Herzen auf Menua und hier in unserem Zuhause. Wir freuen uns, dass Ihr uns die Ehre erweist und zum heutigen Ball, zur Verlobungsverkündung unserer Tochter, der Mondprinzessin, erschienen seid. In Kürze werden die Bewerber, Prinz Gardo vom Pluto und Prinz Melim vom Jupiter, mit ihr tanzen. Prinz Alain von der Venus und auch seine Familie bitten wir zu entschuldigen. Sie sind aufgrund besonderer Umstände verhindert. Bitte, genießt dieses Fest! Tanzt und lacht. In wenigen Stunden erfahren wir, wer der neue König Menuas an der Seite meiner Tochter sein wird.« König Artas zeigt voller Stolz auf Lynn, die neben mir steht. Ihre roten Wangen sind wieder ganz blass. Ich denke, sie ist nervös. Als der König von dem Podest steigt, sich die Menge vor uns teilt und er auf uns zutritt, ist Lynns Panik deutlich spürbar. Sie greift nach meinem Arm.

»Wieso sind alle immer noch still und wieso kommt er auf uns zu?«

»Weil es Brauch ist, dass der König oder die Königin mit ihrem Kind den Ball eröffnen. Damit gibt er offiziell seine Erlaubnis für deine Verlobung.«

»Ich muss tanzen?«, nuschelt sie überrascht.

»Ja. Aber das wusstest du doch? Du musst auch mit den Prinzen tanzen.«

»Ich weiß, es war nur so … unwirklich. Ich meine … Ich kann nicht tanzen!« Panisch sieht sie mich an, ihre silbergrauen Augen sind geweitet. Zumindest kurz, dann kneift sie sie zusammen und ich ahne, was kommt. »Wieso hast du mir das nicht beigebracht? Ich werde aussehen wie ein Trampel!«

Ich kann nicht anders, als leise zu lachen. »Du hättest ja fragen können! Du wirst das schon schaffen. Lass dich einfach führen.«

Wir wissen beide, dass genau das das Problem sein wird.

»Darf ich um diesen Tanz bitten?« König Artas steht vor uns und hält Lynn seinen Arm hin. Zögerlich lässt sie meinen los und greift danach. Mit einem letzten Blick fleht sie mich an, irgendetwas zu tun, aber ich verziehe bedauernd das Gesicht.

Schon führt er sie auf die Tanzfläche. Die Menge hat einen großen Platz freigegeben und schart sich nun darum, damit sie diesen Moment nicht verpasst.

Ich kann nur Lynn ansehen, sie in diesem roten Kleid.

Die Musik setzt wieder ein. Der König versucht Lynn zu führen, aber sie versteift sich völlig. Sie stolpert, aber fängt sich sofort. Von Drehung zu Drehung kann sie es besser, einmal sehe ich sie sogar lachen und beginne mich zu entspannen. Sie unterhält sich mit ihrem Vater und während ich ihn so beobachte, fällt mir auf, dass er gut aussieht. Nicht mehr kränklich und blass. Nicht mehr sorgenvoll und verzweifelt.

Seit Lynn hier ist, verstehe ich warum.

Kapitel 31

Gefühle lassen uns unberechenbar werden,
wir können durch sie
zerbrechen oder über uns hinauswachsen,
uns selbst finden oder verlieren.

Lynn

Das erste Mal in meinem Leben tanze ich. Ich meine keinen Freudentanz, sondern einen richtigen Tanz.

»Es tut mir so leid!« Ich habe aufgehört zu zählen, wie oft ich das in den letzten Minuten gesagt habe, ich weiß also auch nicht mehr, wie oft ich schon falsche Schritte gemacht, das Gleichgewicht verloren oder ihm auf den Fuß getreten bin.

Ich denke, mein Vater ist froh, dass der Tanz vorbei ist, als das Lied endet. Seine Zehen sind bestimmt ganz blau und seine Füße angeschwollen. Trotzdem hat er ein breites Lächeln im Gesicht und sieht mich glücklich an.

»Es war doch halb so schlimm, oder?« Vergnügt zwinkert er mir zu.

»Für mich! Aber was ist mit dir?«

»Oh, ich denke, es ist von Vorteil, dass du mir auf die Füße getreten bist und nicht den Prinzen.« Sein lautes Lachen erklingt und ich muss mit einstimmen. Dabei ist mir ganz flau im Magen. Bald ist es so weit. Bald muss ich eine Entscheidung treffen.

Ich mache einen tiefen Knicks, mein Vater verbeugt sich, dann geleitet er mich von der Tanzfläche und fordert mit einer Bewegung alle anderen Gäste zum Tanz auf. Die Musik erklingt lauter als zuvor, die ersten Paare finden zusammen.

Wir überwinden die Treppenstufen hinauf zum Podest, an dessen Anfang direkt meine Mutter steht und wartet, um mich freudig zu begrüßen. Anstatt einer Umarmung drückt sie nur meine Hände und ich knickse kurz. Heute muss sie wieder ganz Königin sein, sie trägt ihre Krone, sie muss sich zurückhalten. Aber bei dem Spaziergang, da war sie ganz Mutter, ohne Etikette, und ich gestehe, dass mir das viel mehr gefallen hat.

»Du siehst wunderschön aus! Niemand wird heute Abend den Blick von dir abwenden können.«

»Das befürchte ich auch«, sage ich, was meinen Vater leise zum Lachen bringt. Alle werden sehen, wie ich neben dem König auch noch den Prinzen die Füße zerschmettere.

Plötzlich gesellt sich Faras zu uns, mit einem unergründlichen Gesichtsausdruck.

»Lynn, darf ich Euch kurz entführen, bevor Ihr Euren nächsten Tanz antretet?«

Ich versuche meine Überraschung zu verbergen, unwissend, ob es mir gelingt. »Aber natürlich.«

»Entschuldigt uns. Bitte sagt den Prinzen Melim und Gardo, dass ich sie gleich wieder zurückbringe.« Er nickt unseren Eltern zu, bietet mir den Arm an und führt mich wieder hinunter zwischen all die anderen Gäste. Wie es aussieht, machen wir uns auf in Richtung Punsch.

Heimlich mustere ich von der Seite sein Gesicht. Er hat eine gerade, spitze Nase, ausgeprägte Wangenknochen und einen ernsten Blick.

»Gefunden, was Ihr sucht?«

»Nein. Noch nicht. Wieso wolltet Ihr mit mir allein sein?« Bisher haben wir nie miteinander gesprochen, wenn wir uns begegnet sind. Bis auf das eine Mal, als ich ihn aus Versehen umgerannt habe. Und da war er nicht sonderlich angetan von mir.

»Weil nicht jeder hören muss, wie ich mich bei Euch entschuldige.«

Erstaunt sehe ich ihn an.

»Ich habe Euch ignoriert, immerzu böse angestarrt und einmal sehr unhöflich angemeckert. Dafür möchte ich mich entschuldigen. Dafür und dass ich bisher keinen Wert darauf gelegt habe, Euch kennenzulernen und mich mit Euch zu unterhalten.«

Wir kommen am Ende des Raumes an, wo ein großes Buffet aufgebaut ist und Unmengen an Getränken stehen. Es gibt sogar einen Brunnen und ich glaube nicht, dass er mit Wasser gefüllt ist.

»Zweimal Punsch, bitte.« Faras bestellt für uns und drückt mir sogleich das Glas in die Hand, dessen Inhalt genauso tief rot schimmert wie mein Kleid. Einzelne Früchte schwimmen darin herum, es duftet frisch, ein wenig nach Erdbeeren, aber auch der beißende Geruch von Alkohol ist unverkennbar. Ich nippe daran und spüre, wie die Flüssigkeit bereits auf meinen Lippen brennt. Es ist eine Mischung aus Süße und Säure und schmeckt fantastisch. Früchte, die unserer Mango und Erdbeere gleichen, aber die ganz anders schmecken, verbreiten ihren Geschmack auf meiner Zunge und ich trinke genüsslich einen weiteren Schluck.

»Seid vorsichtig, der Punsch ist berühmt-berüchtigt.« Faras' Lächeln wirkt echt, aber dennoch unsicher und wackelig.

»Ich habe schon davon gehört. Aber er schmeckt unvergleichlich.«

»Das stimmt. Hört zu, ich verdanke dem König und der Königin sehr viel und ich war zu Beginn nicht begeistert davon, dass Ihr wieder da wart, aber …«

»Du. Ich denke, unter Geschwistern können wir diese Förmlichkeiten tatsächlich lassen. Und … es ist okay. Ich kann es verstehen.«

»Wirklich?«

»Ja.«

»Ich bin froh, dass wir das geklärt haben. Ich freue mich darauf, Euch … ich meine, dich kennenzulernen, Schwester«, sagt er feierlich und ein wenig verschwörerisch grinsend, während er sein Glas erhebt.

Mit dem Glas in der Hand gleiten wir zusammen durch die Menge. Plötzlich fühle ich mich beobachtet, aber ich kann nicht sagen, warum oder von wem. Mein Blick schweift durch die Menge. Juri. Er steht vor dem Podest, die Arme vor dem Oberkörper verschränkt. Er wirkt ernst und aufmerksam. Sein Blick hängt an mir, gleitet über mich und verursacht mir eine Gänsehaut. Ich schlucke schwer. Vergeblich versuche ich mich auf Faras zu konzentrieren, der mir etwas erzählt, oder wenigstens auf all die anderen um mich herum. Wir kommen Juri und dem Podest immer näher. So gerne würde ich zu ihm gehen.

»Lynn? Alles in Ordnung?«

»Ja! Entschuldige. Was hast du gesagt?« Ich blinzele kurz und räuspere mich, bevor ich Faras meine Aufmerksamkeit schenke.

»Es war nicht wichtig.« Interessiert beobachtet er mich.

Ein letztes Mal sehe ich Juri an. Melim wartet bereits auf mich.

In diesem Moment bin ich froh, ein Kleid zu tragen mit einem riesigen Rock. So kann niemand sehen, dass meine Beine zittern.

Prinz Melims Anzug ist schwarz und heute fällt sein Haar offen bis auf seine Schultern. Es steht ihm gut. Obwohl sie weiß sind, wirkt sein Gesicht jugendlich.

»Darf ich um den nächsten Tanz bitten?«

Tief durchatmend hebe ich mein Glas und leere es in einem Zug. Das ist nicht besonders königlich, aber ich brauche Mut! Außerdem wärmt mich der Punsch von innen. Faras nimmt mir das Glas ab, die Lippen fest zusammengepresst. Ich sehe ganz genau, wie Juri sich hinter Prinz Melim das Lachen verkneift. Ist mir egal, was sie denken!

»Sehr gerne!« Lächelnd gehe ich mit dem Prinzen, dessen unergründliche Miene mir nichts verrät, auf die Tanzfläche.

Wir beginnen im Takt der Musik zu tanzen, wiegen uns leicht hin und her. Er dreht mich sachte, zieht mich zu sich. Das Lied ist langsam und gleichmäßig, wirkt beruhigend.

So nah bei ihm wird mir auf einmal warm. Mit ihm zu tanzen, ihn zu berühren, ist etwas anderes, als einen Meter entfernt voneinander in der Bibliothek zu reden oder schlicht zusammen zu essen. Es ist intimer. Es ist gleichzeitig aufregend und angsteinflößend.

»Ich entschuldige mich schon jetzt für jeden blauen Fleck und blauen Zeh.«

»Bisher macht Ihr Eure Sache recht gut, ich denke, falls da noch etwas kommt, werde ich es verschmerzen.« Er sagt es freundlich, seine Stimme klingt nett, aber … er lächelt nicht. Der Tanz ist nicht unangenehm, aber Prinz Melim bleibt distanziert. Ich frage mich wieso. Unser Kennenlernen lief gut, er war nett, taute auf.

Wir drehen uns und wie von selbst entdecke ich plötzlich Juri, der am selben Platz steht wie zuvor. Unsere Blicke treffen sich und sofort ist Prinz Melims fehlendes Lächeln vergessen, denn Juri schenkt mir seins. Nach jeder Drehung suche ich ihn und vergesse ganz, dass ich mit jemand anderem tanze.

»Ihr habt Alain also nach Hause geschickt?«

Prinz Melim reißt mich aus meiner Trance, ich richte meine Aufmerksamkeit wieder auf ihn.

»Wieso sollte ich das getan haben?«

»Ihr müsst es nicht abstreiten. Auf dem Weg zu meinem Zimmer kamen sie mir entgegen und der König der Venus war ziemlich ungehalten.«

»Wenn Ihr es wisst, wieso fragt Ihr dann?«

»Ich hege nur Vermutungen, aus welchem Grund. Falls ich richtigliege, bin ich froh, dass Ihr es getan habt.«

Ich kann nichts dazu sagen und ich denke, er erwartet keine Antwort darauf. Er beobachtet mich genau, sein Blick ist intensiv und irgendwie wirkt meine Sicht ein wenig verschwommen.

»Prinzessin, werdet Ihr heute Abend einen von uns wählen?«

»Ja«, sage ich sofort, ohne darüber nachgedacht zu haben.

»Wollt Ihr das auch wirklich?«

»Nein.«

Als Prinz Melim wissend nickt und seinen Blick abwendet, verschwindet dieser komische Schleier und meine Gedanken sind wieder greifbar. Ich blinzele ein paar Mal. Dann wird mir bewusst, was ich gerade gesagt habe.

»Ich meine, ich will das schon, es ist nur so … ich meine …« Verzweifelt versuche ich Worte zu finden, die das erklären.

»Gebt Euch keine Mühe. Ihr habt die Wahrheit gesagt. Es tut mir leid, dass ich Euch keine Wahl gelassen habe.« Entschuldigend sieht er mich an, während der letzte Ton des Liedes erklingt. Mit ihm endet unser Tanz. Völlig überrumpelt stehe ich da, löse mich von ihm. Ich fühle mich verletzt und betrogen.

»Ihr habt Eure Gabe eingesetzt?«, frage ich das Offensichtliche.

»Ich habe Euch keinen Schaden zugefügt. Das würde ich nie tun.«

»Maßt Euch nicht an, zu sagen, ob ich davon einen Schaden zurückbehalte!« Meine Stimme ist lauter geworden, einige Paare neben uns starren uns an. Der Stoff um meine Brust spannt sich, weil meine Lungen mit aller Kraft so viel Sauerstoff wie möglich hineinpumpen wollen.

»Darf ich übernehmen?« Prinz Gardo erscheint neben Prinz Melim, der sich verbeugt, aber ohne ein Wort in Richtung Podest verschwindet.

»Ich hoffe, ich habe die Situation von dahinten richtig gedeutet und dich gerade gerettet?« Beinahe schüchtern sieht er mich an.

»Ja, das hast du. Ich danke dir.« In der Tat bin ich froh, ihn zu sehen. Wahrscheinlich hätte es keine weitere Minute gedauert, bis ich Prinz Melim kräftig auf den Fuß getreten hätte! Die Entschuldigung dafür hat er ungerechterweise ja schon vorher bekommen.

Ein neues Lied beginnt, um uns herum bewegen sich schon alle im Takt. Gardo und ich folgen ihnen.

»Mit was hat er dich so wütend gemacht?«

»Seiner Gabe.«

»Wie unklug von ihm.«

»Sie einzusetzen?«

»Nein, dich wütend zu machen«, sagt er frech grinsend und ich pruste los. Gardo macht es mir leicht, ihn zu mögen.

»Besonders, da er den Rest seines Lebens mit mir verbringen wird.« Ich spüre, dass er für einen Moment aus dem Takt kommt, aber er fängt sich schnell wieder. Beim Tanzen schmiege ich mich an ihn. Er ist binnen weniger Stunden zu meinem Freund geworden.

»Ich dachte, ich sage es dir besser jetzt. Ich mag dich mehr als ihn, ich sehe dich als Freund, trotz der wenigen Stunden zusammen, und ich hoffe, das werden wir bleiben. Aber ich kann dich nicht heiraten.«

»Ich bin zu schön, nicht wahr?« Er versucht seine Überraschung und vielleicht auch die Enttäuschung zu überspielen.

»Sei nicht albern! Natürlich bin ich hübscher.«

Wir grinsen uns kurz an, dann werde ich wieder ernst.

»Nein, ich kann es nicht tun, weil ich dich nicht unglücklich machen will. Bei Melim tut mir das nicht leid, bei dir schon. Ich will, dass du zurückgehst und ich will, dass du das Mädchen heiratest, das du liebst.«

»Lynn, du weißt doch, das ist nicht so einfach. Ich …«

»Versprich mir, dass du es versuchst. Dass du alles tun wirst, um glücklich zu sein. Für uns beide.«

»Ich verspreche es.«

»Danke«, flüstere ich den Tränen nah.

»Willst du es nicht auch versuchen?«

»Ich kann nicht. Wäre ich an deiner Stelle, würde auch ich es versuchen. Aber so? Meine Familie würde alles verlieren und es wäre meine Schuld. Das könnte ich mir nicht verzeihen.«

Er nickt, er versteht es. Er gibt mir einen Kuss auf die Wange und wir tanzen still, bis die Musik verklingt. Mit aller Macht halte ich die Tränen zurück, bisher klappt es, aber sie lauern weiterhin darauf, auszubrechen.

»Danke für den Tanz, Lynn. Und für alles andere. Du wirst eine tolle Königin.«

»Ich hoffe, du hast recht. Danke es mir mit einer Hochzeitseinladung.«

An Gardos Seite verlasse ich die Tanzfläche. Völlig in Gedanken versunken.

»Darf ich die Prinzessin noch schnell zu einem Tanz entführen?« Juri steht plötzlich vor uns, seine tiefe Stimme lässt mich schaudern.

»Nichts lieber als das.« Gardo drückt kurz meine Hand, bevor er sie Juri übergibt und geht. Juris ist warm, viel rauer als Gardos und größer. Genau wie er selbst. Seine breiten Schultern, sein Blick, sein Bart, all das lässt ihn anziehend wirken und nicht jungenhaft. Sein Lächeln, sein Duft. Aber er ist kein Prinz. Mein Verstand weiß das, aber mein Herz hört ihm nicht zu.

Juri zieht mich an sich, viel enger als Prinz Melim oder Gardo zuvor. Kein Stück Papier passt zwischen uns. Mit ihm ist Tanzen anders. Mit ihm ist es wie Fliegen. Ich achte nicht auf die Schritte, es ist nicht anstrengend, es macht Spaß.

»Keine Sorge, ich habe den König vorher gefragt, ob ich dich kurz entführen darf. Wir haben noch ein wenig Zeit vor der großen Verkündung und er hielt es für eine gute Idee. Er meinte, ich könnte dir vielleicht bei deiner Entscheidung zur Seite stehen und dich beruhigen.« Es ist nicht zu überhören, wie schwer Juri das über die Lippen geht. Sich das anzuhören ist auch nicht leicht. Ich atme seinen Duft ein, genieße den Halt, den er mir gibt. Ich möchte jetzt nicht traurig sein.

»Hast du Tia gesehen?«

»Sie ist am Buffet. Sie klaut andauernd Obst aus dem Punsch.«

»Ich kann es ihr nicht verübeln. Der Punsch ist klasse!«

»Dann würde ich sagen, holen wir uns einen, wenn dieser Tanz vorbei ist.« Sein Grinsen ist zurück und mit ihm der freche Ausdruck in seinem Gesicht, der das Ernste darin vertrieben hat.

»Das wäre wundervoll. Aber haben wir dafür Zeit?«

»Einige Minuten werden uns bleiben. Der König gibt das Signal, wenn es so weit ist.«

»Signal?«

»Es wird einen Gong geben.«

»Das ist ein Scherz, oder?«, frage ich.

»Nein. Aber ich bin gespannt darauf. Komm, lass uns dir etwas zu trinken holen.«

Bevor das Lied zu Ende ist, zieht mich Juri in Richtung Punsch. Wir rennen fast, weichen den lachenden, schwatzenden und angetrunkenen Personen aus und amüsieren uns. Angekommen ist mir ganz warm, viel wärmer als beim Tanzen. Dann höre ich es.

»Was ist das?«, frage ich irritiert, als ich mein Getränk entgegennehme.

»Was denn?« Juri sieht sich um.

»Hörst du das nicht?« Ich folge dem Geräusch, es klingt fast wie … oh, das kann nicht sein. Ich gehe einen Schritt weiter, am Büfett entlang, und dann höre ich es klar und deutlich.

»Bitte halt das mal kurz.« Ich drücke Juri mein Glas in die Hand, bücke mich so weit das Kleid es zulässt und hebe die blaue Tischdecke nach oben. Hab ich es doch gewusst.

Tia liegt da, kichernd.

»Oh nein. Tia, wie viel Punschobst hast du gegessen?«

»Hallooo … hicks … schön, dich su seeehen … hicks.«

Lachend greife ich nach ihr und hebe sie hoch. Betrunken, aber mit glücklichem Gesicht liegt sie in meinen Armen.

Ich frage nach einer Schale mit Wasser und halte sie Tia hin. Sie trinkt gierig. Ab und an entstehen Blubberblasen, weil sie hickst.

»Geht es etwas besser?« Sie nickt nur und kuschelt sich an mich.

»Komm, lass uns an die frische Luft gehen. Tia wird das guttun.« Juri bedeutet mir, ihm zu folgen. Wir gehen in Richtung des großen seidenen Vorhangs, den Juri mir schließlich aufhält.

Kalte klare Luft schlägt mir entgegen, wir gehen hinaus in die Nacht, auf einen großen Balkon. Der Anblick verschlägt mir die Sprache, es ist unvorstellbar schön. Hell erleuchtet, farbenfroh und beinahe greifbar wirkt die Erde. Langsam setze ich einen Schritt vor den anderen, gehe bis ans Ende des Balkons, bis zur Brüstung und kann nicht aufhören zu staunen. Ich fühle mich, als schwebte ich im All.

»Es ist so wunderschön«, sage ich ehrfürchtig.

»Ich wusste, es würde dir gefallen.«

Während ich mich zu Juri drehe, fängt Tia zu schnarchen an.

»Vielleicht sollte ich sie schnell ins Bett bringen.«

»Oder du nimmst sie für heute Nacht auf.«

»Was meinst du?«

Er zeigt auf das Sternbild auf meinem Arm. »Tia ist ein Teil von dir. Sie kann problemlos, so lange du oder sie das möchte, verschwinden.«

»Oh! Okay, und wie mache ich das?«

»Du musst es dir vorstellen und wünschen. Es ist fast wie mit dem Teleportieren. Unsere Schutzgeister machen es intuitiv. Versuch sie mal zu wecken, vielleicht schafft sie es noch.«

»Mach dich nicht über sie lustig. Sie liebt Obst nun mal! Tia, hörst du mich? Wach auf!« Sanft rüttele ich an ihr.

»Hm Hm … Ich bin da …«

»Tia, hörst du mich?«

Verschlafen öffnet sie die Augen. »Kannst du dich … äh …«

»Geh in dein Sternbild für heute Nacht«, hilft Juri mir aus und ich sehe ihn dankbar an. Tia versucht sich währenddessen aufzurichten und irgendwie schafft sie es. Sie lächelt mich an, dann leuchtet sie auf und es sieht aus, als würde sie in Hunderte kleine Sterne zerspringen.

Sie fliegen auf mein Sternbild zu, bringen es ebenfalls zum Strahlen und verschwinden darin. Wahnsinn.

Erneut wandert mein Blick über Menua.

»Wie kann es sein, dass das hier noch nie jemand gesehen hat? Wieso hat Neil Armstrong nichts gesehen?«

»Wer ist das?«

»Er war der erste Mann auf dem Mond!«

»Ich versichere dir, es war niemand hier.« Er zuckt mit den Schultern, während mein ganzes Weltbild zerstört wird. »Sie würden es nicht durch unsere Atmosphäre schaffen. Von außen sieht man nichts als Krater und grauen Boden. Keine Häuser, keinen Palast, keine Lichter.«

Juri stellt den Punsch auf der Brüstung ab. Er kommt auf mich zu, überwindet den Abstand zwischen uns und zieht mich an sich. So, als würden wir tanzen. Niemand ist hier und ich frage mich wieso. Dies ist mit Abstand der schönste Ort, an dem ich je war.

Juri fährt mit seiner linken Hand meinen Rücken hinauf, jagt eine Gänsehaut nach der anderen über meinen Körper.

»Es ist kaum zu ertragen, dass jeder dich in diesem Kleid sehen darf.« Das Grübchen in seiner Wange verschwindet so schnell, wie es erschien. »Gleich werden wir hineingehen müssen.«

Ich nicke, zu mehr bin ich nicht imstande. Meine Hände ruhen auf seiner Brust, ich fühle den glatten Stoff seines Anzuges und die Muskeln darunter.

»Ich weiß«, flüstere ich. Seine Augen halten mich gefangen, das Gold darin strahlt und steht im Kontrast zu der Nacht um uns herum, zu all den Sternen aus Silber. Mein Atem geht immer schneller.

»Ich will dich nicht hineinbringen, Lynn. Verflucht, ich will nicht, dass du das tust.«

»Bitte, sag das nicht. Nicht jetzt.« Tränen sammeln sich in meinen Augen. Es tut so weh!

»Ich muss es tun. Ich weiß, dass wir keine Wahl haben. Ich weiß nicht einmal, ob du etwas anderes in mir siehst als einen Freund, als einen Mondkrieger.« Seine Lippen stoppen kurz vor meinen, ich spüre seinen Atem. Meine Sicht ist mittlerweile verschwommen, meine Augen brennen. Ich kralle meine Hände in seinen Anzug. »Aber dich gleich einem anderen Mann übergeben zu müssen, wird das Schwerste und Furchtbarste sein, was ich je getan habe. Dass ausgerechnet du die Mondprinzessin bist. Lustig, klug, hübsch und so wenig prinzessinnenhaft …«, flüstert er.

»Du musst mich vergessen«, sage ich leise. Tränen fließen über meine Wangen. Nie hat etwas so wehgetan. Er muss mich vergessen, auch wenn ich das nicht möchte.

»Kein Ort des Universums wäre weit genug weg, um dich vergessen zu können.«

Dann liegen seine Lippen auf meinen, ich schmecke salzige Tränen und den Punsch, spüre seine weichen und warmen Lippen und schließe die Augen. Seine Hand liegt in meinem Nacken, er hält mich fest und ich brauche den Halt so sehr.

Dieser Kuss brennt sich in meine Lippen, das Gefühl in mein Herz und der Moment verewigt sich in meinen Gedanken. Er wird der erste und der letzte sein.

Juri fährt sanft mit seinen Lippen über meine, dann wird der Kuss intensiver, leidenschaftlicher, lässt mir kaum Luft zum Atmen.

Plötzlich stoppt er abrupt, lehnt seine Stirn gegen meine und ich wage es nicht, meine Augen zu öffnen. Ich will noch einen Moment länger in diesem Gefühl schwimmen, es genießen und es mir bewahren.

»Lynn, wenn du willst, werde ich dich entführen. Ich werde dich wegbringen und dir überall hin folgen. Ich weiß, ich habe gesagt, wir können das nicht tun, aber …«

Schwer schluckend öffne ich die Augen.

»Ich liebe dich.« Seine Worte, seine Stimme gehen mir durch Mark und Bein, sie wärmen und erfüllen mich. Sie rasen durch jede einzelne Zelle meines Körpers.

Und ich liebe dich. Aber ich kann es nicht sagen, ich schluchze nur und weine. Weine um etwas, das ich nicht haben kann. Das wir beide nicht haben können.

»Und wenn wir einfach gehen?«

»Auf Menua können wir nicht bleiben, aber wir …«

Juri wird unterbrochen vom lauten Schlag eines Gongs. Es lässt mich zusammenzucken. Geht mir durch Mark und Bein. Juris Hände umfassen mein Gesicht.

»Wir können es schaffen.«

»Ja.« Ich wollte es tun. Ich wollte meine Eltern stolz machen, so handeln wie eine Prinzessin des Mondes. Aber ich bin nicht Lunamea. Ich bin Lynn. Und ich kann nicht jemanden heiraten, den ich nicht liebe.

Ich höre die Stimme meines Vaters gedämpft nach draußen klingen. Er beginnt seine Rede. Und ich weiß, was zu tun ist.

Ich lächle Juri an, als plötzlich ein ohrenbetäubender Knall erklingt, der den Balkon und uns erschüttert, der die Luft nach draußen presst.

Kapitel 32

… so muss sich ein Blinder fühlen,
der sein Augenlicht zurückbekommt.
Er kann nicht glauben,
dass er vorher nicht erkennen konnte,
was vor ihm liegt.

Lynn

Ich klammere mich an Juri fest, in meinen Ohren piept es.

»Was war das?« Ich bin leicht benebelt, verstehe nicht, woher die Schreie kommen, was los ist.

»Verflucht!« Juri zieht mich zu sich, stützt mich und eilt mit mir hinein, aufmerksam, konzentriert, mit ernster Miene.

Wir treten in den Saal und ich kann nicht glauben, was ich sehe. Überall liegen Menschen. Ich weiß, dass es keine sind, aber ich kann nicht aufhören, in dieser Kategorie zu denken. Einer nach dem anderen löst sich auf, wird zu Sternenstaub. Sie sind tot.

Das Büfett ist weggefegt, Körper liegen auf dem Boden, bedeckt von Staub, Splittern und Blut. Solange sie hier sind, leben sie. Die Frage ist, wie lange noch.

Andere drängen nach draußen, schreien, schubsen.

»Meine Eltern«, stoße ich aus und renne mein Kleid raffend los. Ich steige über all die Körper und sehe, dass das Podest, auf dem sie saßen, fast vollständig zerstört ist. Vor mir erstreckt sich ein Berg aus Trümmern. Die Luft ist stickig und nebelig, die Kerzen beleuchten nur noch in Teilen den Raum.

Schwer atmend eile ich weiter, ich höre Juri hinter mir. Er holt mich ein, hält mich fest, aber es ist zu spät. Ich sehe das Haar meiner Mutter, das sie umgibt wie ein Fächer. Ihre Augen sind offen, sie blinzeln noch einmal, dann starren sie ins Nichts. Sie liegt auf dem Schutt, ihr Arm kreuzt den meines Vaters. Ein Loch klafft in seiner Stirn. Und in dem Moment werden ihre Körper zu Licht und Staub, fliegen davon. Sie sind nicht mehr da.

Ich kann nicht wegschauen, obwohl ich es will. Mir ist schlecht, mein Magen dreht sich um.

»Lynn, pssst!« Juri will mich beruhigen und erst jetzt begreife ich, dass ich schreie, dass ich unaufhörlich schreie. Ich kann kaum noch stehen, ich kann nicht begreifen, was hier geschehen ist.

Juri dreht mich zu sich, umfasst mein Gesicht. »Lynn, du musst dich konzentrieren! Das hier ist ein Anschlag. Wir müssen dich wegbringen. Verstehst du mich?«

Nein, das tue ich nicht. Ich kann und will das nicht verstehen. Aber ich … etwas in meinem Augenwinkel bewegt sich, etwas auf dem Podest.

»Gardo«, flüstere ich und will zu ihm.

»Nein! Warte! Ich kann Kira nicht sehen und sie reagiert nicht auf mich. Verfluchter Mist!«

»Juri, Lynn!« Malik kommt völlig außer Atem und mit grausilbernem Staub bedeckt bei uns an. »Geht es euch gut? Scheiße, was ist passiert? Die Leute sind panisch, fliehen aus dem Saal. Draußen warten bereits Wachen und Bedienstete auf sie, nehmen sie in Empfang und kümmern sich. Dort ist alles unter Kontrolle.«

»Hast du Kira gesehen?« Juri ist mehr als besorgt und ich kann es verstehen. Er sucht verzweifelt nach ihr, streckt sich und blickt sich um. Ich bin froh, dass ich Tia bei mir trage. Malik schüttelt bedauernd den Kopf.

»Da oben sind noch Leute am Leben, auch Prinz Gardo. Jemand muss Kira suchen. Malik, könntest du dich vielleicht …« Juri greift nach meiner Hand. Ich unterbreche ihn.

»Nein. Such du Kira. Los. Und kümmere dich um Gardo. Malik bringt mich in Sicherheit.«

Er sieht mich an und ich weiß, er führt einen inneren Kampf. Gehen oder bleiben, Kira suchen oder mit mir kommen. Natürlich will ich nicht, dass er geht, ich bin kurz davor, zusammenzubrechen, aber er sollte es sein, der Kira sucht, seinen Schutzgeist, nicht Malik.

»Ich komme nach. Ich finde dich!« Ruckartig zieht er mich an sich und gibt mir einen Kuss. Ein Kuss, von dem ich dachte, ich würde ihn kein zweites Mal bekommen.

»Bring sie in Sicherheit«, sagt Juri eindringlich, bevor er verschwindet. Malik packt mich am Arm.

»Kommt mit, wir sollten hier schnell weg.«

»Hast du Faras gesehen?«

»Nein, tut mir leid.«

Malik führt mich durch den Saal und durch das Gedränge. Er stützt mich, während er mit mir durch die vollen Gänge eilt, vorbei an all den Menschen, die fliehen möchten. Es riecht verbrannt und staubig, die Luft ist warm, es ist stickig. Ich muss andauernd husten. So viel Blut, so viel Asche, so viele Verletzte.

Ich bin wie betäubt. Mir ist kalt und heiß zugleich, die Übelkeit wird immer schlimmer, sie beißt sich fest. Ein dumpfes Gefühl breitet sich in mir aus, das nicht zu mir zu gehören scheint. In meinen Ohren piept es immer lauter, mein Hals brennt. Dieses Kleid ist zum Rennen nicht geeignet, stelle ich sachlich fest. Es ist schwer, es behindert mich. Ich will es mir am liebsten vom Leib reißen! Denn die Farbe erinnert mich an Blut und egal, ob ich meine Augen schließe oder geöffnet lasse, ich sehe all die Trümmer im Saal, den umherwirbelnden Staub, die leblosen Körper. Ich sehe die blutverschmierten Körper meiner Eltern und wie sie zu Sternenstaub werden.

Ich werde das Bild nicht los und möchte schreien! Es schnürt mir die Luft ab, ich glaube zu ersticken, dabei atme ich so heftig wie nie zuvor, spüre, wie meine Lungen sich mit Sauerstoff füllen. Und ich weine. Ich weine, weil es das Einzige ist, was ich gerade tun kann.

Völlig unerwartet flimmert die Luft, ich kralle mich stöhnend an Malik, nicht wissend, wie lange ich noch stehen, geschweige denn laufen kann.

Plötzlich schubst mich Malik durch eine Tür, ich stolpere und krache auf den Boden. Wir sind nicht mehr in einem der Gänge, sondern in einem schwach erleuchteten Raum. Er hat keine Fenster, es riecht nach Staub und Schweiß. Er ist furchtbar klein, eng, die Decken sind nicht hoch, die Wände kahl. Der Mondstein wirkt hier viel massiver, nicht wie Glas, eher milchig und dunkel. Ich begreife entsetzt, dass wir teleportiert sind. Aber ich war es nicht.

»Malik?« Ich reibe mir die Hüfte, auf der ich schmerzhaft gelandet bin.

»Sie lebt immer noch?«

Sofort versteife ich mich, reiße die Augen auf, meine Gedanken rasen. Ich kenne diese Stimme. Malik ragt vor mir auf wie ein Bär, mit grimmigem, fast schmerzverzerrtem Gesicht starrt er zu mir herunter.

Langsam drehe ich mich um und erblicke *ihn*. Den Scheißkerl, der mich auf der Erde angegriffen hat. Vor ihm auf dem Stuhl sitzt Faras, gefesselt und geknebelt. Blut läuft unaufhörlich aus einer Wunde am Kopf, sein Anzug ist an den Armen zerfetzt, dort, wo er ein paar tiefe Kratzer und Schnitte hat. Ich hoffe, er überlebt.

Malik muss uns teleportiert haben, aber wieso? Was macht Faras hier? Wieso greift Malik den Typen dort drüben nicht an?

Während ich die Gedanken an Juri, an meine Eltern und all den Schrecken im großen Saal beiseiteschiebe, raffe ich mein Kleid, erhebe mich langsam und ungelenk. Fieberhaft blicke ich mich um, suche nach einer Lösung. Versuche, alle Puzzleteile zusammenzusetzen und das hier zu verstehen. Angst kriecht meinen Nacken empor, ich spüre kalten Schweiß auf meiner Haut. Ich sitze in der Falle. Ich könnte schnell …

»Denk gar nicht dran.« Malik schließt fies grinsend die Tür und ich frage mich wieso, denn ich kann doch einfach …

»Du kannst dich hier nicht teleportieren. Das ist eine alte Arrestzelle. Heute werden sie alle nicht mehr benutzt, es herrscht ja Frieden und die Zeiten der Folter sind vorbei. Der Mondstein hier wurde mithilfe von Marsgestein so versiegelt, dass keine Teleportation möglich ist – und keine Ortung.«

»Was soll das, Malik? Was tut er hier? Wieso hilfst du ihm?« Wut kocht in mir hoch, weil endlich zu mir durchdringt, dass die beiden wirklich unter einer Decke stecken. Ich bin enttäuscht, verletzt und kann es nicht begreifen! Meine Haare und Staub aus dem Gesicht wischend, starre ich Malik an.

»Ich beende, was ich angefangen habe«, sagt er zischend. Verzweiflung und Entschlossenheit spiegeln sich in seinem Gesicht, er ballt die Hände zu Fäusten. »Leas und Yatu sollten das Problem eigentlich schon auf der Erde lösen, aber Juri musste sich ja einmischen. Er musste noch einmal losziehen und dich ausgerechnet auf der Erde suchen. Und natürlich hat er dich gefunden.«

Ich riskiere einen Blick zu dem Typen, der mich damals auf dem Dach angriff.

»Dann warst du hier und hast alles durcheinandergebracht. Ich konnte es nicht fassen.« Malik schüttelt den Kopf.

»Hast du mich damals entführt?«

»Oh nein, ich habe jemanden beauftragt. Einen Rebellen Menuas.«

»Du wolltest dir nicht die Hände schmutzig machen«, erwidere ich und sofort schreit Malik mich an.

»Es hat mich ein Vermögen gekostet und der Auftrag war ganz simpel: Schnapp dir die Mondprinzessin, entführe sie – und bring sie um. Ich dachte, das könnte jeder Idiot erledigen.«

Ich schlucke schwer. Maliks Hass schlägt mir mit voller Wucht entgegen.

»Und ich erfahre nur durch Zufall, dass du lebst! Meine Spitzel haben Sternenaktivität auf der Erde beobachtet und ich habe sofort nach dem Rebellen schicken lassen. Natürlich nur, um mir versichern zu lassen, dass du das auf keinen Fall sein konntest. Du solltest auf keinem einzigen Planeten zu finden sein.« Er lacht hysterisch auf. »Stell dir vor, das war kurz vor der Sitzung, in der Juri beschloss, nochmals nach dir zu suchen, und ich hatte gerade noch Zeit, jemanden auf die Erde zu schicken, um das Problem endlich zu bereinigen. Ich war optimistisch, dass es damit erledigt sei, aber Juri hat alles kaputt gemacht. Dabei ist er wie ein Sohn für mich.« Für einen Moment verschwindet die wutverzerrte Fratze und der alte Malik tritt hervor – bis sein Blick mich erneut fixiert und mir einen Schauer über den Rücken jagt. »Deine Familie hat mir alles genommen. Und ich werde Juri beschützen – vor dir.«

Mittlerweile bin ich rückwärts bis an die Wand getreten. Meine Hände berühren das kühle, glatte Gestein. Ich fühle mich in die Enge getrieben, will um mich schlagen, kämpfen. Aber ich schinde lediglich weiter Zeit, wofür auch immer.

»Wieso hasst du mich so sehr?«, frage ich atemlos, als Malik auf und ab zu gehen beginnt.

»Ich hasse dich, weil es dich gibt. Ich hasse dich, weil du seine Tochter bist. Ich hasse dich, weil du Juri umbringen wirst!« Nichts davon ergibt einen Sinn.

»Niemals würde ich das tun! Ich verstehe das nicht! Was ist passiert? Wieso tust du all das?«, brülle ich mir die Seele aus dem Leib, lasse alles heraus. »Du bist der Erste Hauptmann meines Vaters, ein Freund.«

»Es gibt niemanden, der ihn mehr hasst.« Er spuckt mir ins Gesicht. Voller Ekel wische ich es mit dem Handrücken ab, kann meinen Abscheu, meine Wut und meinen Unglauben kaum zügeln.

»Malik, lass es uns endlich tun. Ich will raus aus diesem Loch«, drängt Leas.

»Einen Moment noch. Ich möchte es genießen. Es hat so lange gedauert, viel länger als gedacht. Und da niemand wirklich nach uns sucht oder uns hier vermutet, haben wir noch etwas Zeit.«

»Lasst Faras gehen, er hat damit nichts zu tun. Er braucht einen Heiler.«

»Oh, er wird es überleben. Ich brauche ihn schließlich.« Lachend geht Malik zu Faras und streicht ihm über das Haar. Mir wird immer übler, je länger ich Malik beobachte und ihm zuhöre.

»Der Heiler allerdings ist gerade, sagen wir, *verhindert.*« Leas stimmt in Maliks dreckiges Lachen mit ein.

»Er ist tot, nicht wahr?«

»Aber natürlich! Stell dir vor, jemand könnte dir oder deinen Eltern helfen. Es reicht schon, dass du bei der Explosion nicht gestorben bist. Jetzt müssen sie erst den Heiler aus dem Dorf holen!«

Ich war draußen mit Juri, auf dem Balkon, anstatt rechtzeitig auf dem Podest bei meinen Eltern zu sein. Das hat mir das Leben gerettet.

»Du widerliches Schwein!« Ich schreie Malik erneut an, springe auf ihn zu, stürze mich auf ihn und schlage ihm mit voller Wucht ins Gesicht. Er greift nach mir und beschimpft mich, während ich versuche, ihn auf den Boden zu werfen. Das Kleid macht das unmöglich. Er packt mich, schiebt mich zurück bis zur Wand. Dann schlägt er zu. Einmal, zweimal. Seine Hand trifft mich kraftvoll am Kiefer, der Schmerz treibt mir die Tränen in die Augen, zieht sich durch mein ganzes Gesicht. Ich huste und stöhne auf.

»Ich werde dich umbringen und ich werde es genießen.« Sein Atem stinkt und sein Gesicht ist mir viel zu nah. Ruckartig lässt er mich los, tritt einen Schritt zurück und ich krümme mich. Die Luft in dem kleinen Raum wird immer stickiger.

»Willst du auch den Rest erfahren? So läuft das doch, oder? Vor dem Tod erfährt man wenigstens noch den Grund. Nun erzähl schon, du Bastard!« Ich reize ihn bis aufs Blut, ich bin wütend, irrational.

Er beißt die Zähne zusammen und erzählt.

»Wusstest du, dass dein Vater einst an deiner Stelle war? Er musste diese dämliche Auswahl treffen und sich mit den Prinzessinnen der anderen Planeten treffen. Diese dämlichen Verträge und Bräuche, diese ganzen Vorschriften.« Er schnaubt abfällig.

»Natürlich weiß ich das! Meine Mutter stammt vom Merkur«, entgegne ich aufgebracht.

»Oh, du weißt gar nichts! Als ich fünfzehn war, lebte ich bei meinem Vater, auf der anderen Seite von Menua, wo er arbeitete. Ich wollte nicht, dass er immerzu allein war und jede Woche zu uns zu kommen, war ihm nicht möglich, deshalb blieb ich bei ihm. Meine Mutter und meine Schwester lebten hier, in der Nähe des Palastes. Meine Schwester war sechzehn, als sie deinen Vater, Prinz Artas, kennenlernte, sich in ihn verliebte und sie ein Paar wurden – zumindest bis zu seinem siebzehnten Lebensjahr, als die Auswahl begann. Dann ließ er sie fallen und verlobte sich mit deiner Mutter. Ich ahnte nichts, bis ich kurz darauf wieder für ein paar Tage nach Hause kam und meine Schwester es mir erzählte. Sie war am Boden zerstört, weinte nur und aß nichts mehr. Ihr Zustand verschlechterte sich stetig, weil sie nicht imstande war, deinen Vater zu vergessen. Ein Jahr später heiratete er Ria und meine Schwester …« Malik schluckt schwer, räuspert sich. »Ich habe sie gefunden. Erhängt. Meine Eltern waren danach nicht mehr dieselben – und ich? Ich schwor mir, sie zu rächen und den Mann kennenzulernen, der ihr das angetan hat. Ich wurde zu einem Mondkrieger, spionierte Artas aus. Als Ria mit dir schwanger war, sah ich meine Chance! So wie er mir das genommen hatte, was ich am meisten geliebt habe, wollte ich ihm das seine wegnehmen. Als ich dachte, du seist tot, blieb ich nur, weil ich es genossen habe, zu sehen, wie er leidet. Er und deine Mutter, an deren Platz meine Schwester hätte sein sollen. Schon bald wären sie daran zugrunde gegangen. Faras wäre König geworden und ich sein persönlicher Berater, Juri hätte meinen Posten bekommen. Alles hätte so schön sein können, wenn du einfach nur gestorben wärst.«

Meine Beine tragen mich nicht mehr, ich sacke unter dem Gewicht von Maliks Worten zusammen, gleite an der Wand hinab.

War das das Mädchen, das mein Vater geliebt hat? War sie es, von der meine Mutter erzählte? Maliks Schwester hat sich aus verschmähter Liebe zu meinem Vater umgebracht und deshalb tut er all das. Deshalb mussten meine Eltern sterben und Dutzende andere oben im Saal. Deshalb soll ich sterben.

»Und jetzt muss ich dich nicht nur aus Rache töten, sondern, um Juri zu beschützen, damit er nicht endet wie meine Schwester! Du wirst ihn fallen lassen und er wird sterben. Das kann ich nicht zulassen! Ich werde nicht noch jemanden verlieren!« Bebend ragt Malik vor mir auf, seine Fratze ist angsteinflößend, seine Ader an der Schläfe pocht kräftig. »Oh ja, ich weiß, dass er dich liebt! Es ist nicht zu übersehen. Aber du wirst ihn mir nicht nehmen!«

Mein Atem geht stoßweise, in meinen Ohren rauscht es. Voller Hass sieht mich Malik an, während ich nicht weiß, was ich fühle. Ich stehe unter Schock, starre in sein Gesicht und versuche zu begreifen, was er mir mitgeteilt hat. Die Informationen kreisen ohne Zusammenhalt in meinem Kopf.

Dann fliegt ruckartig die Tür auf, gibt ein lautes Krachen von sich und lässt mich zusammenzucken. Juri steht da, zitternd vor Zorn, mit seinen Schwertern in den Händen, und ich kann die Erleichterung darüber, ihn zu sehen, kaum bändigen.

»Sag mir, dass das nicht wahr ist«, schreit er wütend und sieht Malik an, nachdem sein Blick kurz zu mir hinüberhuschte, über mich hinweg, so als wollte er schauen, ob alles okay ist.

»Was tust du hier?« Besorgnis, Wahnsinn, Wut, Angst – in Malik brodelt ein teuflisches Gemisch, das er nicht mehr unter Kontrolle hat.

»Als ich Lynn nicht finden und orten konnte, wusste ich, dass sie nur hier sein kann. Auch wenn ich es immer noch nicht glaube.«

»Verschwinde! Sie wird dir nichts mehr tun!«

»Mir nichts tun? Was soll das?« Juris Stimme klingt rau, man hört seine Verwirrung, man sieht sie ihm an. Seine Stirn liegt in Falten.

»Sie wird dich abweisen und dann wirst du sterben! Du wirst leiden, so wie meine Schwester. Nur wegen ihr!« Malik ist völlig außer sich und plötzlich spiegelt sich Erkenntnis auf Juris Gesicht wider.

»Ich kann nicht fassen, dass du es warst. Du warst immer wie ein Vater für mich.«

»Das bin ich! Wir müssen sie töten und uns retten!« Malik schreit ihn an, dann hebt er den Arm in Richtung Leas, der ihm sein Schwert zuwirft und auch sein eigenes erhebt.

Juri tritt ein, schiebt sich vor mich, hebt seine Waffen. Malik und Juri kämpfen auf engstem Raum, sie umkreisen sich, wachsam und voller Emotionen. Leas muss sich in die Ecke zu Faras zurückziehen, aber er bleibt konzentriert. Ihre Schwerter treffen immer wieder aufeinander, das laute Dröhnen, das Donnerschlägen gleicht, und das Licht der Mondsteinklingen erfüllen den Raum. Ich fühle mich nutzlos, kann Juri nicht helfen, kann nichts tun. Jedes Mal, wenn Malik angreift, verkrampfe ich mich und bete, dass Juri nichts passiert.

Ich rappele mich auf, versuche ihm nicht im Weg zu stehen.

Maliks Schwert saust auf ihn nieder und ich ziehe zischend die Luft ein. Juri pariert und schlägt zurück. Sie sind sich ebenbürtig. Fieberhaft suche ich weiter nach einem Ausweg, einer Lösung. Selbst wenn ich rauslaufe, mich teleportiere und Jim hole, kann ich im Kleid noch lange nicht kämpfen! Es auszuziehen, würde zu viel Zeit beanspruchen, genauso wie andere Mondkrieger zu holen. Ich müsste mich ins Foyer beamen, dort herrscht Chaos, ich müsste sie finden und erst alles erklären.

Ein weiterer Schlag von Malik, Juri nimmt die Deckung runter und plötzlich trifft ihn Maliks Faust. Juri taumelt, fängt sich aber sofort wieder, schwingt beide Schwerter und schafft es, Malik das seine aus der Hand zu schlagen. Juri drängt ihn nach hinten. Er zögert, es widerstrebt ihm, seinen Freund, der wie ein Vater für ihn war, zu verletzen oder zu töten, nicht merkend, dass er mit dem Rücken nun zu Leas steht.

Aber ich bemerke es. Dreckig und verlogen grinsend hebt Leas das Schwert. Er holt zum Schlag aus und mit einem Schritt, mit einer einzigen schnellen Bewegung, saust es auf Juris Rücken zu. Das Licht des Schwertes ist hell, leuchtet auf, die Klinge ist scharf, der Schlag schnell und präzise.

Ich schreie. Ich schreie, weil ich nicht anders kann. Weil es so schrecklich wehtut und brennt. Dennoch bin ich erleichtert – ich war schnell genug.

»Lynn! Nein!« Juri schreit mit mir. Aber ich sehe in die Augen von Leas und breche zusammen, als er mir das Schwert aus der Brust zieht. Ich taumele, meine Hände finden von alleine die Wunde, ich spüre, wie warm sie ist. So warm. Dabei ist mir bitterkalt.

Juris Schwert durchbohrt Leas. Er hat keine Chance gegen Juri. Er sticht zu, immer und immer wieder und ich kann nichts tun außer zusehen. Bis Leas Körper zu Sternenstaub zerfällt und davonfliegt.

Juri wirft seine Schwerter weg, kommt auf Knien schlitternd bei mir an. Gerade rechtzeitig, um mich aufzufangen, denn ich verliere das Gleichgewicht und kippe zur Seite. Er bettet meinen Kopf auf seinem Schoß, sagt meinen Namen. Es klingt wunderschön, wenn er ihn sagt.

»Was hast du nur getan? Wie konntest du das tun? Verdammt, wehe, du lässt mich hier allein!«

Mein Kleid tränkt sich mit Blut, aber man sieht es nicht. Rot ist eine schöne Farbe. Außerdem wird Iza nicht böse sein, denn man wird nichts sehen können, keinen Fleck.

Ich denke an die absurdesten Dinge, während ich meine Hand nach etwas ausstrecke, das nicht da ist, und sehe, dass sie blutverschmiert ist. Juri nimmt meine Finger und drückt sie sofort wieder auf die Wunde.

»Lynn, ich hole jetzt den Heiler, er muss irgendwo im Palast sein. Ich bin gleich wieder da.«

»Nein«, sage ich leise und schwach. Meine Lider sind so schwer, ich kann meine Augen kaum noch aufhalten. Aber ich tue es. Ich sehe Juri ins Gesicht und lächle.

»Der Heiler ist nicht hier. Malik hat ihn …« Ich beginne zu husten. Es klingt grauenvoll und genauso fühlt es sich an. Blut. Es ist überall. »Bleib, bitte!« Ich huste wieder. »Wo ist Malik?«

»Als du geschrien hast, war ich abgelenkt. Ich … ich konnte nicht …« Er schluckt schwer. »Er ist geflohen.«

Ich nicke. »Hauptsache, dir geht es gut«, flüstere ich erstickt und krampfe mich für einen Moment zusammen, weil der Schmerz zurückkehrt. Einige Augenblicke kann ich nichts tun als atmen, dann verblasst er wieder, wird verdrängt von Müdigkeit und Kälte.

»Lynn, bitte, tu mir das nicht an.«

»Ich muss dir etwas sagen und ich weiß nicht, wie viel Zeit ich dafür habe.« Obwohl Juri den Kopf schüttelt und es nicht hören will, murmele ich weiter. »Ich liebe dich. Ich habe es dir vorhin nicht gesagt, das tut mir leid. Ich liebe dich. Das werde ich immer tun.« Juri beugt sich zu mir und küsst mich. Ich spüre, wie Tränen auf meine Wangen tropfen, ich höre ihn leise schluchzen.

»Faras wird jetzt König. Bitte pass gut auf ihn auf. Auf ihn und auf Menua.« Mein Atem rasselt. »Ist mit Kira alles in Ordnung, und mit Gardo?«

»Kira ist ohnmächtig, deshalb konnte sie nicht zu mir kommen und ich konnte sie nicht rufen. Kurz nachdem ihr weg wart, habe ich Gardo nach vorne gebracht, in Sicherheit, damit man sich um ihn kümmert, und mich danach auf die Suche nach Kira gemacht. Es geht beiden gut. Und dir wird es auch wieder gut gehen!« Zart streichen seine Finger über meine Wange, er drückt mich fester an sich, sodass der stechende Schmerz erneut durch mich zieht. Ich stöhne auf, krümme mich. Dann hebe ich den Blick zu seinem Gesicht, finde seine Augen, die so wundervoll golden schimmern. Tränen glitzern darin, sie sammeln sich in seinen wie in meinen.

»Ich wäre mit dir gegangen«, flüstere ich und schließe die Augen, die Tränen rinnen heraus.

Tias Name entschlüpft mir, während ich beginne wegzudösen. Ich spüre, wie sie sich an mich schmiegt und ich weiß, sie wird mit mir kommen. Mit letzter Kraft streiche ich ihr über das Fell. Ich höre Juri weinen, ich spüre seinen Kuss und seine Wärme, aber ich kann mich nicht mehr bewegen, die Augen nicht mehr öffnen. Ich flüstere ein paar Worte zum Abschied. Ein paar allerletzte Worte.

Kapitel 33

Manchmal müssen wir uns eingestehen,
dass wir nichts mehr tun können.
Aber das ändert nichts daran,
dass wir es uns von Herzen wünschen.

Juri

Ich weiß es jetzt. Die Liebe ist nicht das, woran man zerbricht, sondern das Leben – und der Moment, in dem einem das genommen wird, was man liebt. Man zerbricht an dem Verlust.

Ich würde ganz Menua in Schutt und Asche legen, nur um dich wiederzubekommen. Ich würde jedes Sternenkind opfern – für dich. Es ist so egoistisch wie es wahr ist.

Ich stehe hier auf dem Balkon, mit Jim in der Hand, Kira an meiner Seite, und sehe hinauf zu den Sternen. Ich erinnere mich daran, wie es war, dich zu küssen, ich erinnere mich an dein Lächeln, an deine Augen – und an deine letzten Worte. Sie klingen in mir nach.

Ich verlasse dich nicht. Ich werde da oben sein und für dich leuchten – jede Nacht. Ich werde auf dich warten. Hab Mut im Herzen und Liebe in der Seele.

Ich sehe dich vor mir, dich und Tia, wie ihr verblasst und zu Sternenstaub werdet. Wie ich da sitze, ohne dich, und mir wird klar: Ein Leben kann unendlich lang sein, wenn man es nicht haben möchte. Aber ich kann noch nicht gehen. Ich werde den Palastsaal neu aufbauen, ich werde dem neuen König, Faras, zur Seite stehen – und ich werde Malik suchen, Lynn. Ich werde ihn suchen und ich werde ihn finden. Dann komme ich zu dir.

Wir werden uns wiedersehen …

Ende

Übersicht

Lynn [Lunamea]	Mondprinzessin. Schutzgeist Waschbär [Tia]
Juri	Mondkrieger. Schutzgeist Luchs [Kira]
Artas	König des Mondes, Lynns Vater
Ria	Königin des Mondes, Lynns Mutter
Faras	Stiefbruder von Lynn, Adoptivsohn von Artas und Ria
Malik	Oberster Hauptmann
Iza	Kindermädchen von Lynn
Alain	Prinz der Venus
Melim	Prinz des Jupiters
Gardo	Prinz des Pluto

Planeten und Gaben

Mond	Sternenkinder haben einen Schutzgeist und können sich teleportieren
Merkur	Gedanken können erahnt werden
Venus	Drüsen stoßen ein Aphrodisiakum aus
Mars	Der Körper kann für einen Moment zu Feuer werden, zu Lava
Jupiter	Wahrheitsfinder
Saturn	Durch Handauflegen bei Gegenständen kann ihre Geschichte und ihr Inhalt aufgedeckt werden
Uranus	Visionen werden empfangen
Neptun	Heiler
Pluto	Man ist nicht imstande zu lügen

Danksagung

Eine neue Geschichte wurde erzählt und ich kann euch nicht sagen, wie froh ich bin. Ich hoffe von Herzen, dass euch Lynn und Juri verzaubern konnten, dass ihr die Sterne nun anders anseht und vielleicht ab und zu an die beiden denkt.

Danke an:

Den Drachenmond Verlag. Liebe Astrid, du bist die beste Verlegerin, die man haben kann! Du bist ein zauberhafter, freundlicher, netter Mensch und ich wünsche dir von Herzen, dass all deine Wünsche in Erfüllung gehen. Ich danke dir, dass du mir bei den meinen hilfst. Danke an Michaela für das Korrektorat.

Den Coverdesigner. Alexander Kopainski. Oh, ich kann nicht sagen, wie sehr ich dir dafür danke, dass du mir dieses Cover gemacht hast. Es ist perfekt. Es ist so unfassbar perfekt. Du hast ein wundervolles Talent. Du rockst!

Die Illustratorin. Melina Goldberg von Melis Art. Du hast die drei bezaubernden Bilder zur Mondprinzessin gemalt, du hast Tia lebendig werden lassen! Danke, Meli, du bist ein unfassbar talentierter und lieber Mensch!

Die gute Fee. Julia Adrian. Du bist meine kleine Lektoratsdiktatorin! Hihi. Ohne dich wäre die Mondprinzessin nicht das, was sie ist. Danke für deinen Rat, deine Freundschaft, deine Hilfe. Ich bin dein Fan!

Die Testleser. Saskia Seifert, Lisa Herrmann, Gaby Holzhofer, Chantal Sadowski, Michel Tröster. Danke! Mit euch zu arbeiten ist immer wieder lustig und schön. Ihr seid wundervoll.

Blogger- & Autorenkollegen. Danke an all meine Kollegen, egal ob Blogger oder Autor. Es macht mich glücklich, so viele von euch Freunde nennen zu dürfen. Danke, dass es euch gibt!

Die Leser. Ich habe die besten Leser der Welt! Ich danke euch so sehr. Ihr erweckt meine Geschichten zum Leben.

Familie, Partner, Freunde. Ihr seid knorke! Ich liebe euch. Danke, dass ihr immer an mich glaubt.

Ich freue mich über jede Nachricht, jede Rezension, jedes Foto und danke euch von Herzen dafür. Ich hoffe, ihr könnt verstehen, warum die Geschichte so enden musste. Sie werden sich wiedersehen!

Mögen die Sterne euch immer den richtigen Weg zeigen!

Eure Ava

E-mail: avareed@outlook.de
Blog: avareed.blogspot.de
Facebook: Ava Reed und Avas Bookwonderland
Instagram: ava.reads

Ava Reed

For Good – Über die Liebe und das Leben

ISBN 978-3-95991-961-6, 2016 Seiten, kartoniert, € 12,–

Was würdest Du tun, wenn Du das verlierst, was Deinem Leben einen Sinn gab? Das, was Du mehr als alles andere auf dieser Welt geliebt hast. Würdest Du aufgeben? Nach dem Tod ihrer großen Liebe Ben, beginnt Charlie in Trauer zu versinken. Immer wieder erinnert sie sich an die vergangenen Zeiten, in denen sie ihn kennen- und lieben lernte. Doch der Verlust droht sie zu ersticken und blind zu machen für das, was das Leben ausmacht. Charlie zieht sich völlig zurück und beginnt zu verstehen, dass nichts je wieder so sein wird wie es einmal war.